PAÍSES DE ORIGEN

PAÍSES de ORIGEN

Javier Fuentes

Traducción de Andrés Barba

Ǫ Plata

Argentina – Chile – Colombia – España
Estados Unidos – México – Perú – Uruguay

Título original: *Countries of Origin*
Editor original: Pantheon Books
Traducción: Andrés Barba

1.ª edición: mayo 2023

Copyright © Javier Fuentes
All Rights Reserved
Publicado en virtud de un acuerdo con Pontas Literary & Film Agency.
© de la traducción, 2023 *by* Andrés Barba
© 2023 *by* Urano World Spain, S.A.U.
     Plaza de los Reyes Magos, 8, piso 1.º C y D – 28007 Madrid

ISBN: 978-84-92919-31-4
E-ISBN: 978-84-19497-55-0
Depósito legal: B-4.487-2023

Fotocomposición: Ediciones Urano, S.A.U.
Impreso por: Rodesa, S.A. – Polígono Industrial San Miguel Parcelas E7-E8
31132 Villatuerta (Navarra)

Impreso en España – *Printed in Spain*

Mayka

CAPÍTULO UNO

Crecí amando un país que no me correspondía. Estados Unidos fue mi hogar desde los ocho años y, durante más de una década, confié en que todo se arreglaría con mi fuerza de voluntad, pero los países no pueden corresponder a las personas y la fuerza de voluntad solo sirve hasta cierto punto.

Me había vestido con mi ropa de calle y ya estaba echando al cesto mi uniforme blanco de cocinero para que lo llevaran a la lavandería cuando Chef me llamó para que nos viéramos en su apartamento. Estaba en la planta superior de la casa en la que se encontraba Le Bourrelet, el primer restaurante de Manhattan con tres estrellas Michelin. Ninguno de los empleados había estado nunca en su apartamento, ni siquiera la encargada a la que de vez en cuando se llevaba a la oficina. Mantuve la invitación en secreto para no proporcionar más carnaza a mis compañeros de trabajo, ya celosos de nuestra relación. Mientras comprobaba que mi puesto estuviera impecable, me dio miedo que Chef se hubiese enterado al fin de que mi número de la Seguridad Social era falso. Tras tantos años trabajando en el restaurante y pagando mis impuestos era un pensamiento irracional, pero yo residía ilegalmente, y el pensamiento racional solo aplica cuando se tienen *papeles*.

En vez de tomar la escalera interior que comunicaba el restaurante con su apartamento, me despedí como todas las noches y salí por la puerta de servicio, procurando no resbalar en el muelle de carga congelado. Al doblar la esquina de la calle Ochenta y Tres con la Quinta, el crudo viento de marzo me azotó la cara con sus esquirlas de hielo.

Subí la escalera angosta, mis botas de invierno apenas cabían en los peldaños. Esperaba que la planta superior de la casa estuviera en buen estado, pero lo cierto es que las paredes blancas estaban amarillentas y la pintura de la puerta descascarillada, como si la madera estuviera mudando de piel.

—*Entrez!* —exclamó Chef cuando llamé a la puerta. Estaba tan orgulloso de ser parisino que no solo conservaba su fuerte acento, sino que se dirigía en francés a todos los clientes, le entendieran o no. Leía *Le Monde* todas las tardes, bebía casi siempre vinos de Provenza y fumaba dos paquetes de Gauloises al día, lo que le hacía jadear. Al parecer, vivir en el extranjero solo lo había hecho más francés.

Empujé la puerta y me quité las botas antes de entrar. Con una copa vacía en una mano y un cigarrillo en la otra, Chef se paseaba por la habitación sosteniendo el teléfono con el hombro, el crujido del suelo de madera amortiguado por varias alfombras persas. En la puerta del balcón se amontonaban números desvaídos del *Paris Match* y la luz de la farola de enfrente se filtraba suavemente por la ventana. Señaló un sofá y me senté junto a un zorro rojo disecado mientras Chef pasaba a la otra habitación hablando en voz baja.

—*Au revoir, princesse* —alcancé a escuchar antes de que colgara. Vestido con su característico traje negro de tres piezas y mocasines burdeos, Chef parecía exhausto. Tenía la frente cubierta de profundas arrugas y sus ojos habían perdido brillo. Tal vez tenía ese aspecto desde hacía tiempo y solo ahora que lo veía lejos de la cocina podía percibirlo.

—Las ocho y media en París —dijo, sentándose y mirando un reloj de pie que marcaba las dos y media de la mañana— Soy la primera persona a la que oyen cuando se despiertan, no he fallado ni un *matin*.

—Qué bueno —respondí, sin saber qué más añadir.

Chef se desabrochó el cuello de la camisa y se aflojó la corbata, pero no se quitó la chaqueta. Sacó una botella de coñac de un carrito bar y sirvió dos copas.

—¿Cómo estás?

—Estoy bien, Chef. Ha sido una noche movida.

—Eso me han dicho. Es increíble que me esté durando tanto este resfriado.

—Sí, muy fuerte. ¿Te encuentras mejor? —Pregunté porque tenía interés, pero también para seguir con la conversación.

—*Comme ci comme ça*. Dime, ¿cuánto tiempo llevas trabajando para mí?

Al hablar más despacio que de costumbre, Chef parecía esforzarse por encontrar las palabras adecuadas.

—Ocho años en mayo, Chef.

—*C'est pas possible!*

—Sí, ¿verdad? —respondí para evitar que la incomodidad se hiciera patente. Le di un buen trago al coñac y sentí los músculos de la pierna derecha acalambrados.

—En fin, Demetrio. Últimamente he estado pensando mucho en ti. Ya has aprendido prácticamente todo lo que puedo enseñarte. Creo que es hora de que sigas tu camino.

Le dio una calada a su cigarrillo.

Seguir con el propio camino puede significar muchas cosas, pero en ese momento solo significaba una: estaba despidiéndome. El coñac, que había pasado suavemente por mi garganta, de pronto me abrasó el estómago. Podía sentir cómo en mi cara se formaban pequeñas perlas de sudor. Volví la cabeza y miré al zorro disecado con sus dientes desafiantes, su lomo cubierto de polvo.

—*Santé, santé, santé* —dijo Chef, llenando su copa de nuevo.

Saqué una servilleta de papel doblada del bolsillo trasero para controlar mis estornudos.

—¿Qué quieres decir, Chef? —pregunté con una sonrisa falsa, como si no entendiera lo que acababa de decir.

—Oh, no estás despedido, si eso es lo que estás pensando. No es para nada lo que quería decir.

Se me escapó una risa nerviosa que no parecía mía.

—En este momento, estás a cargo de nuestro menú de postres y ni siquiera recuerdo la última vez que propuse algo que no hubieras investigado ya. Eres uno de los reposteros con más talento de la ciudad, y no solo lo digo yo, lo dice el maldito Frank Bruni. Si estuvieras en París, sería otra historia. Allí la competencia es brutal, es parte de nuestro ADN. ¿O es DNA? Bueno, lo que sea.

Le pegó una última calada al cigarrillo antes de apagarlo en el cenicero. Sin saber qué hacer con tanto silencio, di otro largo trago a mi copa, abrasándome la garganta y preguntándome si sus palabras reflejaban lo que pensaba o si simplemente estaba tratando de compensar el malentendido.

—Sea como sea, mi amigo Marcel Boisdenier, uno de los responsables del Culinary Institute, me ha dicho que deberías solicitar una beca. Hay muy pocas, pero eso no debería ser un problema —dijo, triunfal—. Solo tendrías que rellenar algunos formularios para recibir la ayuda federal para estudiantes.

Había tanto silencio que podía oír la respiración de Chef y el lejano murmullo de las voces que llegaban del bar de abajo. Al mirarle a los ojos, me sentí avergonzado, pequeño y prescindible. Llevaba tantos años viviendo con el secreto que había habido periodos en los que no pensaba en ello durante todo un día, pero el miedo siempre estaba ahí, acechando en las sombras, esperando el momento adecuado para reaparecer con fuerza renovada. Aunque la decisión de convertirme en indocumentado no había sido mía, sino de otros, yo era el que estaba obligado a vivir con ella.

Al principio, a Chef pareció confundirle mi falta de entusiasmo, pero tal vez pensó que estaba abrumado por la noticia. Sirvió un poco más de fuego en nuestras copas.

—Por el futuro —dijo levantando la suya.

Fijé mi mirada en un busto de mármol que descansaba sobre una mesita auxiliar y oí cómo aquellas palabras aprisionadas en mi cabeza se liberaban lentamente.

—No tengo papeles.

Él mantuvo su copa en alto, tomándose su tiempo para analizar lo que acababa de decir.

—Los papeles necesarios —añadí, como si precisara una explicación. Ahora era Chef quien no entendía.

—¿Cómo es posible? —dijo tras una pausa larga—. Llevas aquí mucho tiempo.

Dejó la copa sobre la mesa y se quedó inmóvil unos instantes. Su rostro parecía estar repasando una larga lista de opciones, luego dijo:

—Te conseguiremos los papeles necesarios.

Nos acabamos la botella de coñac mientras le contaba una parte de mi pasado que había compartido con muy pocas personas: cómo crecí en la Loisaida, fui a la Escuela Pública 64 de la calle Décima Este y perdí mi acento viendo *M*A*S*H*. Le sorprendió que hubiera podido asistir a la escuela y que muchos de mis compañeros de clase también fueran indocumentados. Le hablé del señor Banks, el director de la escuela, un héroe local que ayudaba a todos los estudiantes recientemente inmigrados a sortear la burocracia de su nuevo país y a encontrar ayudas que no dependieran del color de su pasaporte. Y cómo, al tratar de adaptarnos y convertirnos en norteamericanos, evitábamos hablar en español excepto cuando maldecíamos, nos peleábamos —lo que ocurría más a menudo de lo que me hubiera gustado— o cuando llorábamos.

Como Chef parecía verdaderamente interesado en mi pasado, le hablé de mi primer trabajo limpiando ollas y sartenes en Río Mar, un antiguo restaurante español en la Pequeña Duodécima Oeste cuya cocina estaba permanentemente asediada por un ejército de cucarachas gigantes. Cómo todos los sábados a las dos de la mañana, después de que se vaciara el comedor y de preparar las mesas para el *brunch*, compraba una tarjeta telefónica en una tienda cercana y hablaba con mi madre desde un teléfono público, siempre en pasajes y callejones sin salida, para que cuando se me llenaran los ojos de lágrimas nadie pudiera verme.

Salí del apartamento de Chef a las cuatro de la mañana, después de acordar que iría a ver a un abogado de inmigración, un amigo que le había ayudado con su propio proceso de ciudadanía. Me sorprendió saber que Chef se había nacionalizado, teniendo en cuenta la frecuencia con la que buscaba ocasiones para comparar desfavorablemente a Estados Unidos con Francia.

Pensar en mi pasado, y volver a vivir esos momentos que rara vez revisitaba, me había dejado muy tenso. Cuando abrí la puerta del edificio y me sumergí en el silencio de la ciudad cubierta de nieve, decidí volver a casa caminando. Las calles estaban tan desiertas que por primera vez en mucho tiempo pude escuchar mis pensamientos. Con la nieve hasta las rodillas y un viento áspero y punzante, crucé Park Avenue, mirando la luz amarilla de un taxi que se había arriesgado a una última carrera y ahora se encontraba atascado en medio de la calzada. Solo había tormentas invernales extremas cada pocos años, pero esa noche, en mitad de aquella imagen apocalíptica, me di cuenta de que disfrutaba más de la ciudad cuando estaba paralizada.

Tardé tres horas en volver al Meatpacking District, donde vivía desde hacía años. Recordé cuando iba en bicicleta por las serpenteantes calles adoquinadas, cuando era un barrio de gente marginal cuya existencia estaba condenada a largas noches en callejones oscuros e inhóspitos, en muelles decadentes o en bares apestosos. La época en que los artistas ocupaban edificios abandonados y convertían las paredes en arte que años más tarde se expondría en el museo Whitney, en la que los chicos prófugos vendían su juventud, y los yonquis vendían lo que podían.

Cuando llegué a casa, la luz de la madrugada hacía que el cielo pareciera mármol de Carrara. La fachada de mi edificio volvía a estar cubierta de grafitis. Al empujar la pesada puerta de metal, el frío que me recorrió la espalda me hizo subir corriendo los cinco tramos de escaleras. Mi apartamento, con sus altos techos y enormes ventanas, producía la ilusión de estar en el exterior, y en noches como aquella, resultaba casi mágico. Me enorgullecía tener una vivienda de alquiler fijo porque era un derecho ganado, la prueba de que uno había resistido durante los tiempos difíciles, cuando nadie quería vivir en el barrio.

Me quité los calcetines mojados y me serví un vaso de agua. Una luz roja parpadeante al otro lado de la habitación indicaba que tenía un mensaje de Chus, la única persona que conocía que aún seguía usando teléfonos fijos y contestadores automáticos. Chus era mi tío, mi madre y mi padre. Mi madre, incapaz de mantenerme, me había mandado a vivir con él cuando cumplí ocho años. Chus llevaba en Nueva York desde 1967, tras huir de la España fascista cuando su nombre apareció en una lista de estudiantes que se estaban organizando contra Franco. Chus había cruzado los Pirineos hasta llegar a Francia, pasado un tiempo en una comuna de París con otros exiliados españoles, y desde allí se había dirigido a Nueva York. Había participado activamente en el movimiento por los derechos civiles y pertenecido al Partido Socialista de América. Creía en el amor libre, así que casi todas las mañanas de mi infancia compartí mis Frosted Flakes con un hombre distinto. Llevaba más de dos décadas viviendo en la misma vivienda destartalada de la Avenida C. La mayoría de nuestros vecinos, portorriqueños, dominicanos y colombianos, habían empezado a retirarse a Spanish Harlem, Sunset Park y Corona a mediados de los ochenta. Él era uno de los pocos que quedaban.

Miré la luz parpadeante, aquella suave voz atrapada, esperando a ser liberada. No quería oír ninguna otra frase que no fuera *Te conseguiremos los papeles necesarios*. Como ya me había reunido una vez con un abogado de inmigración, sabía que poco o nada podía hacerse para regularizar mi situación migratoria, pero aquella mañana, tumbado en la cama, con la nieve cayendo suavemente sobre las ventanas y difuminando las luces del otro lado de la calle, fingí creer lo contrario.

La ciudad dormía. El silencio habitual de la madrugada se prolongó en el Meatpacking District hasta el mediodía. Aunque era mi día libre, llamé al restaurante para asegurarme de que no necesitaran ayuda. Durante las ventiscas, algunos cocineros tenían el desparpajo de no presentarse a trabajar, mientras que los encargados de la limpieza y los friegaplatos, que eran el personal peor pagado de la cocina y vivían en lo más profundo de Brooklyn y Queens, iban al restaurante aunque tuvieran que caminar durante horas por carreteras secundarias, puentes y túneles.

Me pasé por Florent, mi sitio preferido para desayunar, un *diner* francés a punto de cerrar sus puertas tras veinte años de buena comida y escandalosa vida nocturna. El dueño, un francés y activista *queer*, era un gran fan de mis postres. Todos los años, para el Día de la Bastilla, le preparaba una enorme y elaborada tarta con la cara de María Antonieta, lo que me garantizaba comida gratis durante todo el año. Hacía tiempo que el restaurante había perdido su energía desenfrenada, y ahora los clientes habituales pasaban la mayor parte del tiempo cotilleando sobre subidas de alquiler, ofertas y contraofertas. El cierre de un lugar tan emblemático, un cierre que se rumoreaba se produciría a finales de año, era una señal más de que todos, tarde o temprano, acabaríamos siendo expulsados del barrio.

Pinché la yema del huevo y esperé a que el plato se tiñera de amarillo, preguntándome si Chef, que claramente había tenido suerte al tratar con la agencia de inmigración ya que era dueño de un restaurante de fama mundial, podría ayudarme. Hojeé las páginas de un *Village Voice* que alguien había dejado allí, repasando mentalmente nuestra conversación. La cuenta que se deslizó junto a mi plato me devolvió a la realidad. La miré sabiendo que el total sería cero, pero dejé una propina que doblaba el coste de mi desayuno, me despedí de la camarera con un beso y me adentré en el frío.

Al pisar la acera sin barrer y patear la nieve, repitiendo las palabras *Te conseguiremos los papeles necesarios*, experimenté una extraña felicidad, un recuerdo lejano de mis días de adolescente. Caminé por el Village hasta que sentí los bajos de mis pantalones empapados y cargados. A pesar de su reticencia a hablar de nuestra falta de papeles, decidí contarle a Chus mi conversación con Chef. Cerca de Washington Square el tráfico había vuelto casi a la normalidad. Paré un taxi y le di al conductor mi antigua dirección.

Hice sonar el timbre tres veces, una clave que había empleado durante años para avisar a Chus de que iba a subir. Aunque yo tenía las llaves del apartamento, él solía levantarse para entornar la puerta y poder volver a su lectura. Al subir las escaleras y verla cerrada, supe que algo no andaba bien. Chus rara vez salía por las mañanas, solo cuando se quedaba sin café Bustelo o alguno de los niños ricos que se habían mudado al edificio le robaba el *New York Times* del vestíbulo. Las dos clases semanales que impartía eran siempre por la tarde. Cerré la puerta y entré sigilosamente en el cuarto de estar. Nada parecía extraño, el suelo estaba cubierto de torres inclinadas de libros y números del *New Republic,* la cocina abierta estaba pulcramente fregada. Le llamé varias veces por su nombre y caminé por el pasillo haciendo ruido para avisarle de que me dirigía a su dormitorio. La puerta estaba abierta de par en par. Chus estaba tumbado en la cama profundamente dormido, con la mesita de noche llena de medicamentos. Le quité un libro abierto como un pájaro en vuelo que descansaba sobre su pecho, apagué la luz y volví al cuarto de estar.

Dos horas más tarde, Chus entró en la cocina en pijama. Yo estaba leyendo un artículo sobre Serena Williams, y en el fogón se cocinaba a fuego lento una sopa de lentejas con chorizo, su plato favorito de invierno.

—No hay nada como despertarse con este olor —dijo, y luego tosió varias veces como queriendo expresar que estaba enfermo.

—No sabía que estabas resfriado —le dije—. Habría venido antes.

Chus se acercó a mí, pero cuando se inclinó para besarme la frente, eché la cabeza hacia atrás.

—Espera, no quiero que me contagies el resfriado.

—Lo siento. Tienes razón, tienes razón.

Nos habíamos visto hacía un par de semanas, pero parecía haber envejecido de golpe, la piel de su cara ya no estaba tensa y su paso era inseguro, como si dudara en cargar todo el peso sobre sus pies. Por primera vez, aparentaba su edad, un hombre que ya había vivido sus mejores años.

—¿Cómo te encuentras?

—Oh, estoy bien —dijo con displicencia, como si fuera una tontería preguntarlo.

—¿Fuiste al doctor Boshnick? —pregunté, sabiendo la respuesta. Chus llevaba un estricto control de su nivel de células T desde que se había vuelto seropositivo, e iba al médico con frecuencia.

—Sí. No será este catarro el que me lleve al otro barrio —dijo.

Sabía que los resfriados le aterrorizaban. Temía que su sistema inmunitario no fuera lo bastante fuerte para combatirlos. Llevaba más de veinte años tomando antirretrovirales, mucho antes de que los abrasivos cócteles debilitantes fueran sustituidos por una pequeña píldora anunciada por unos atractivos latinos en ropa interior.

—Por cierto, Alexis me contactó para que le escribiera una carta de recomendación. Va a pedir plaza en el Brooklyn College.

—Nunca entenderé por qué siempre te pones del lado de mis examantes.

—No me pongo del lado de nadie, Deme. El muchacho solo está pidiendo plaza en la universidad, necesita un poco de ayuda. No es que se vaya a mudar a casa.

—El muchacho, como lo llamas tú, es un hombre adulto que aún vive con su madre. Y por si te habías olvidado, me puso los cuernos. Aunque como todos los gays de esta ciudad son infieles, supongo que está todo bien.

—Estuvisteis juntos casi dos años, Deme. Intentó ser monógamo.

—No lo intentó con mucho empeño.

—No todo el mundo quiere una relación monógama.

—Eso está claro. Tú, desde luego, no. Por eso estás solo.

El radiador siseó, aunque no lo bastante fuerte como para tapar el filo de mis palabras. Miré el plato, avergonzado.

—Lo siento. No era mi intención.

Comenzó a servir las lentejas.

—He dicho que lo siento.

—Ya te oí la primera vez.

—No lo decía en serio. Es que todavía estoy muy dolido. Un año entero sin sexo y luego me entero de que Alexis se había estado acostando con gente a diestro y siniestro.

—Lo sé, lo sé. Debería haber sido sincero al respecto.

—¿Me perdonas? Realmente no quería decir lo que dije.

—Disculpas aceptadas —respondió, aunque me di cuenta de que estaba herido.

Su capacidad de perdonar siempre me hizo sentir menos humano que él. Después de mi reacción exagerada, ya no era buen momento para mencionar mi conversación con Chef.

—¿Cómo va el trabajo? —dijo Chus.

Le gustaba que le hablara del restaurante. Al principio pensé que su exasperación de que no continuara con mis estudios tras el instituto sería permanente, pero no duró mucho. Mi dedicación a la repostería y las primeras reseñas en diversas publicaciones alabando mis postres —aunque vistas en retrospectiva resultaban prematuras y algo exageradas— le convencieron de que tal vez no estaba destinado a la vida académica que había imaginado para mí.

—Una locura, lo que supongo que es bueno. Sobre todo si eres el dueño del restaurante —dije con una sonrisa.

Con la risa de Chus, se abrió una pequeña ocasión. Pensé que tal vez no fuera demasiado tarde para sacar el tema de Chef. Tras un gran suspiro, eché los hombros hacia atrás para prepararme, pero cuando le pasé el pan y comprobé lo frágil que estaba, con aquellos ojos hundidos, decidí poner la radio. El tema de *All Things Considered* llenó la habitación. Chus movió sus largos dedos como si tocara una flauta invisible. Empezamos a comer.

CAPÍTULO DOS

Los siguientes días viví aturdido. Solo podía pensar en mi conversación con Chef. Cada vez que estábamos solos en el mismo espacio, lo que no era frecuente, me sentía como si todo mi cuerpo se volviera de cartón mojado. Tras emplatar un postre, me preocupaba que se me fuera a escurrir mientras lo colocaba en la fila para que lo recogieran mis compañeros. Estaba tan incómodo que me recordó la única vez que cometí el error de tener una historia de una noche con un camarero. Durante muchas semanas estuve inquieto y distraído, pensando permanentemente en cuándo iba a toparme con él, sin poder superar el hecho de que el chico conociera mi aspecto sin el uniforme blanco de cocinero, el tipo de ropa interior que llevaba, la cara que ponía al correrme. Por suerte, no duró mucho y se volvió a Wisconsin para casarse con su novia del instituto.

Chef era un fanático del fútbol y le encantaba hablar de cualquier liga europea que se disputara en ese momento. A mí nunca me gustó ese deporte, a pesar de haber nacido en España, lo que aparentemente conlleva una lealtad impuesta al Real Madrid o al Barcelona. Igual me mantenía informado para que cuando él empezara a hablar de mujeres, yo tuviera algo con lo que desviar su atención y seguir la charla. Él sabía que me acostaba sobre todo con chicos, pero al parecer, como mencioné una vez que había tenido sexo con chicas en mi adolescencia, eso me convirtió en lo bastante hetero como para escuchar sus confidencias.

Mi mejor amigo, Richard, que había trabajado en Le Bourrelet casi tanto tiempo como yo, se había marchado recientemente para convertirse en el *sous-chef* de Clement, el restaurante del hotel

Peninsula. Cuando se despidió, Chef me pidió que le convenciera para que se quedara, lo que me pareció extraño y ni siquiera lo intenté porque sabía que era inútil. Incapaz de persuadirle con palabras y un aumento, Chef se lo llevó a Eleven Madison, y cuando quedó claro que ninguna comida le iba a hacer cambiar de opinión, se marchó furioso y sin probar el postre. Ahora, una semana después de mi conversación con Chef, empezaba a temer que su silencio tuviera que ver con mi fracaso a la hora de convencer a Richard para que se quedara.

—No creo que sepa lo unidos que estamos. Es demasiado egocéntrico para fijarse en otra cosa que no sea él mismo y los platos que están por salir al comedor —dijo Richard mientras esperábamos los *dumplings* en Nom Wah.

—No sé. Tengo un extraño presentimiento.

—Tú y tus extraños presentimientos. Olvídate. Todo va a ir bien.

Cuando llegó nuestra comida, recordé lo vulgar que se había vuelto. Atrás quedaban los días en que todavía era un salón de té y la mejor panadería de Chinatown. Chus y yo solíamos acudir con frecuencia a compar pasteles de luna, y durante el Festival del Medio Otoño, la celebración lunar china, la cola daba la vuelta a la manzana. Luego íbamos a la cancha de baloncesto y nos sentábamos bajo el puente de Williamsburg mientras Chus contaba historias sobre su época en la comuna y cómo pagaba las facturas posando desnudo para un viejo pintor español que vivía en Montmartre y cuyo único talento era el de abrir la cartera.

—No puedo con estos *dumplings*, Deme. No entiendo tu fascinación por este lugar —dijo Richard tras dar un bocado.

—Lo sé. Justo estaba pensando en eso. Es pura nostalgia.

—Ya te lo he dicho antes. Sientes demasiado.

—Y tú demasiado poco.

—¿A qué viene eso?

Sonreí y le di un trago a mi cerveza.

—¿Qué quieres decir? —replicó, riendo— ¿Te refieres a Erica? ¿Al hecho de que se haya vuelto loca porque no quiero ser exclusivo? Eso no es culpa mía. No a todo el mundo le interesa la domesticidad.

—Era una broma.

—Seguro. ¿Sabes algo de Alexis? ¿Seguís siendo amigos? —preguntó.

—De momento, no. Hemos decidido, quiero decir, he decidido por los dos, que es mejor no tener contacto durante un par de meses. Ya se verá si podemos recuperar la confianza.

—Querrás decir si *tú puedes* recuperar la confianza.

—Sí, eso es lo que quería decir.

Richard negó con la cabeza.

—¿Qué? Dilo.

—Sabes que estás al borde del puritanismo, ¿verdad?

—¿Porque creo que el sexo es más satisfactorio con alguien a quien realmente quieres y respetas?

—¡Exacto! Eres un cursi.

—Si hubieses crecido con un tío poliamoroso, tal vez pensarías de otra manera.

—Puede ser. Para que quede claro, solo quería decir una vez más lo bien que me caía, por mucho que fuera un follador empedernido. Quiero decir que lo entiendo. Yo también soy como uno de esos perros con la polla fuera en el parque de Tompkins Square que se tira a todo lo que se menea —dijo, y luego se rio.

—Dios. Cuánta elegancia.

—Te digo que es muy jodido. Tú y yo hemos nacido con la orientación sexual equivocada. Tú eres el hombre más comprometido y leal que conozco, el sueño de toda mujer. Y yo me moriría si pudiera conectarme a internet y que me trajeran al instante un coño a casa.

—¡Dios, Richard! Es una locura la cantidad de cosas ofensivas que puedes meter en solo un par de frases.

—Para eso vale Yale, colega. Treinta y cuatro mil dólares al año —dijo, llamando a la camarera.

Nos despedimos con un beso antes de abrigarnos y salir del restaurante. La temperatura había bajado considerablemente y el paseo hasta el metro con una simple chaqueta de cuero fue como entrar desnudo en la cámara frigorífica del restaurante. Antes de dirigirse a su nuevo apartamento en Queens, que le había prometido visitar pronto, Richard me besó en los labios por segunda vez, una afición que había comenzado años atrás cuando se enteró de que era la forma en que se saludaban algunos gays. Me acordé del día exacto. Ya habíamos cerrado el restaurante y nos habíamos pulido una segunda botella de un Grüner eslovaco con el que Richard estaba obsesionado en ese momento. Me llamó «heterófobo».

—¿Qué? —le dije.

—Sí, en cierto modo lo eres. ¿Por qué nunca me besas en los labios cuando me ves y en vez de eso me das un apretón de manos?

—Porque sí.

—¿Cómo que «porque sí»?

—Muy sencillo. Porque no eres gay, Richard. Por eso.

—Eso es exactamente lo que quiero decir. Eres descaradamente heterófobo.

—Estás borracho —respondí, para que lo dejara.

—Bueno, me siento insultado. Quiero que me trates como a cualquiera de tus amigos gays —dijo.

—De acuerdo, a partir de ahora te saludaré con un beso. ¿Estás contento? —dije, y aunque pronuncié las palabras con exasperación, lo cierto es que me emocioné.

Richard inclinó en ese momento su cara hacia la mía.

—Vamos, Richard, no te pongas pesado.

Cerró los ojos. Mientras le besaba, uno de los friegaplatos empujó un cubo detrás de nosotros.

—¡Pinches putos! —dijo.

—Putísimos —respondí, apartándome. Richard se partió de risa. No hace falta decir que el rumor de que estábamos follando estalló como una sartén al fuego.

Trece días después de haberme reunido con Chef en su apartamento, fuimos a ver al abogado de inmigración. El despacho estaba en la última planta de un edificio art déco del centro de la ciudad, con una pesada puerta giratoria de latón en la que había que apoyarse con todo el cuerpo para que se moviera. Subimos en un ascensor manejado por un tipo en uniforme verde con relucientes botones dorados. En el cuello, asomando por encima de la camisa blanca, llevaba tatuada una corona que había visto en muchos chicos de mi antiguo barrio, una señal que generalmente significaba una estancia en la cárcel de Sing Sing. Cuando llegamos al duodécimo piso y se abrieron las puertas, intercambiamos una mirada que hizo que se subiera un poco más el cuello de la camisa.

El despacho era amplio y estaba bañado por la fría luz del sol invernal. En el centro de la sala había una larga mesa cubierta con altas pilas de carpetas de manila que vistas desde arriba parecían tejados.

—Qué nivel —dijo Chef, tomando asiento—. Le debe ir bien.

Habíamos intercambiado pocas palabras desde que nos encontramos en la entrada del edificio. Estaba a punto de asentir cuando un hombre delgado y de aspecto nervioso entró en la sala. Olía a tabaco.

Nos pusimos de pie. Se saludaron en francés y se dieron tres besos. Estreché su mano suave. Tenía las uñas cuidadas y brillantes. Se presentó en inglés. Se llamaba Frédéric y su forma de hablar me hizo sentir que ya le estaba haciendo perder el tiempo. Le expliqué mi situación pero le ahorré los detalles que había compartido con Chef. Me preguntó por las fechas concretas y el puerto de entrada, con una voz que denotaba falta de esperanza. Le respondí con parquedad, imitando su tono. Luego le dije que llevaba casi ocho años pagando impuestos, algo que, a pesar del número de la Seguridad Social falso, siempre me había parecido un acto redentor. Aún no había terminado la frase cuando levantó la mano para indicarme que parara.

Enmarcado por diplomas de Harvard y fotografías de apretones de manos con jefes de Estado, Frédéric habló con una frialdad ensayada.

—Lleva usted dieciséis años infringiendo la ley. Que pague impuestos o no es absolutamente irrelevante. La única manera de que se establezca legalmente en este país es abandonar los Estados Unidos, aceptar una prohibición de diez años y posteriormente solicitar una visa de trabajo.

Más que como un abogado, sonaba como un juez emitiendo un veredicto.

—Pero tiene que haber una manera —dijo Chef, descruzando las piernas—. ¿Y si lo adopto y reclamo una residencia permanente para él?

—Por desgracia, esa no es una opción. Solo se puede hacer cuando el individuo es menor de edad.

—¿Y si se casa? —preguntó Chef, no dispuesto a rendirse.

—Arnaud, *mon ami* —respondió condescendientemente—. Las cosas han cambiado mucho después del 11-S. La agencia de inmigración descubriría que ha estado infringiendo la ley durante años. Por no hablar de que volvería a infringir la ley, y no puedo aconsejarle que lo haga.

—*Merde!* —gritó Chef, como si se dirigiera a uno de los cocineros.

—Por desgracia, no hay nada que hacer. Diez años no es mucho tiempo —dijo, mirando su BlackBerry.

Le sonreí para ocultar lo mal que me sentía. No era la primera vez que escuchaba esas palabras, pero escucharlas delante de Chef las hacía irreversibles y permanentes. Ya no me sentía capaz de ocultarlas. Sabía que a partir de ahora, cada vez que Chef me mirara, vería a alguien inferior, limitado, alguien incapaz de prosperar.

El descenso en ascensor se me hizo interminable. Estaba lleno de rabia y desesperación por haberme engañado a mí mismo durante las dos últimas semanas pensando que en algún momento la puerta se abriría, cuando en realidad la puerta se había cerrado en el momento en que entré al país. Desde que supe de mi condición de indocumentado hacía casi una década, había estado construyendo posibles escenarios que me concedieran algún tipo de amnistía y me había perdido en la fantasía.

—Puto Frédéric. Es un puto incompetente —dijo Chef saliendo del edificio.

—Siento haberte hecho perder el tiempo, Chef.

—No seas tonto. Ya lo arreglaremos.

Ambos sabíamos que no había nada que arreglar.

Caminamos en silencio hasta Columbus Circle. Allí nos sentamos en un banco helado y admiramos la enorme escultura del globo terráqueo recortada contra el cielo azul, sus continentes conectados por barras de acero concéntricas. Me quedé mirando el sol de invierno que se filtraba a través de las brillantes placas, obligándome a no parpadear hasta que me dolieron los ojos. En un momento dado, Chef me dio un abrazo, murmuró algo sobre lo idiota que era Bush y se alejó a paso ligero.

El invierno transcurrió a un ritmo glacial, parecía incluso más largo y frío que otros, de modo que a principios de febrero empecé a contar los días que faltaban para que el reloj se adelantara oficialmente una hora, una idea que me pareció brillante en su momento y que solo hizo más tortuosa la espera. Nuestra cocina necesitaba una renovación desde hacía años y el Chef decidió cerrar las dos últimas semanas del mes para la reforma.

Como nunca había estado de vacaciones más de un par de días, me sentí tentado de ir a Miami, donde mi amigo Lucio se había mudado recientemente para dirigir la cocina de Acqua, pero cuando llegó el momento, me dio miedo el largo viaje en autobús y recorrer una ciudad desconocida con un carnet de identidad de Nueva York, por lo que decidí no ir y me pasé esos días en pijama, saliendo de cuando en cuando del apartamento a comprar alitas de pollo en mi bar irlandés favorito o a dar paseos a media noche.

Probablemente eran imaginaciones mías, pero después del encuentro con el abogado me pareció que algo había cambiado entre Chef y yo, como si él no pudiera superar el hecho de que, a los ojos del país, yo era y sería siempre un ciudadano de segunda clase. En el sector se sabía que Le Bourrelet era el tipo de sitio al que la gente iba a hacer currículum y luego pasaba a otros trabajos con mejores sueldos y beneficios. Tras casi una década trabajando para Chef, con el impulso de mi carrera perdido y transcurridos ya los mejores años de vida del restaurante, me sentía como si mis amigos se hubieran ido de la fiesta en el momento justo y yo, por haberme quedado más de la cuenta, me encontrara ahora atrapado ayudando a limpiar al anfitrión a plena luz y con una resaca inminente perforándome la cabeza.

El último día antes de volver al trabajo, aprovechando que el tiempo era inesperadamente cálido, me obligué a hacer algo, sobre todo para poder comentarlo en la comida de empleados con mis compañeros. Pasear en bicicleta por el Hudson, contemplando los cambios de color del agua en su camino hacia el sur, hacia el Atlántico, había sido uno de mis pasatiempos favoritos durante años. Había algo en la cercanía del agua que me calmaba la ansiedad.

Bajé con la bicicleta al hombro y me dirigí al museo Nicholas Roerich, una casa en Morningside Heights que albergaba la mayor parte de la obra de Roerich. No soportaba las hordas de turistas, por lo que siempre andaba en busca de colecciones más íntimas y menos conocidas. Conocí ese y otros pequeños museos gracias a Ben, la pareja más estable de Chus. Tuvieron una relación de veinte años, pero nunca vivieron juntos. Durante un tiempo hubo un tercer amante, y aunque Chus y Ben pasaron largos periodos sin verse, siguieron siendo pareja. Ben fue siempre una figura paterna para mí, la persona que me esperaba a la salida del colegio para llevarme a casa. Constituyó, junto a Chus, la presencia más constante en mi infancia. Cuando murió por complicaciones de una neumonía en 1997, sentí como si hubiera perdido a uno de mis padres.

Cuando Ben vivía, la obra de Roerich no me había emocionado especialmente, pero ahora, al contemplar esos paisajes celestiales del Himalaya con sus oníricos colores pastel, esas místicas representaciones del Everest con su cima sobresaliendo las nubes, la oscuridad que había invadido mi vida se disipaba por momentos. Recorrí esa casa con sus muros cubiertos de cuadros, incluidos vestíbulo y escaleras. En una habitación, un bebé empezó a berrear. La madre empujando el cochecito tenía aspecto de ser española, había algo en sus rasgos que no podía precisar. Y mientras pensaba en eso, con voz tranquilizadora, ella empezó a cantar una nana española que yo había oído antes. Cerré los ojos y me concentré en la canción, transportándome lentamente a una calle de Sevilla. Mi madre me acunaba en sus brazos mientras observábamos un desfile de personas de aspecto siniestro que arrastraban enormes crucifijos con unos hábitos color morado oscuro y unas capuchas puntiagudas. Caminaban descalzos por penitencia pascual, con los pies hinchados y ensangrentados. De pronto, las imágenes me parecieron tan vívidas e inquietantes que tuve que abrir los ojos. Dirigiéndome a la salida, pensé en lo mucho que me habría gustado conocer a mi madre de adulto, en lo que habría dado por poder volver al callejón tras el restaurante después del último turno y contarle una mentira más sobre lo feliz que era en Estados Unidos.

Había algunos rituales que Chus y yo seguíamos cumpliendo, como si de ello dependiera la supervivencia de nuestra familia de dos miembros. Uno de ellos era el cumpleaños de Ben. Todos los años preparaba un extravagante pastel que disfrutábamos mientras hojeábamos viejos álbumes de fotos y veíamos las mismas cintas, granulosas y rayadas por el paso del tiempo. Me llenaba de alegría imaginar la reacción de Ben cuando abría la caja de la tarta y le explicaba su contenido. Chus atesoraba los recuerdos de cuando estábamos todos juntos, y yo intuía con frecuencia que eso era lo que le permitía seguir adelante.

Ese año hice una tarta de limón y merengue inspirada en Alexander McQueen. Chus y yo habíamos decidido que si Ben hubiera vivido lo suficiente para ver a McQueen alcanzar la fama, le habría encantado su obra. Me quedé hasta tarde dos días seguidos después de que cerrara el restaurante y esculpí un zapato de tacón hecho con mandarinas confitadas, merengues desmenuzados por encima, pan de oro comestible y plumas de cáscara de limón confitadas. Fue una de las tartas más elaboradas que había hecho en mi vida. Las tiras de los zapatos, que hice con azúcar hilado, se rompían una y otra vez, hasta que por fin alcanzaron la consistencia adecuada.

El día del cumpleaños de Ben, saqué el zapato de la cámara frigorífica, hice algunas fotos para mi archivo y construí un andamiaje de cartón y plástico de burbujas. De camino al apartamento de Chus, sentado en un taxi con la caja sobre el regazo, contemplé el irreconocible East Village, los viejos bloques de viviendas de la calle Trece sustituidos por horribles edificios que se veían anticuados incluso antes de que los hubieran terminado. El paso de una ambulancia invadiendo el carril contrario me hizo recordar la mañana en que encontré a Ben retorciéndose de dolor en el suelo de la cocina. Tenía fiebre alta y un sarpullido en el cuello. Lo tumbé en el sofá y llamé a Chus, que estaba en Fire Island. Me dijo que lo llevara a urgencias del St. Vincent's mientras él regresaba. Pasamos julio y agosto sentados junto a una cama de hospital que para finales de verano se había convertido en un ataúd. Durante nuestra estancia, un amigo con el que habíamos celebrado Acción de Gracias murió en la misma planta. Menos de ocho semanas después de que Ben ingresara, lo sacamos de su habitación bajo una sábana blanca cosida con una cruz azul.

El día que falleció Ben, Chus no volvió a casa al salir de St. Vincent's. Hecho trizas y al comienzo de una depresión que duraría años, volvió a Fire Island y no regresó hasta que se reanudaron las clases. Yo regresé a nuestro apartamento y me encontré, al final de las escaleras, iluminado por velas parpadeantes, un altar hecho con Tupperwares apilados contra la puerta principal. Parte de la comida aún estaba caliente. Me rendí al dolor que había contenido durante semanas. Llorando desconsoladamente, agarré las tarjetas de pésame que no pude leer hasta pasados varios meses y me esforcé por meter la llave en la cerradura. Cuando al fin pude abrir la puerta, me senté en el suelo con la espalda apoyada en ella.

Me pasé el resto del día escuchando viejos discos de María Dolores Pradera, la cantante favorita de Ben. Cuando el sol empezó a ponerse, me di cuenta de que no podría dormir en el apartamento. Subí al tejado y grité hasta quedarme afónico. Tumbado bajo las estrellas, arropado con una manta, me dormí con el sonido lejano de los camiones golpeando los baches de la calle Catorce.

Esos recuerdos me acechaban siempre, esperando a que bajara la guardia para obligarme a revivir su dolor. A veces persistían durante días o se apoderaban de mí durante el sueño, despertándome con una extraña sensación difícil de disipar hasta que me encontraba de nuevo en la cocina, entretenido en tareas rutinarias.

Chus estaba sentado en el sofá, rodeado de libros y montones de papeles, preparando una de sus clases. Dejé la caja sobre la mesa de la cocina y me quité el abrigo.

—Hacía siglos que no te veía. ¿La barba es un nuevo *look* o es pura pereza? —dijo en tono socarrón.

Llevaba una chilaba, el uniforme de verano que Ben y él habían adoptado durante años en la isla. Recuerdo lo mucho que me avergonzaban sus atuendos cuando era adolescente. Ahora nada me habría hecho más feliz que verlos pasear por la playa vestidos con sus túnicas marroquíes.

—Seguramente es un nuevo *look* fruto de la pereza.

—Estás mucho más guapo sin ella, si te interesa mi opinión —dijo Chus, y luego cambió de tono al fijarse en la caja—. ¿Qué tenemos aquí?

Vio que había vuelto a dejar el abrigo en la silla.

—No sé cuántas veces te he dicho lo del abrigo —dijo, recogiéndolo y volviendo hacia el armario de la entrada.

—Me lo has dicho un millón de veces, como la buena vieja burguesa en la que te has convertido.

Se rio mientras yo buscaba las tijeras.

—Están en el fregadero —gritó desde la entrada.

Las enjuagué y corté los cordones, esperando que las plumas siguieran enteras.

—*Voilà!* —dije, retirando las tapas y desmontando la estructura de cartón.

—¡Dios mío, Deme! Es realmente excepcional —dijo, admirando el pastel desde distintos ángulos—. ¡Un zapato!

Permití que se hiciera un silencio incómodo entre nosotros.

—¿Un zapato cualquiera?

Chus arrugó la nariz y lo inspeccionó con cara de preocupación. Me sentí mal por ponerle en un aprieto.

—Diseñado por...

—¡McQueen! —gritó, y empezó a aplaudir—. ¡Un zapato McQueen! Oh, Deme. Es precioso. No deberíamos comérnoslo. —Su voz se nubló momentáneamente—: A Ben le habría encantado.

Me aclaré la garganta.

—Bien. Esto es lo que tenemos por aquí —dije, señalando sus diversas partes—: mandarinas confitadas, merengue, cáscara de limón y frambuesas.

Chus miraba fijamente la tarta, pero me di cuenta de que ya no estaba allí.

—¿Qué tal unos Negronis? —pregunté, abriendo la nevera y viendo que tenía naranjas.

—Por mí, bien. Nos van a sentar de maravilla —dijo—. Uy, no tengo ginebra.

—¿Tienes tequila?

—Sí, tengo una botella por ahí.

—Genial, los haré con tequila. Salen súper ricos.

Me excusé para ir al baño y fui a mi habitación. Encendí la luz y me senté en la cama. Algunas de mis viejas fotos aún seguían colgadas de las paredes que había pintado en cierta ocasión de amarillo canario. Me costaba creer que en algún momento aquel color me hubiese resultado atractivo. Las imágenes habían sido momentos felices de mi infancia, pero ahora me entristecían. La vista desde mi ventana, entonces compuesta por azoteas de piedra rojiza en las que algunos de mis vecinos criaban gallinas, ahora estaba cubierta por un edificio alto y siniestro de cristal oscuro. Ni siquiera pasaba ya la luz del sol que solía iluminar la mesa donde hacía los deberes. Mientras buscaba marcas familiares en las paredes, escuché a Chus peleándose con la cubitera. Apagué la lámpara y miré las pegatinas del techo, un puñado de estrellas fosforescentes que habían perdido su brillo.

—¿Va todo bien? —preguntó Chus cuando regresé a la cocina.

—Sí, solo estoy cansado. El trabajo está siendo una locura.

Le observé mientras lavaba la coctelera y me planteé sacar el tema de la reunión con el abogado. Pero ¿qué sentido tendría? Chus llevaba razón. Hablar de algo que no tiene solución es una pérdida de tiempo.

—Toma, haz los honores —le dije, entregándole el cuchillo.

—No, no. Lo voy a destruir.

—Vamos, dale —dije, cortando una pequeña porción y desprendiendo una de las plumas, que se rompió en pedazos. Alzamos nuestras copas.

—Por Ben. —Chus me lanzó una mirada familiar—. Y por ti. —Se estaba poniendo blando.

—Por nosotros.

CAPÍTULO TRES

La hora se había adelantado oficialmente y la luz del sol, que empezaba a proyectar sombras al caminar por la calle, prometía que días más cálidos estaban cerca. La esperanza se disipó cuando el primer día de primavera nos sorprendió otra tormenta de nieve y en las caras de la gente se veía reflejado el cansancio de un invierno más largo de lo habitual. Yo achacaba mi mal humor y mi falta de energía al tiempo, a demasiadas noches junto a un radiador hirviendo que me había dejado la piel como papel de lija.

En Le Bourrelet había ganado cierto crédito ayudando a los demás y escribiendo cartas de referencia a compañeros que se presentaban a entrevistas de trabajo, un crédito que nunca cobraría porque había asumido que me iba a quedar con Chef para siempre. Los lavaplatos siempre sabían todo sobre quién estaba contratando y dónde. Un día, oí por casualidad a «Los Managuas», un par de hermanos que llevaban con Chef más tiempo que yo, decir que Thomas, un *sous-chef* que se había trasladado a Londres para trabajar en el Dorchester, había regresado a la ciudad para convertirse en jefe de cocina del restaurante Four Seasons. Conociendo la pasión de Thomas por la cocina francesa contemporánea, me sorprendió que estuviera interesado en hacer *New American*. Como no tenía libertad para cambiar de trabajo, me había habituado a ignorar esa clase de información, pero en esa ocasión empecé a fantasear con la idea de trabajar en el restaurante Four Seasons.

Richard y yo llevábamos semanas intentando quedar, pero nuestros horarios, sobre todo el suyo, eran imprevisibles. Siempre nos turnábamos para elegir sitios, y tal vez porque quería vengarse después de la decepcionante comida en Nom Wah, quedamos en Hogs &

Heifers, en Washington Street, el bar más blanco y hetero de toda Nueva York. En una mesa alta, bebiendo latas de cerveza de tres dólares y rodeado de miles de sujetadores colgados en la pared, me puse a pensar sobre la mejor manera de ponerme en contacto con Thomas.

—¿Tú guardarías tu número de teléfono norteamericano si pasaras dos años en el extranjero? —pregunté a Richard cuando volvió con la siguiente ronda.

—No lo sé. Lo más probable es que no. ¿Por qué lo preguntas?

—¿Te acuerdas de Thomas Shultz? Es el nuevo jefe de cocina del Four Seasons.

—Qué casualidad. Acabo de verlo en el baño poniéndose un tiro.

—¿Qué?

—Mira —dijo, señalando el bar—. Ahí está, pidiendo una copa.

—Ahora vuelvo.

Me acerqué a él mientras un nuevo grupo de chicas se subía a la barra.

—¿Qué tal, tronco? Ha pasado un milenio —dije, dándole una palmada en la espalda.

—¡Hombre, Demetrio! *¿Cómo está usted?*

—Todo bien, todo bien. ¿Estás de vuelta?

—Dios, sí. Londres es un coñazo. ¿Aún dejas que abusen de ti en Le Bourrelet?

—No está tan mal, pero sí, allí sigo. Dame tu número.

—Tengo el mismo de siempre, mándame un mensaje cuando quieras. Ahora estoy en el Four Seasons.

—Impresionante. Felicidades.

—Sí, pásate que te invito.

Esa misma semana, hice algo de lo que nunca me habría creído capaz: le mandé un mensaje a Thomas y le pregunté si estaban buscando un jefe de repostería. Me respondió casi al instante que había estado a punto de mencionármelo la otra noche, pero que nunca pensó que estuviera abierto a marcharme. Su comentario, aunque bien intencionado, me hizo sentirme como un traidor. Me dijo que si quería incorporarme el puesto era prácticamente mío, porque mi nombre ya había sonado un par de veces pero lo habían descartado por mi conocida lealtad a Chef. Discutimos luego distintas opciones de postres y acordamos que prepararía dos de mis creaciones más recientes para el chef ejecutivo: la *tarte au citron* de limón Meyer y azafrán servida con ricotta artesanal y endulzada con miel del valle del Hudson, y la *nonnette* de matcha rellena de frambuesas y acompañada con helado de sésamo negro.

Me resultaba difícil imaginar lo que sería trabajar en el Four Seasons, que mis postres pudieran degustarse en uno de los restaurantes más exclusivos del mundo. Ben me había llevado una vez, no para comer, sino para admirar el espectacular telón que Picasso diseñó para los Ballets Russes porque quería utilizarlo como referencia para un decorado que le había encargado Merce Cunningham.

El día después de mi conversación con Thomas recibí una llamada de la directora de recursos humanos. Bettina me trató como si fuéramos amigos de la infancia e hizo que las posibilidades de conseguir el puesto parecieran tan reales que, a mitad de la conversación, estuve a punto de colgar. Sabía que buscar trabajo en un lugar tan corporativo conllevaba un riesgo e hice todo lo posible por no dejar que el miedo me paralizara.

Estaba ansioso por trabajar en la cocina del Four Seasons, pero cuando recibí la dirección para una cita una semana más tarde, no era en el edificio Seagram, sino en un anodino edificio de posguerra cercano a la autopista West Side. Era una gélida tarde de abril y el sendero junto al río estaba casi desierto, con excepción de algunos corredores con la nariz roja embutidos en trajes térmicos y turistas desorientados que buscaban el portaaviones *Intrepid* convertido ahora en museo. Cada vez que pasaba por allí en bicicleta, pensaba en Walter, un amigo de la infancia que se alistó en el ejército durante la guerra de Afganistán para pagarse la universidad porque su sueño era estudiar Filosofía en Sarah Lawrence. Nunca volvió. Ralentizando el paso, recé: «Dios te salve, María, llena eres de gracia», y giré a la derecha por la Cuarenta y Cuatro Oeste hacia la Décima Avenida.

Cuando entré en el edificio, antes incluso de que pudiera enseñar mi carnet de identidad al guardia de seguridad, se me acercó una mujer vestida con un traje de oficina negro.

—¿Demetrio?

—Sí —respondí tratando de secarme la nariz discretamente.

—*Encantada* de conocerte. Como te dije por teléfono, es un gran honor. Thomas habla *muy bien* de ti —dijo tendiéndome la mano.

—Gracias —dije, sin acabar de creerme que hubiera utilizado la palabra «honor».

—Vamos a mi despacho. —Hizo un gesto que indicaba que no necesitaba registrarme—. Te *encantarán* las vistas.

Era como si Bettina sintiera la obligación de enfatizar al menos una palabra en cada frase. Sus modales premeditados y sus elogios exagerados, que en otro momento me habrían desagradado, hicieron que me sintiera valorado. Tomamos el ascensor hasta su despacho, donde me entregó una carpeta azul con mi nombre impreso. Después de darme la solicitud, me pidió que rellenara todos los formularios y dijo que volvería enseguida.

En cuanto cerró la puerta, pasé las páginas buscando la palabra «E-Verify», el nombre del sistema instaurado por la administración Bush para impedir que los inmigrantes indocumentados obtuvieran empleo. A continuación, volví a hojear los formularios, esta vez leyéndolos línea por línea.

No encontré la palabra por ninguna parte, pero sí tuve que escribir varias veces mi número de la Seguridad Social y los nombres de dos referencias profesionales. Puse a Richard y a Lucio y experimenté una extraña sensación de importancia al escribir *Península* y *Acqua* junto a sus números de teléfono. También me pidieron que firmara un formulario en el que declaraba carecer de antecedentes penales, mi remuneración deseada y mi salario actual, una cifra que, teniendo en cuenta los bajos sueldos de Le Bourrelet, inflé un treinta por ciento, como me había sugerido Richard.

—¿Listo? —dijo Bettina, abriendo la puerta—. Estupendo. Como ya te he dicho, no es más que una formalidad.

Me pregunté si eso significaba que no iban a comprobar la información.

Subimos a la última planta y cruzamos un comedor para llegar a una cocina con vistas al río Hudson. Fingí estar absorto en mis pensamientos inspeccionando hornos y utensilios mientras mi mente bullía con las firmas que había estampado en los formularios y que, debido al temblor de mis manos, no se parecían en nada a mi caligrafía real. Cuando me dejaron solo y me puse a cocinar, empecé a relajarme. Al mezclar el azúcar glas con el agua de azahar para verterla sobre las *nonnettes,* noté cómo el murmullo lejano de la autopista West Side se hacía más fuerte y lo que había sido un tenue sonido se convirtió en el pesado clamor de todos aquellos coches batallando en hora punta.

Momentos después de emplatar la *tarte au citron,* Bettina apareció de nuevo. Me pregunté si me habría estado vigilando. Esperaba que viniera con el director de comidas y bebidas, pero estaba sola y parecía distinta. No sabía a qué se debía o si eran solo imaginaciones mías. Al rodear el mostrador de preparación, me di cuenta de que se había puesto zapatillas de deporte.

—El señor Benet está ocupado en una reunión.

—Ah, no hay problema —dije, pensando que no había habido tiempo para que revisaran los formularios.

—Es muy habitual. No te preocupes. Siempre llega tarde —dijo, y a continuación puso los ojos en blanco. Me sorprendió que hiciera algo tan irrespetuoso delante de alguien a quien acababa de conocer.

—Oh, no importa —mentí.

Me aseguró una vez más que preparar los postres era una mera formalidad, la decisión era exclusivamente de Thomas. Antes de despedirnos, estuve a punto de mencionar que tenía que ser algo más que eso, o de lo contrario no estaría allí, pero lo dejé pasar y preferí sonreír.

Al día siguiente me levanté temprano y salí a dar un largo paseo en bicicleta. Cuando volvía de Nyack, cruzando el puente George

Washington, recibí un mensaje de texto de Thomas en el que decía que el trabajo era mío. Un subidón de adrenalina se apoderó de mi cuerpo, haciéndome pedalear frenéticamente, mientras un viento cortante me empujaba hacia delante. Miré a las nubes que sobrevolaban el cielo y grité:

—¡Lo conseguí! ¡Lo conseguí, joder!

Cuando entré en el Hudson River Park, me bajé de la bici y me dirigí a la parte más alejada, cerca del agua. Me tumbé en la hierba amarilla, saqué el móvil y me planteé llamar a Chus. Como sabía que me habría desaconsejado presentarme a ese trabajo, preferí no decírselo, pero ahora que era mío, una necesidad irrefrenable de compartir la noticia me hizo marcar su número. Cuando oí su voz, colgué mientras pasaba un barco del Circle Line. Saludé a los turistas que estaban en cubierta. Nadie me devolvió el saludo.

Esa noche, estresado por la conversación pendiente con Chef, pensé en comprarme una botella de champagne Taittinger Comtes de 2000, pero acabé comprando cava en una licorería. Una lluvia constante se extendía por las calles de la Loisaida, ralentizando los coches. Siempre que volvía, no dejaba de asombrarme que el barrio estuviera abarrotado de cafés, restaurantes de comida mediocre a precios desorbitados solo para poder pagar el alquiler, y bares lúgubres diseñados para imitar el espíritu de los años ochenta. Solo habían sobrevivido al aburguesamiento las sigilosas ratas que satisfacían sus necesidades en los rebosantes y pútridos contenedores de basura. Crucé Tompkins Square Park en dirección a la Avenida B, tomada en su día por yonquis necesitados de refugio temporal y ahora repleta de jóvenes ricos que jugaban a ser pobres, con sus caras de porcelana y sus dentaduras perfectas iluminadas por las pantallas de sus móviles.

Me detuve en la esquina de la Avenida C con la Octava, desde donde podía ver la tenue luz que salía de la mesilla de noche de Chus. Seguramente estaría dormido, con un libro abierto apoyado en el pecho. Aun sabiendo que, dijera lo que dijera, Chus iba a desaprobar lo imprudente que había sido con mi suerte, ensayé distintas formas de contarle lo de la entrevista hasta que mi ropa se empapó completamente.

Cuando entré en mi apartamento, estaba tan eufórico que no noté que la calefacción no funcionaba hasta que me quité el abrigo. Llamé a Richard, aunque sabía que siempre dejaba el teléfono en la taquilla para no distraerse. En las dos últimas semanas, había evitado sistemáticamente a todo el mundo, y ahora ni siquiera los lavaplatos me pedían que me uniera a ellos para comer tacos y micheladas en Tacuba.

Me senté en la encimera de la cocina, encendí el fogón, abrí la botella de cava y me serví una copa. Di un par de sorbos largos y las burbujas me subieron rápidamente a la cabeza, haciéndome sentir levemente embriagado de felicidad. La ventana enmarcaba una parte del edificio de enfrente, con su destartalado depósito de agua cubierto de mugre, y un cielo oscuro donde unas luces rojas parpadeantes se desvanecían en las nubes rumbo a otros países. Me pregunté si alguno de aquellos aviones se dirigiría a España. A medida que seguía bebiendo, mi felicidad momentánea, alimentada por los sorbos constantes, empezó a disiparse. Me invadió un fuerte deseo de estar rodeado de gente, así que cuando la pantalla de mi teléfono se iluminó con un mensaje de Bondi diciendo que estaba de camarero en APT, busqué mi chaqueta y dos billetes de cincuenta dólares de debajo del fregadero de la cocina y salí corriendo del apartamento.

Las calles del Meatpacking District estaban llenas de limusinas. Un grupo de chicas borrachas se estaban peleando en la esquina de la Duodécima Oeste y Hudson. Una de ellas, con los zapatos en la mano, trataba de golpear a la otra con sus tacones. Justo cuando crucé a la acera de enfrente, dos policías de paisano sacaron sus placas y dispersaron la pelea.

La multitud que esperaba para entrar en el club era una mezcla de chicos ricos de la NYU y eurobasura. Ni siquiera había una cola, porque Samantha estaba encargándose de la puerta. Le encantaba el caos y ser el centro de atención.

—Hola, precioso —dijo, abriendo el cordón.

Se oyó un rugido.

—Hola, nena.

—¿Qué tal? —dijo, plantándome un beso en la mejilla con sus flamantes labios nuevos.

—Ya sabes, como siempre.

—¿Me has traído un bollo?

—Me parece que has estado comiendo demasiados bollos últimamente —le dije.

—Qué zorra eres —respondió, riendo a carcajadas—. Bondi está de camarero abajo.

—Sí, lo sé. ¿Crees que me he acercado solo para ver tu cara bonita?

—Cabronazo —dijo, agarrándome la entrepierna—. Tú sabes que me quieres.

—Claro que te quiero. ¿Todo bien?

—Harta de estos niñatos pendejos —gritó.

Cuando Samantha hablaba en español, su voz delicada recuperaba una aspereza en la que algunos reconocíamos a Manny, el niño larguirucho junto al que crecimos jugando al béisbol. Manny vivió en nuestro barrio hasta que su padre descubrió que le gustaba ponerse los vestidos de su hermana y pasarse el día en el muelle de la calle Christopher. Durante su adolescencia, Samantha sobrevivió con un par de cientos de dólares al mes que le enviaba su abuela desde Puerto Rico y viviendo con hombres mayores.

—Ok, chicos. Escuchad. Si no me conocéis como él, largaros de aquí —gritó.

—Samantha, estás loca —dije, abriendo la puerta—. Pero te adoro.

—Hay mucho que adorar aquí, carajo —dijo ella, palpándose las costillas con las manos. Los bíceps musculosos que había admirado cuando era niño brillaron por un momento—. Esto es Nueva York, cielo. Ya no estamos en Kansas —volvió a gritar a la multitud—: Esta noche funciona así, a ver si os queda claro: si no os conozco, no entráis.

El club estaba diseñado como si fuera un viejo apartamento del Upper East Side, con largos sofás Chesterfield y sillones *vintage* pegados contra las paredes cubiertas de cuadros de paisajes con marcos dorados. Abajo había una pista de baile y una barra de madera clara, como el interior de los restaurantes escandinavos de las páginas de *Saveur*, con hileras de botellas iluminadas por detrás. El pequeño patio donde la gente fumaba y se metía tiros detrás del bambú frondoso estaba casi vacío.

Era demasiado pronto para que alguno de mis amigos estuviera aquí. Aun así, escudriñé la pista de baile poco iluminada en busca de caras conocidas y me acerqué a la barra. Bondi me recibió con un tequila con soda y dos chupitos que nos bebimos de un trago. Consideré la posibilidad de darle la noticia en ese momento, pero estaba bastante atareado. Cuando la pista de baile empezó a llenarse y el bar se volvió menos ajetreado, se acercó y me pasó una bolsa de *molly*. Me mojé el dedo y lo metí dentro. Hacía meses que no tomaba éxtasis. Poco después del cierre de Twilo y el desalojo de Body & Soul de Vinyl, había dejado de salir. Tras pasar la mayoría de los amaneceres de domingo en mi juventud sumido en un K-hole, me sentía agradecido de que el dejar la fiesta hubiera coincidido con mi ascenso a chef de repostería, porque ya no habría podido permitirme la falta de energía que sigue a una fiesta intensa.

Bailé hasta la madrugada. Sobre las seis de la mañana, Samantha cerró la puerta del club y lo convirtió en una fiesta privada. Disolvió un puñado de *molly* en una botella de agua que fue pasando de mano en mano. Me aseguré de beber grandes tragos, y poco después la música invadió mi cuerpo, haciendo cortocircuitar conductos y nervios, y sentí cómo aquel cosquilleo familiar me acariciaba la espina dorsal.

A medida que fue avanzando la mañana, empezaron a aparecer viejos rostros de mi época de salir, rostros con los que nunca me había cruzado comprando comida, yendo en metro o en bicicleta por la ciudad, rostros que solo aparecían de noche. Un grupo de tipos mayores que conocía del Tunnel, el Palladium y de patinar en el Roxy no me reconocieron. Incapaces de aceptar el paso del tiempo, aquellos hombres de mediana edad seguían llevando la misma ropa llamativa que antes realzaba su belleza juvenil, y ahora ponía de manifiesto lo desgastados que estaban sus cuerpos. Sin parar de bailar, me dije a mí mismo que nunca me convertiría en uno de esos tipos maduros que no habían sabido cuándo dejarlo.

Un grupo de delgadas modelos rusas con peinados impecables y chaquetas brillantes atraía la luz quebrada que salía de la bola de discoteca y también la atención de todo el mundo. Estaba convencido de que había estado bailando junto a mi amigo Matt con su chaqueta negra de motero desgastada, pero en un momento dado, un foco iluminó su rostro y me di cuenta de que no se parecía en nada a él.

El bambú del patio se fue tiñendo lentamente de un tono verde más brillante a medida que una tímida luz matutina descendía sobre él. La música dio paso a diáfanas melodías que anunciaban la hora de cierre. Nos sumergimos en un tema profundo y acuático que de repente se convirtió en un chillido atronador. Durante el estruendo, la gente seguía moviéndose, aunque ahora, en vez de nadar, parecían atrapados y luchando por escapar. Abrí la boca de par en par mientras la retroalimentación acústica entraba por mi garganta con una reverberación áspera y feroz. Me acerqué a uno de los altavoces y dejé que las oleadas de aquel ruido chocaran contra mi rostro sudoroso. Entonces la música paró y se encendieron las luces. Al ver tantos rostros desfigurados, imaginé el mío. Tomé mi chaqueta de encima del altavoz y me escabullí del club sin despedirme.

Era una mañana fría de domingo. En mi cerebro se mezclaban, como en una canción perfectamente armonizada, el susurro de las hojas, la alarma de un coche, el pitido de una furgoneta dando marcha atrás. Me dolía la mandíbula y tenía las pupilas tan dilatadas que me resultaba imposible distinguir las agujas del reloj. El tiempo se había desvanecido.

Di pequeños pasos como si, al despertar del sueño más largo, hubiera olvidado cómo caminar. La acera parecía acogedora y mullida. Confiaba en estar cerca del río cuando me encontré frente al Pastis, a solo dos manzanas del club. Mirando a través de sus ventanas, contemplé a los típicos clientes del *brunch* que pagaban alegremente por unos huevos carísimos pero rechazaban siempre el postre. Poco a poco empecé a sentirme yo mismo otra vez, y repasé lo que había ocurrido tras recibir el mensaje de Thomas, montando en bici junto al río, paseando por mi antiguo barrio, bebiendo cava. Parecía un recuerdo muy lejano. Se apoderó de mí el deseo de abandonar la ciudad en ese mismo instante. Deambulé un par de manzanas sin rumbo fijo y, cuando no pude soportar más el frío que me azotaba la cara, subí a un taxi y me dirigí al South Street Seaport.

El coche se deslizaba por la calle Washington mientras en la radio sonaba una suave melodía de *jazz*. Mirando por la ventanilla, las imágenes parecían coreografiadas al ritmo de la música: un obrero de la construcción agitando una bandera naranja reflectante, un repartidor pedaleando contra el fuerte viento, sin apenas moverse, y una bandada de pájaros blancos planeando hacia el río. Cuando terminó la canción, una voz familiar anunció el comienzo de la Weekend Edition de NPR*. Cerré los ojos y vi a Chus en pijama inclinado sobre la mesa de la cocina escuchando la radio y peleándose con el crucigrama del *New York Times*, bebiendo café con leche, con un cigarrillo solitario en el cenicero.

Solo un par de turistas acurrucados contra el viento helado esperaban el ferry. Poco después de subirme, el barco empezó a alejarse del muelle y apuntó su proa hacia Staten Island. Apoyado contra el cristal esmerilado, me quedé absorto en el tumulto del agua, las gruesas franjas blancas de espuma disolviéndose poco a poco detrás de nosotros. Volví a mirar la ciudad a lo lejos. Al pensar en el trabajo, sentí que la adrenalina me inundaba cada pliegue del cuerpo.

---

* N. del T.: National Public Radio.

CAPÍTULO CUATRO

Me desperté seis horas más tarde con la ropa puesta, cansado y deprimido. El sol se estaba poniendo y, tumbado en el sofá, los últimos rayos barrían lentamente el suelo. Me sentí sobrecogido por la ansiedad. Palpé la tarjeta de visita de Bettina en uno de mis bolsillos, me di la vuelta e intenté dormirme de nuevo. Pensé en suspenderlo todo, pero en lugar de eso me duché, me vestí y bajé al Florent.

Mi esquina habitual estaba ocupada, el local lleno de *yuppies* y caras desconocidas. Saludé al camarero, que estaba atareado preparando cócteles mientras el reloj marcaba el final de la *happy hour,* y le indiqué que volvería más tarde. Al salir del local, imaginé una vida como chef de repostería en el Four Seasons y fantaseé un poco con mi futuro: viajando por América, escribiendo un libro de postres, y abriendo mi propia pastelería.

Fantaseé con la idea de llamar a Chus, pero me daba miedo que fuera a hacerme todas las preguntas que había conseguido evitar, y caminé hacia el norte por la Octava Avenida. Las calles vibraban con gente ansiosa por volver a casa. Mientras caminaba hacia la Quinta, elegí la ubicación exacta de mi futura tienda en la esquina de la Avenida C con la Novena, donde solía estar Barrio, una panadería portorriqueña que durante mi infancia vendía los mejores pastelitos de guayaba. Midtown hervía. Me dirigí a Clement para ver a Richard. Después de varias llamadas perdidas, estaba seguro de que se moría por verme. Mucha gente que trabajaba en esa cocina se había formado con nosotros, algo que Chef odiaba. Pero pagaba mal, y los trabajadores que se quedaban tenían visas de patrocinio o directamente no tenían visa.

En la entrada de empleados del hotel, saludé al guardia de seguridad y caminé por el impecable y largo pasillo que llevaba a la cocina. Richard le estaba gritando a un cocinero joven y nervioso que había dorado un pato más de la cuenta. En cuanto me vio, se puso dos dedos bajo la lengua y silbó con fuerza. Todo el mundo empezó a gritar y a golpear las sartenes de hierro contra las encimeras metálicas. Un cocinero agarró dos palas mezcladoras, dio la vuelta a una olla y la tocó como si fuera un tambor. El sonido era ensordecedor. Aunque duró menos de treinta segundos, me pareció mucho más largo. Mi sonrisa era tan grande que mi cara parecía un lienzo extendido sobre un bastidor. Cuando todos reanudaron sus tareas, Richard se quitó el delantal y, en lugar de darme un beso, me abrazó tan fuerte que me sacó todo el aire de los pulmones.

—¡Vamos, carajo! —dijo antes de entrar en la cámara frigorífica—. Aguarda un segundo.

Mientras le esperaba, el efecto de la felicidad momentánea, que segundos atrás me había proporcionado aquel subidón increíble, me empujó de repente a un oscuro abismo.

Richard volvió con una bolsa de plástico y una mirada traviesa. Gritó que se iba a fumar un cigarrillo con el mejor chef de repostería de Estados Unidos. Le seguí hasta el ascensor de servicio y subimos como un cohete al piso cincuenta y dos, lo que me revolvió mi estómago vacío. En el tejado, trepamos por una escalerilla hasta llegar a una cornisa.

—Directamente del Mar Caspio —dijo, abriendo la bolsa y sacando una lata de caviar de beluga—. Solo lo mejor para los mejores.

—Richard, estás loco. ¿No las tienen contadas?

—Sí, pero no te preocupes —dijo sacando dos cucharas de su bolsillo trasero—. Haz los honores.

Tomé una cucharada y aplasté el contenido contra el paladar; las huevas estallaron como fuegos artificiales, y una textura de múltiples capas de diversos sabores mantecosos inundó mi boca.

—Es del bueno.

—Las compramos esta mañana —respondió sacando del bolsillo una petaca fina y brillante. Le brillaba la cara—. Por el nuevo chef de repostería del Four Seasons.

Tras darle un trago al vodka, miré los taxis amarillos que circulaban por la Quinta. A cientos de metros de altura, suspendido en un océano de luces parpadeantes, daba la sensación de que todo era posible, y ese «todo» incluía convertirse en jefe de repostería del restaurante más exclusivo del mundo.

Con el sabor del caviar aún en la boca, caminé por la Cincuenta y Siete pensando en Alexis. Tal vez porque quería que supiera que había conseguido el trabajo o porque deseaba dar carpetazo a la relación, le envié un mensaje y quedamos en vernos a la salida de Tourneau, una tienda especializada en relojes de época. De vez en cuando entraba a echar un vistazo y, si por casualidad tenían el reloj de mis sueños, un Rolex Datejust de acero inoxidable de los años ochenta, me lo probaba y paseaba por la tienda, maravillado por la sencillez de su diseño. Esa vez no tenían ninguno, y me alegré en secreto, porque con mi nuevo sueldo seguramente habría hecho un depósito.

Solo Alexis conocía aquella obsesión, un secreto que había prometido no revelar, sobre todo al marxista de Chus. Cuando salí de la tienda ya me estaba esperando con su cuerpo largo y delgado apoyado sobre el muro de mármol.

—¿Qué te has hecho en el pelo?

Los rizos de Alexis eran la parte más definitoria de su aspecto. Le colgaban por el cuello, acariciándole los hombros, excepto en los días calurosos y húmedos del verano, cuando se le encogían tanto que la gente le preguntaba si se había cortado el pelo.

—Me lo corté completamente. Estaba harto —dijo, y a continuación ofreció su mejilla para que le besara.

Aquella cabeza rapada me hizo sentir que llevábamos mucho más tiempo separados.

—¿Has visto algo que te guste?

—No. Solo tenían uno en oro blanco, pero es demasiado llamativo —dije como si pudiera permitírmelo.

Caminamos hacia el norte por Madison hasta que estuvimos frente a Barneys, donde habíamos pasado mucho tiempo juntos. Antes de que Samantha se dedicara a la vida nocturna, era la azafata de Freds, el restaurante de la novena planta, hasta que la mujer del gerente los pescó follando en un vestidor y ya no pudimos beber gratis más. También íbamos antes de que las rebajas alcanzaran el setenta por ciento de descuento a probarnos ropa para luego esconderla en distintos percheros y que la gente no la pudiera encontrar. Así fue como conseguí un abrigo de Helmut Lang, que sigue siendo mi prenda favorita.

—¿Quieres entrar? —me preguntó.

—No. ¿Y tú?

—No, si no quieres.

Pensé en darle la noticia, pero de repente me preocupó que se lo contara a Chus.

—Te echo de menos, Deme. Echo de menos salir. Ir a Jacob Riis en nuestras bicis, tumbarnos en el muelle, leerte mis poemas.

—¿También echas de menos follar con otros tipos en nuestra cama cuando no estoy en casa?

Cuando las lágrimas le empezaron a resbalar por las mejillas Alexis agachó la cabeza. Sin sus rizos, los ojos y los labios se le volvían más prominentes, y sentí como si los viera en todo su esplendor por primera vez. Odiaba ser tan vengativo, mi deseo de hacerle daño era también en parte frustración por enamorarme de tipos cuya idea de lealtad incluía una visita semanal a la sauna.

—Supongo que no vas a perdonarme nunca.

No era una pregunta, sino un pensamiento en voz alta. Dejé de caminar y le di un abrazo. Empezó a lloriquear en mi hombro. No nos movimos hasta que se calmó, entonces le sequé la cara con el dorso de la manga y me dirigí al metro. Mientras bajaba las escaleras, me saludó con la mano desde el otro lado de la calle. No le devolví el saludo.

Cuando sonó el teléfono el lunes, supe que era Chef sin necesidad de mirar la pantalla. Por la tranquilidad de su voz, resultaba evidente que trataba de actuar con calma. Me dijo que estuviera listo en media hora y colgó el teléfono sin despedirse.

Mi cerebro iba a mil por hora. Fui al baño, abrí el grifo del agua caliente y a continuación hice la cama. El teléfono volvió a sonar. Un número que no reconocí parpadeó impaciente. Saqué la tarjeta de visita de Bettina del bolsillo de mis vaqueros y comparé los números, luego dejé que el teléfono vibrara en mi mano hasta que se iluminó el icono del buzón de voz. Pasé veinte minutos bajo el agua hirviendo y, cuando el vapor era tan denso que me era imposible ver mi reflejo en el espejo, cerré la ducha y me senté en la bañera.

Cuando salí de mi edificio, Chef estaba al otro lado de la calle. Fingí actuar con normalidad. Me temblaban las piernas. Me miró como si viera mi cara por primera vez y tratara de memorizarla.

—Hola, Chef —dije. Me temblaba la voz.

—¿Cómo estás?

No estaba completamente seguro de qué sabía, así que no respondí. Él me dedicó una mirada sombría, puso su brazo alrededor de mi cuello y me empujó suavemente hacia adelante. Ninguno de los dos dijo nada durante un rato. Apuró su cigarrillo y cada espesa bocanada de humo parecía contener las palabras que no deseaba decir. Enumeré mentalmente los ingredientes de la tarta de limón y merengue y luego los repetí al revés.

Fingía que aún tenía elección, que aún podía volver a mi antigua vida y olvidarme por completo del trabajo, pero aunque existiera esa posibilidad, sabía que ya no podía aceptarla. Caminamos por la calle Gansevoort en silencio. Al bajar la vista, me di cuenta de que sus mocasines eran de cuero fino y suave.

—Y bien —dije, aceptando que no iba a encontrar palabras para suavizar el golpe—. He aplicado a un trabajo en el Four Seasons.

Me agarró del codo, subió los primeros escalones de una escalinata y se sentó.

—Lo sé —dijo, y deslizó la mano de un lado a otro como si acariciara el escalón.

Pasaron un par de segundos. A nuestro alrededor, la gente corría por la calle, con los cuellos envueltos en bufandas.

—Entiendo que quieras seguir adelante. Incluso tengo la sensación de que fui yo quien lo promovió. Pero ¿qué pasa si te descubren, Demetrio? ¿Has pensado en eso? ¿Ya te has olvidado de la reunión que tuvimos con el abogado? —preguntó alzando la voz.

—No he olvidado la reunión con el abogado, Chef. De hecho, no ha habido un solo día desde aquella reunión en el que no me haya despertado o acostado sin pensar en ella.

—Está bien —dijo.

—No me digas que está bien, Chef. ¡No me digas que está bien! —grité, apuntándole con un dedo a la cara.

Se puso a jugar con las monedas del bolsillo.

—Lo siento, Demetrio.

—No —dije, controlándome—. Soy yo quien lo siente.

—Entiendo que lo hayas hecho, de verdad. Y estoy muy orgulloso de ti.

Agradecí sus palabras amables, su ayuda a lo largo de todos aquellos años, pero sabía que si intentaba hablar, no me saldrían las palabras. Tras la muerte de Ben, Chef había sido como un padre para mí, sobre todo cuando Chus estuvo luchando contra la depresión. Siempre había hecho todo lo posible para impresionarle y me aseguré de poner el restaurante y su bienestar antes que el mío, pero ahora, cuando nos levantamos y empezamos a caminar hacia el norte, reconocí que solo había pensado en mí.

Tras luchar contra el viento cortante durante un par de manzanas, Chef sugirió ir a Del Posto. Cuando entramos por la puerta, noté que la camarera se ponía tensa ante la presencia de Chef. Esbozó una sonrisa nerviosa e hizo una llamada rápida. El director general apareció casi al instante y nos condujo a una espaciosa mesa en la esquina con un cartel de «Reservado». Pasamos junto a la cocina y olí cómo alguien cocinaba un pudin de limón y chocolate. El teléfono seguía vibrando intermitentemente en mi bolsillo. Agradecí que el menú fuera tan grande como para poder esconderme tras él un par de minutos.

—Fíjate en esto —dijo Chef—. Las doce del mediodía y ya está lleno.

Como siempre, Chef se sintió atraído por los platos más elaborados, la sopa de almendras, los calamares a la plancha rellenos de salsa de merengue, el *foie gras* del Valle del Hudson y la trucha arco iris con pasas de Corinto y salsa *relish*. A mí me interesó el pulpo a la parrilla con ensalada de boniato y cebolla caramelizada, y también quería dejar sitio para el milhojas de crepes con Grand Marnier, crema bávara y reducción de naranja y vainilla.

Tras hacer nuestros pedidos, me excusé para ir al baño. Me encerré en una cabina y escuché el mensaje del buzón de voz. La voz de Bettina sonaba menos amable. «Ha habido un error que probablemente no sea nada. Llámame cuanto antes». Apagué el teléfono y regresé a la mesa. En cuanto me senté, recordé que no había hecho pis.

Le conté a Chef todo lo que había pasado hasta entonces, menos el mensaje de voz. Mientras probábamos un par de bocados de los platos que el camarero se apresuró a traer a la mesa, actuamos como si las cosas fueran a ir bien.

—¿Te han pedido el número de la Seguridad Social?

—Sí, les di el de siempre.

—Bueno. ¿Quién sabe? Tal vez funcione.

Consideré la posibilidad de no decirle que Bettina ya había llamado.

—No lo creo. Revisaron los antecedentes.

Por un momento ninguno de los dos dijo una palabra.

—Tengo un mensaje de voz en el que dicen que pasa algo con mi solicitud.

—¿Cuándo te ha llegado?

—Esta mañana. Acabo de escucharlo.

Chef me miró con expresión hosca.

—¿Firmaste algo que les permitiera hacer eso? —preguntó. La primera parte de la frase fue apenas audible, como si las palabras provinieran de un lugar lejano.

No respondí. Chef dejó que se prolongara el silencio y volvió a preguntar:

—¿Lo hiciste?

El jefe del restaurante, que llevaba un rato merodeando nuestra mesa, decidió que era buen momento para hacer acto de presencia. Chef hizo un gesto despectivo con la mano.

—Sí —dije al fin.

Dos días después de que Bettina dejara el mensaje de voz, fui en bicicleta al apartamento de Chus. Mientras pedaleaba hacia el sur a lo largo del Hudson, entre la rugiente autopista West Side y el agua, me asaltó un pensamiento familiar: *Tal vez sea hora de marcharse.* Pero en esa ocasión, las palabras no terminaron en un signo de interrogación.

Me dirigí hacia el norte a lo largo del East River, inseguro de si el hecho de querer abandonar el país inmediatamente era un indicio de debilidad o puro miedo a ingresar en un centro de detención. Que el gobierno fuera a aprobar por fin el DREAM Act, un proyecto de ley que yo había rebautizado como NIGHTMARE Act, me parecía ahora infantil e irresponsable.

Me deslicé por el East Village, evitando los baches y calles repletas de recuerdos felices, y candé la bicicleta en el poste de la esquina para poder verla desde la ventana de la cocina. Se había apoderado de mí una fuerza interior firme y tranquila. Me acerqué al edificio, pulsé el timbre y subí las escaleras, como si esos movimientos y la conversación que siguió pertenecieran a una obra de teatro.

—¡Estoy aquí, aflojando la zona lumbar! —Oí gritar a Chus desde el cuarto de estar cuando cerré la puerta.

Tumbado en el suelo leyendo la biografía de Pasolini que le había regalado por su cumpleaños, Chus tenía la cadera elevada sobre una almohada. Había apoyado las piernas en la pared, lo que hacía que se le subieran los pantalones del pijama. Llevaba puestos sus calcetines de la Pantera Rosa.

—¿Qué pasa? —preguntó.

Me di la vuelta, volví a la entrada y colgué el abrigo en el armario. Cuando regresé al cuarto de estar, Chus estaba sentado en el suelo con la espalda apoyada en la pared.

—No puedo más —le dije, arrodillándome a su lado. El pensamiento de que había tomado la decisión por capricho cruzó mi mente, pero no duró mucho tiempo. Al sentarme, me di cuenta de que llevaba meses preparándola.

—Acabo de conseguir un trabajo como jefe de repostería en el Four Seasons, pero no puedo aceptarlo. Hace un par de meses me ofrecieron una beca para asistir al Culinary Institute of America que tampoco pude aceptar. ¿Qué voy a hacer? ¿Quedarme en Le Bourrelet hasta que me jubile? ¿Y con qué dinero? No voy a cobrar ni un céntimo de la Seguridad Social a pesar de que llevo financiándola desde los dieciséis años.

Chus se quedó un rato en silencio. Pude ver en su cara el efecto de mis palabras. Se abrazó las piernas.

—Pero el Senado podría aprobar pronto el proyecto de ley.

Su voz era tan baja que parecía un pensamiento que le acababa de pasar por la cabeza.

—Sabes que no pasará nada mientras Bush esté en el poder. Por el amor de Dios, si ni siquiera pasó nada cuando estaba Clinton.

Cuanto más tiempo permanecíamos en silencio, más difícil se me hizo decir las palabras: «Tengo que volver». La frase más dolorosa del mundo que jamás había dicho porque lo que significaba realmente era: «Te abandono».

—Sé que suena raro. A mí también me suena raro. Porque cuando digo «volver» hablo como si supiera lo que eso significa.

Chus abrió sus brazos.

Me tumbé a su lado y apoyé la cabeza en su regazo.

CAPÍTULO CINCO

Tres semanas más tarde, caminando por el puente del avión, miré hacia abajo a través de la ventana de plástico rayada. Mis últimos pasos en suelo norteamericano habían sucedido sin darme cuenta, sin ceremonias. De pronto me entraron ganas de volver corriendo a la terminal. En vez de eso, me sequé las palmas de las manos en los costados de los vaqueros y abrí el reluciente pasaporte burdeos que había recogido en el Consulado español, cuya fecha de caducidad coincidía irónicamente con el día en que podría volver a entrar en Estados Unidos. Hojeé sus páginas en blanco y recordé mi fascinación infantil por volar, mi sueño de coleccionar sellos de todos los países. Durante muchos años, Chus y yo íbamos en metro hasta los Rockaways los fines de semana para ver despegar los aviones del aeropuerto JFK hasta que sus luces se convertían en diminutas motas parpadeantes que podrían haber pasado por estrellas fugaces. Pero aquella fascinación se esfumó cuando aprendí que la gente como nosotros no iba en aviones. La gente como nosotros iba en autobuses por doce pavos que salían de Chinatown.

Me distraje adivinando las nacionalidades de los pasajeros que iban llegando poco a poco. Era un juego sencillo. Los españoles hablaban alto y muchos llevaban enormes bolsas de Century 21 que metían en los compartimentos superiores. Intenté imaginar el tipo de vida al que regresaban y cómo sería su país, mi país. El momento de la partida no se parecía en nada a la pesadilla que había tenido durante años, en la que me conducían a un remoto «centro de detención», una cárcel temporal con un nombre rimbombante. El viaje era de noche y, como tenía las manos esposadas, no podía agarrarme a nada y mi cuerpo rebotaba libremente dentro de la furgoneta del ICE. Cuando por fin se abrían las puertas, reconocía las caras de los funcionarios de prisiones, personas con las que había discutido, compañeros de trabajo, vecinos, un taxista enfadado al que había mandado a la mierda cuando estuvo a punto de tirarme de la bici.

Ahora, al mirar por la ventanilla, tenía la esperanza de que aquella pesadilla recurrente, que siempre aparecía cuando menos me lo esperaba, se quedara ahí, en el país que la había creado. La azafata, en un inglés con un fuerte acento español, anunció que el vuelo estaba completo y que no había más espacio disponible en los compartimentos superiores. Algunos pasajeros que llevaban maletas por los pasillos se pusieron furiosos. Miré el reloj. Eran las siete y diez. La cocina estaría a pleno rendimiento. Había pasado ocho años trabajando como un esclavo en aquel infierno, que a menudo superaba los cien grados, y donde el único parecido con la luz solar era el resplandor de una cocina de doce fuegos, mi única compañía durante el turno una garrafa de agua. Cerré los ojos y escuché el zumbido de las máquinas transmitiendo los pedidos.

Un chico con pinta de español se deslizó en el asiento de al lado. No sabía exactamente qué lo hacía español, pero estaba seguro de que lo era. Parecía de mi edad, con el pelo rubio cuidadosamente despeinado y una fuerte mandíbula acentuada con barba de un día. Sus ojos verdes estaban enrojecidos.

—Hola —le dije cuando se acomodó.

—Hola. ¿Vas de visita a Madrid?

—Sí —dije, deslizando mi pasaporte bajo el muslo derecho.

Sacó un par de auriculares y una botella de agua de NYU de su mochila y los puso en el bolsillo de malla que tenía enfrente. Llevaba un Rolex Submariner de oro. Si era auténtico, llevaba mi sueldo de todo un año en la muñeca.

—¿De vacaciones? —me preguntó.

—La verdad es que no. En realidad me mudo a España.

—Qué guay. ¿No es curioso? A los americanos les encanta Madrid y a los españoles Nueva York.

Sonreí y volví la cabeza hacia la ventanilla. Un avión blanco con una corona dorada pasaba junto al nuestro.

—Ahí va la familia real —dijo.

—¿Qué? —dije reconociendo el escudo de España—. ¿Tienen su propio avión?

—Bueno, más o menos. Se paga con dinero de los contribuyentes. Así que técnicamente el avión también es mío —dijo riendo.

—¿Eres de Madrid?

—Sí. Vuelvo para las vacaciones. Estudio en Nueva York.

—¡Qué bueno! ¿En dónde? —pregunté, haciéndome el tonto.

—En NYU —dijo—. ¿Y tú?

—Es una larga historia. Nací en Sevilla y vine a Estados Unidos cuando era un niño. Nunca he vuelto. Estoy medio mudándome definitivamente a Madrid.

—¿Qué quieres decir con «medio mudándote»?

Mirándole a los ojos, me sorprendí a mí mismo de lo que dije a continuación:

—Me están deportando.

Aunque técnicamente no me deportaban, porque me iba voluntariamente, así era como me sentía. En cuanto lo dije, me arrepentí de haber mentido para ganarme su simpatía y me odié a mí mismo por haberlo dicho.

—Vaya. Qué fuerte. Lo siento mucho.

Procuró parecer imperturbable, pero al ver los tatuajes de mi brazo izquierdo y las quemaduras de mis manos, se le abrieron las fosas nasales.

—Son de la cocina —dije señalando las cicatrices—. Soy chef de repostería.

—Qué guay.

—Sí. No te inquietes, no soy ningún convicto a la fuga —dije, tratando de hacerle reír.

—Oh, no estaba pensando eso —respondió sonriendo con sus dientes de niño rico—. Me encantan tus tatuajes. Hace tiempo que quiero hacerme uno, pero mi padre me mataría.

—¿En serio? —pregunté frunciendo el ceño.

—En serio, me mataría de verdad —respondió, manteniendo el semblante serio un instante, y sonrió a continuación. Tenía una sonrisa fácil y su tono delataba una involuntaria intención de agradar.

Después de que todos los pasajeros ocuparan sus asientos y la reconfortante voz del piloto nos diera las gracias, las azafatas recorrieron los pasillos cerrando con fuerza los compartimentos superiores. El avión empezó a desplazarse hacia la pista. Unos minutos más tarde estábamos en el aire, con una panorámica del horizonte de Manhattan al atardecer. Nadie que viva en esta ciudad, sobre todo los que se pasan el día trabajando bajo tierra, debería verse privado de una vista así. Una vista que al instante te hace sentir más libre, más ligero. Hipnotizado, contemplé cómo los rascacielos se alzaban sin esfuerzo hacia las nubes hasta que el azul oscuro del Atlántico sustituyó a los últimos edificios del distrito financiero.

La pequeña pantalla de televisión que tenía frente a mí mostraba un mapa de Norteamérica y Europa conectado por una línea de puntos azules, y un avión que parpadeaba sobre ella. Pulsé los botones y amplié y reduje la imagen, el encuadre más amplio mostraba todo el trayecto, que completaríamos a lo largo de la noche. Contemplando el vasto océano que separaba ambos continentes, pensé en la posibilidad de que nos estrelláramos en las negras y gélidas aguas e intenté recordar la demostración de emergencia de las azafatas que desearía haber memorizado.

—Perdona —dije cuando se apagó la luz del cinturón de seguridad.

—Claro —respondió, poniéndose de pie.

Estaba entusiasmado por explorar el avión. Al desabrocharme el cinturón, se me cayó el pasaporte al suelo. Me lo metí en el bolsillo trasero y caminé hacia la parte de atrás, tratando de no pensar en lo que me depararía el futuro dentro de siete horas. No podía imaginarme aterrizando en mi patria, una patria que no sentía como mía.

Hice cola para ir al baño y eché un vistazo a la gran pantalla que había en el centro de la cabina. Nuestro avión se había desplazado sobre el océano. Mirando fijamente la línea que unía Nueva York y

Madrid, imaginé todos los aviones que estaban suspendidos en el aire en ese momento.

Cuando volví a mi asiento, estaban poniendo *M*A*S*H*.

—¿Esta serie no tiene como veinte años? —dijo Jacobo mientras me sentaba.

—Por lo menos.

Giré la cabeza hacia la pantalla y miré su rostro hermoso y su cuello largo, con la piel suave como la de un niño. Mirando mi reflejo en la ventana, me pregunté si pasar tanto tiempo en una cocina, privado de la luz del sol, me había envejecido prematuramente.

—¿Qué estudias?

—Bueno, aún no me he decidido por ninguna especialidad. Es un poco abstracto.

—¿Estás en Gallatin?

—¿Lo conoces? —dijo, abriendo mucho los ojos—. No lo conoce mucha gente.

—Sí, claro.

—¿Tú también estudias en NYU?

—No, pero sé mucho sobre el sistema educativo —respondí, deseando por primera vez estar también en la universidad—. Crecí con mi tío, que es profesor de humanidades en el City College.

A Chus le habría alegrado oír eso, ya que yo bromeaba constantemente con que su trabajo consistía en enseñar a deletrear a los *millennials*.

Asintió sonriendo.

—Qué guay.

Una azafata empujó un carrito por el pasillo, esparciendo un olor a plástico caliente por la cabina. Algunos pasajeros empezaron a juguetear con los reposabrazos. Mientras me esforzaba por encontrar mi bandeja, se inclinó sobre mí.

—Perdona —dijo, sacando la bandeja.

—Gracias.

—Todo el mundo odia la comida de avión. Pero a mí me encanta.

—¿Carne o pasta? —preguntó la azafata.

—Pasta —dije, queriendo poner bien el acento castellano pero sonando demasiado exagerado, como hablaban algunos de mis amigos latinos para burlarse de mí. Mi español había perdido su tono original y ahora era una combinación de español caribeño y mexicano, una extraña mezcla que me hacía sentir cohibido.

—*Can I get some wine?* —dije en inglés.

—*Red or white?*

—Rojo —dije con un exagerado acento americano.

Él se echó a reír.

—¿No te hace gracia cuando los gringos hablan así? —le dije.

—Creía que hablabas en serio.

La azafata le miró impaciente enarcando las cejas.

—Carne, y yo también tomaré un poco de rojo —dijo volviendo la cabeza y sonriendo con complicidad—. Por cierto, me llamo Jacobo.

—Demetrio.

Nos dimos la mano; su apretón fue intenso, como si quisiera demostrar su hombría.

—¿Te ha dicho alguien que sonríes mucho?

—Sí, ya me lo han dicho. Es por inseguridad.

Como acabábamos de conocernos, me pareció a la vez extraño y encantador que reconociera algo tan privado. Desenvolví todos los envases, picoteé un poco de todo, pero apenas comí. Me dediqué más que nada a reorganizar la comida de la bandeja. Buscando trozos de pollo bajo la pasta, entendí entonces por qué Chef se llevaba su propia comida al avión cada vez que iba a Francia.

Comimos en silencio, mirando fijamente a la insonora pantalla principal que mostraba a gente sufriendo asombrosos accidentes de los que milagrosamente salían ilesos. Unas carcajadas aisladas resonaban en el avión. Miré a Jacobo por el rabillo del ojo y me di cuenta de que daba pequeños y meditados bocados, haciendo que la comida durara.

Una línea blanca e hinchada flotaba en el cielo, la estela de un avión lejano que volaba por nuestra misma ruta en dirección opuesta. Me pregunté si habría a bordo un niño como el que yo había sido:

un niño a punto de convertirse en ciudadano de segunda clase. La azafata detuvo el carrito en nuestra fila. Le entregué los restos de mi cena y observé cómo Jacobo doblaba su bandeja, después le imité. Se excusó para ir al baño, pero se dirigió a la parte delantera del avión.

Puse la mano en su asiento y toqué el espacio vacío. Las últimas semanas habían sido particularmente intensas; lo único que había hecho era estresarme por mi partida y sentirme culpable por dejar a Chus, que no cesaba de recordarme que diez años no eran tantos en el contexto de toda una vida. Ahora, hablando con Jacobo, experimentaba una vaga sensación de esperanza y ganas de caer bien, dos cosas que había perdido desde que rompí con Alexis. En el suelo vi, junto a sus alpargatas verde oliva, una cartera de cuero desgastada. La golpeé suavemente con el pie y me incliné hacia delante. Cuando estaba a punto de agarrarla, levanté la vista y vi a Jacobo que se acercaba por el pasillo. Me preocupó que pensara que se la estaba robando, así que volví a dejarla en el suelo y me até los cordones. Cuando se sentó, agarré la cartera, fingiendo sorpresa.

—¿Es tuya? —dije distraídamente.

—¡Sí! ¡Gracias! Habría sido la segunda vez que la pierdo en una semana.

Jacobo sacó seis botellitas de Johnnie Walker de debajo de la sudadera.

—Bienvenido a primera clase, señor Demetrio. Es un placer tenerle a bordo —dijo, dejando dos botellas sobre el regazo y metiendo el resto en la mochila. Las abrió y me dio una.

—¿De dónde las has sacado?

—*Don't ask, don't tell* —dijo, esbozando de nuevo una sonrisa.

Me pregunté si estaba tonteando conmigo.

Por la ventana, se veían distintos tonos de negro neblinoso. La luz del avión reflejada en las nubes otorgaba vida propia a la oscuridad. La noche se había extendido también al interior del avión. Salvo un viejo judío jasídico, que no dejaba de caminar por el pasillo a pesar de los repetidos intentos del auxiliar de vuelo para que se quedara en su asiento, la mayoría de los pasajeros dormían. Cerré los ojos e imaginé que nuestro titilante avión se movía a lo largo de la delgada línea de puntos más veloz que el tiempo mismo.

A medida que atravesábamos husos horarios y las manecillas de nuestros relojes iban perdiendo sentido, la conversación pasó de los bares clandestinos y los *after-hours* a los restaurantes de categoría mundial y la situación política en España. A mitad de camino sobre el Atlántico, me descubrí hablando sobre el 11-S.

—Perdona el rollo —le dije.

—No te preocupes —respondió—. ¿Estabas en la ciudad?

—Sí. Creo que todo el mundo sabe dónde estaba ese día. ¿Y tú?

—Yo estaba en Madrid. No puedo creer que hayan pasado ya… ¿cuánto, seis años? Recuerdo que estaba en el colegio. Nuestro chófer vino a recogerme con tres horas de antelación. Al principio pensé que le había pasado algo a mi madre, porque estuvo enferma un tiempo, pero cuando subí al coche Federico me contó lo de las Torres Gemelas. Mi padre tiene contactos en el gobierno y había una especie de alerta mundial.

—¿Es político?

—No, es un hombre de negocios. Pero está muy vinculado al Partido Popular. Su padre, mi abuelo, fue ministro de Franco. Mi padre es muy de derechas.

Di un último sorbo y terminé una segunda botella. De repente me di cuenta de que estaba a punto de ingresar en un mundo del que no sabía casi nada. Mis recuerdos se limitaban a los pocos años que había pasado en Sevilla con mi madre, y con frecuencia esos recuerdos también formaban parte de mis sueños. La mayoría de lo que sabía del país era por Chus. Pero crecer bajo la dictadura y verla terminar no le había proporcionado ningún sentimiento de clausura, solo le había hecho más vengativo.

Le pregunté por Zapatero, el presidente socialista en ese momento. El país estaba al principio de una recesión con la tasa de desempleo más alta de la Unión Europea. Sus índices de popularidad eran bajos.

—No está mal —dijo, sonriendo—. Mira, para que lo entiendas: es mucho mejor que la oposición, pero igual sigue siendo un inepto.

Al menos ha cumplido sus promesas electorales. Retiró nuestras tropas de Irak y legalizó el matrimonio gay.

Chus siempre se había burlado de que mi radar gay no funcionaba. Cuando Jacobo se había inclinado sobre mí para retirarme la bandeja había empleado las palabras *Don't ask, don't tell,* la infame política militar LGBTQ instituida por Clinton, y también había mencionado el matrimonio gay, yo había actuado con indiferencia, pero ahora me preguntaba si lo sería.

—Lo cierto es que el pobre no sabe qué coño hacer con la economía —continuó, abriendo dos botellas más.

—Sí, eso es lo que parece. El paro roza el veinte por ciento por lo que he leído en el periódico, no es el mejor momento para mudarse a España —repliqué, como si tuviera otra opción.

—Bueno, esas son las cifras oficiales, pero España tiene una economía sumergida muy desarrollada, así que es difícil saberlo. Mucha gente trabaja en negro mientras cobra el paro.

Como no sabía qué responder a eso, me limité a sonreír.

—Es una situación complicada —continuó. Estaba claro que le interesaba la política—. Quiero decir, no es por simplificar las cosas, pero en España a la derecha se le da bien ganar dinero y a la izquierda repartirlo.

Se rio ruidosamente. Alguien nos hizo callar.

Debió de pensar entonces que la conversación se estaba volviendo demasiado seria o aburrida, porque propuso un juego.

—¿Qué es lo más loco que has hecho? —preguntó.

Me sentí instantáneamente incómodo con la premisa pero en ese momento, envalentonado por el alcohol, me las arreglé para actuar como si fuera algo que realmente me divertía, porque sabía que le divertía a él. Puede que pusiera alguna mueca, porque se ofreció a hacerlo primero.

—De acuerdo. Es un poco demasiada información, pero creo que lo puedo compartir contigo, pareces lo bastante abierto de mente.

Mi corazón empezó a latir con fuerza.

—Soy muy abierto —mentí—. Vamos, dispara.

—Una vez tuve sexo por dinero.

Súbitamente desconcertado, sonreí para ocultar que en las escasas cinco horas que habíamos pasado juntos, había empezado a tener sentimientos por aquel chico.

—Okay. —Salí del paso—. ¿Lo disfrutaste?

—No, no me gustó, pero después sí disfruté dándole los trescientos pavos a un indigente.

Levanté la pantalla de mi ventana hasta la mitad y me di cuenta de que, aunque aún estaba oscuro, una tenue luz empezaba a perfilar el colchón de nubes que se expandía en el horizonte.

—Ya casi hemos llegado —dije, sabiendo que era mi turno pero demasiado alterado como para seguir jugando.

No dijo nada, pero pareció desanimarse. Me eché la pequeña manta encima como si fuera un cadáver. El parpadeante avión había cruzado la mayor parte de aquel inmenso océano de píxeles azules y se acercaba lentamente a la costa de Portugal. Apagué la pantalla. La falta de sueño, la ansiedad de la llegada, el charloteo y la bebida me habían agotado. Esperaba que el whisky me provocara un sueño ligero, pero estaba tensísimo.

Jacobo agarró una pequeña almohada que se había caído entre nosotros y, doblándola en dos, se la colocó bajo el hombro derecho. Cerró los ojos y se removió en el asiento un par de veces. Tras mirar un rato la oscuridad reinante al otro lado de la ventana, yo también los cerré. Su pierna tocaba la mía.

CAPÍTULO SEIS

Me despertó el olor a bandejas de plástico recalentadas y huevos quemados. Tenía la nariz taponada y la garganta seca. Con los ojos aún cerrados, me concentré en los sonidos lejanos: un fuerte bostezo, sonido de bandejas, la cisterna del váter. Como no sabía cuándo podría volver a comer, levanté el respaldo de mi asiento. Una deslumbrante luz matutina inundó la cabina soñolienta. Jacobo leía absorto un libro gastado cuyas páginas apenas se mantenían unidas.

—¿Qué lees? —le pregunté.

—Engels —dijo, sonriendo y enseñándome la portada como para demostrarlo.

Era *La condición de la clase obrera en Inglaterra*. Yo lo había leído con doce años, y aunque no entendí gran cosa, las descripciones de Engels de los arroyos negros como el carbón llenos de escombros y suciedad que serpenteaban por los barrios industriales me habían quedado grabadas. Chus me había prometido que, si terminaba el libro, me llevaría a Astroland, el parque de atracciones de Coney Island. Me había hecho tantas ilusiones durante las largas horas muertas que pasé sentado frente al aire acondicionado tratando de entender las palabras que las atracciones fueron inevitablemente una decepción. Pero cuando empezó a caer el sol, el parque se convirtió en una fiesta gigantesca. Todo el mundo se reunió alrededor de la atracción Himalaya y se puso a bailar y patinar al ritmo de la música. La multitud se movía como si fuera un gran cuerpo, todos aplaudiendo y moviendo las caderas al unísono. Fue la primera fiesta de baile a la que asistí, la primera de muchas, y también la primera vez que vi a Chus besar a otro hombre. En el viaje de vuelta en tren, me preguntó si quería hablar de algo que pudiera haberme disgustado. Le dije que no me había disgustado nada. Y era cierto.

—Entonces, cuando te deportan, ¿ya no puedes volver a Estados Unidos? —preguntó Jacobo, cerrando el libro.

—Bueno, no me han deportado oficialmente —confesé—. Estoy haciendo lo que se denomina una «salida voluntaria».

—Ah, pensé que habías dicho que te habían deportado.

—Lo siento, no, no es exactamente cierto —dije. Después de haber escuchado aquella historia sobre cómo se había prostituido, me pareció que debía ser sincero—. Simplemente así es como me siento.

—Ya, supongo. No puedo ni imaginarme lo que significa ser ilegal.

Me pregunté si su empleo de la palabra «ilegal» había sido un lapsus. Jacobo se removió en su asiento y se acomodó los calzoncillos a través del bolsillo delantero.

—¿No se dice así? —preguntó.

—No, no se dice así —respondí al instante, como si ya tuviera las palabras en la boca, dispuestas para salir—. Se dice «indocumentado».

—Vaya, lo siento. Debería estar más atento a la manera distorsionada con la que los medios de comunicación modifican nuestra percepción del mundo —dijo con un tono que me recordó al de Chus—. Llevo estudiando ese asunto todo el semestre. ¿«Salida voluntaria», dices que se llama? Tienes que estar de broma. ¿Qué significa eso? —dijo alzando la voz.

—Significa que te vas del país por voluntad propia y así evitas tener antecedentes penales.

—Entiendo. Debería llamarse «salida voluntario-forzosa». —Se rio de su propio chiste—. Bueno, al menos podrás volver —añadió, tratando de sonar optimista.

Me bebí el zumo de naranja por la vitamina C e hice lo que pude por comerme aquel cruasán de aspecto tóxico, que se había puesto como una piedra en cuanto se enfrió.

—¿Te encuentras bien? —preguntó Jacobo.

—¿Por qué lo preguntas?

—Estás un poco pálido.

—Me parece que me estoy resfriando.

La luz variable y fulgurante que entraba por las ventanillas inundó el avión con el nuevo día. Estornudé compulsivamente. Me dolían las sienes como si me las estuvieran perforando. Me pregunté si no estaría teniendo algún tipo de reacción alérgica a la altitud, como si mi cuerpo no hubiese debido nunca alejarse del suelo.

La señal del cinturón de seguridad se encendió cuando el capitán nos informó de que comenzábamos el descenso. Pronto aterrizaríamos en Madrid, donde la temperatura era de ochenta grados Fahrenheit, veintiséis Celsius. El avión se inclinó ligeramente a la izquierda. Se me retorció el estómago. Sentí un dolor agudo y punzante en los oídos. Al atravesar algunas nubes, se produjo una leve turbulencia. Jacobo, con las manos agarradas a los reposabrazos, respiraba agitadamente, y sus largas y rítmicas exhalaciones me ponían nervioso. Si no me hubiese sentido tan mal, tal vez le habría dicho algo para tranquilizarlo, pero sentía que la cabeza me iba a salir disparada del cuerpo. Cuando al fin nos estabilizamos, vi un horizonte en el que se extendían interminables llanuras de distintos tonos de amarillo. El avión parecía perseguir su sombra en un mar de cebada ondulante. Abajo, un grupo de casas de piedra se mezclaba con el color dorado de los campos y, a lo lejos, las aspas de un molino de viento giraban perezosamente. Apoyé la frente en la ventana y recordé la voz ronca de Chus recitando las primeras palabras del Quijote: «En un lugar de la Mancha, de cuyo nombre no quiero acordarme, no ha mucho tiempo que vivía un hidalgo de los de lanza en astillero, adarga antigua, rocín flaco y galgo corredor».

<hr />

Jacobo y yo salimos del avión sin decir nada, dejando que los demás pasajeros se intercalaran entre nosotros, sin que ninguno de los dos hiciera ningún esfuerzo por acortar distancias. No estaba muy seguro de si existía algún tipo de etiqueta aérea que prohibiera hablar con el compañero de asiento después de aterrizar. Lo único que sabía es que me sentía raro por no habernos despedido.

A veces parecía que Jacobo iba más despacio, pero resultaba difícil saber si era algo intencionado o el resultado de estar absorto en su teléfono. Los demás pasajeros se movían con fluidez, con seguridad, sabiendo que hoy estaban aquí pero mañana podrían estar en cualquier otro lugar, un «cualquier otro lugar» que incluía Estados Unidos. Estaban acostumbrados a entrar y salir de los países sin esfuerzo, recorriendo corredores de cristal con facilidad. Mis pasos eran pesarosos y pausados.

Entramos en la futurista ampliación del antiguo aeropuerto en el que había embarcado en mi vuelo a Nueva York dieciséis años atrás. Chus y yo habíamos visto esta nueva y reluciente Terminal 4 en *Volver*, la última película de Almodóvar. En la pantalla parecía un lugar celestial y ahora también en la vida real. El techo estaba revestido de tiras de bambú, y la luz de principios de verano, que entraba por enormes claraboyas, rebotaba en un suelo de mármol pulido. Caminé tras una pareja de Long Island y escuché su conversación sobre los museos y ciudades cercanas que planeaban visitar, hasta que llegamos a la aduana. A los americanos les tocó esperar en largas y revoltosas colas con otros extranjeros. La cola de la UE era corta y avanzaba rápidamente.

Jacobo ya estaba en una de las garitas. Sin dejar de mirar la pantalla de su teléfono, entregó el pasaporte al agente de la patrulla fronteriza, que apenas lo miró. Luego se lo volvió a meter en el bolsillo y giró levemente la cabeza, como si la idea de buscarme se le hubiese ocurrido demasiado tarde.

Detrás de la línea marcada en el suelo, sudaba profusamente por lo que parecía era una fiebre alta. Temía parecer sospechoso. Cuando el agente me indicó que me acercara a la garita, sentí que la camisa empapada se me pegaba al pecho y una ráfaga de aire frío me hizo estremecer.

—Buenos días.

Le pasé el pasaporte por debajo del cristal. Lo miró sin mucho interés.

—Bienvenido a casa —dijo, devolviéndomelo.

Aquel momento, que había imaginado dormido y despierto de diversas maneras y con distintos desenlaces, fue breve y anodino. En mi pesadilla más recurrente, un agente de la patrulla fronteriza me denegaba la entrada y quedaba suspendido en una gruesa línea blanca en la que tenía que permanecer despierto para no caerme al abismo. Alexis siempre sabía cuándo estaba teniendo esa pesadilla porque todo mi cuerpo se movía de un lado a otro, tratando de mantener el equilibrio.

Cuando dejé atrás la garita y entré oficialmente en España, de repente sentí que mis piernas estaban demasiado débiles para seguir adelante. Me senté en un banco y me soné la nariz. Sabiendo que aún tenía una oportunidad de alcanzar a Jacobo, conseguí recomponerme y me apresuré hacia la recogida de equipajes. Observé con ansiedad la sala, llena de rostros bostezantes y ojos cansados y enrojecidos. Al acercarme a la cinta, me detuve junto a una abuela con un niño. Aunque había una pantalla con el número de vuelo, le pregunté en español si era el vuelo de Nueva York.

—Sí, lo es. Este es el mejor aeropuerto de Europa, pero las maletas tardan una eternidad en salir. Siempre hay que esperar demasiado —respondió en inglés con un marcado acento español.

—Qué pereza.

—¿Estás de visita en España? —me preguntó al cabo de un par de segundos, cuando yo ya había dado por terminada la conversación.

—Así es.

—Te va a encantar. Es el mejor país de Europa.

—Tengo ganas de ver el Escorial y el Prado y tomar unas tapas en la Plaza Mayor —dije, repitiendo fragmentos de una conversación que acababa de escuchar por casualidad.

—Oh, el Prado te encantará. Es el mejor museo del mundo.

Asentí. Sobre nosotros colgaba un cartel con dos chicas en un descapotable que recorría una sinuosa carretera bordeando un mar cristalino color turquesa. En letras grandes decía *I need Spain*. Reían como si alguien les acabara de contar un chiste. Tenían los brazos y las caras bronceadas y el pelo al viento. No parecían necesitar nada, mucho menos un país. Un pitido, tan fuerte como el de un camión de reparto dando marcha atrás en mitad de la noche, me taladró la cabeza y, poco después, las maletas empezaron a deslizarse por la cinta. Me alejé de aquella mujer, que en ese momento se quejaba de la comida del avión a una pareja joven. Cuando volví la cabeza para buscar a Jacobo por última vez, alguien me tocó el hombro.

—Ey, ¿como te encuentras?

—Ey —contesté, tratando de no parecer desesperado.

—¿Cómo va tu resfriado?

—No muy bien. Creo que tengo fiebre.

Me miró fugazmente a los ojos, como pidiendo permiso, y luego me tocó la frente.

—Sí, tienes fiebre.

Apoyé la cabeza en su mano y cerré los ojos. Aunque fuera un instante, su tacto me fortaleció. Pasaron unos segundos, y a continuación el estruendoso ruido de una bolsa de golf al caer sobre la cinta rompió el hechizo. Jacobo la agarró con las dos manos, la dejó en el suelo y arrancó la etiqueta naranja de equipaje prioritario, como avergonzado.

—¿Juegas al golf? —pregunté despreocupadamente, como si yo también jugara.

—¿Estás de broma? Odio el golf. No se me ocurre un deporte más despreciable y burgués. Si es que se puede llamar «deporte» a dar un paseo por un prado. Son para mi padre. Siempre necesita tener lo último en palos de golf. Es un pésimo jugador, así que tampoco cambia gran cosa la ecuación.

Me pregunté si habría facturado otra maleta o si estábamos esperando la mía. ¿Era posible que viajara solo con la pequeña mochila que había traído en el avión?

—Nunca he jugado al golf, pero no parece muy divertido —dije.

Puso cara de asco mientras se inclinaba sobre la cinta; agarró una gastada bolsa de lona militar y volvió a arrancar otra etiqueta naranja. Yo esperaba que la mía llegara pronto para poder salir juntos. Los dos permanecimos incómodos durante unos segundos, las bolsas entre nosotros como barricadas.

—En fin, supongo que debería irme. —Sacó su teléfono—. Dame tu número.

—Claro. —Asentí, mirando al suelo, y entonces caí en la cuenta de que no tenía—. Espera. Aún no tengo teléfono —dije, y me reí nerviosamente, la tierra abriéndose bajo mis pies.

Jacobo sacó un bolígrafo del bolsillo y anotó su número en un papel.

—Llámame si necesitas cualquier cosa. O si quieres que te enseñe la ciudad.

Le dije que lo haría. Me dio un abrazo que duró un poco más de la cuenta, agarró sus bolsas y se dirigió hacia la salida. Le observé, esperando que se volviera, y di unos pequeños pasos para que, en caso de hacerlo, tuviera una imagen directa de mí. Caminando con paso firme, desapareció entre la multitud, con la cabeza gacha, mirando su teléfono.

Mi maleta salió poco después, aunque no lo bastante pronto como para no temerme que se hubiera perdido. Costaba creer que mi vida cupiera en una maleta de Chinatown cuya rueda derecha había empezado a fallar nada más salir de la tienda. La puse en un carrito y, apoyándome pesadamente en él, me dirigí hacia la salida. Dos policías armados me preguntaron si tenía algo que declarar. Les dije que no. Me dejaron pasar y me desearon un buen día.

Entré en mi tierra natal por una puerta automática, esperando experimentar algo trascendental, alguna especie de revelación, pero solo sentí agotamiento. Seguí las indicaciones para el autobús y deambulé por una zona con varios puestos de comida, tratando de reponer fuerzas. El olor a café recién molido, que por lo general me encantaba, estuvo a punto de hacerme vomitar. Me estaba subiendo la fiebre. Salí de la terminal y me dirigí a la parada. La cabeza me palpitaba tan intensamente que tuve que cerrar los ojos y apoyarme en un poste. Estaba empapado en sudor, pero sentir el sol en la cara me reconfortó.

Alguien me agarró del brazo. Abrí los ojos y miré sin comprender a un hombre mayor de uniforme azul oscuro, la cara blanca y regordeta bajo una gorra con visera. ¿Me había desmayado? Me dio una botellita de agua. Tomé un sorbo, miré a mi derecha y me di cuenta de que mi maleta había desaparecido. Intenté recordar cómo se decía en español, pero tenía demasiada fiebre. Mareado, vi que Jacobo introducía mi maleta en el maletero de un reluciente Jaguar negro, hablando en un rápido español. Luego me ayudó a subir al asiento trasero, cuyo cuero me refrescó al instante. Cuando arrancó el coche, cerré los ojos. Su pierna tocaba la mía.

CAPÍTULO SIETE

Me desperté en la más absoluta oscuridad bajo unas pesadas sábanas de algodón. Alargué la mano, esperando encontrar una lámpara de noche, pero no encontré nada. Conteniendo la respiración, escuché unos sonidos que me ayudaron a hacerme una idea del espacio. Extendí la pierna derecha hacia el territorio inexplorado de la cama, recorriendo los fríos pliegues de algodón. Un fuerte aroma a lavanda fresca llenaba la estancia. Al darme la vuelta me di cuenta de que estaba desnudo.

Entraba y salía del sueño, y volví a despertarme cuando se abrió la puerta. Una luz tenue iluminó suavemente el papel pintado color verde oscuro. Había un escritorio antiguo, un sillón tapizado con flores y un enorme armario de madera oscura tallada que parecía tener cientos de años. Mi maleta, a la que le faltaba una rueda, estaba junto a la puerta. Encima, la ropa que llevaba en el avión estaba perfectamente doblada. Me limpié las comisuras de los labios, me peiné un poco y me senté en la cama.

Oí un tintineo de platos a lo lejos, luego una risita y una tablilla del parqué que crujió con fuerza. Miré hacia abajo. Una niña con largos rizos rubios sujetos por un lazo de estrellas plateadas entró reptando a la habitación. Me cubrí con la sábana.

—Hola —dije.

La niña se levantó, salió corriendo y recorrió lo que sonaba como un largo pasillo. Una puerta se cerró a lo lejos y, poco después, oí que la abrían y unos pasos que se acercaban. Pensé en buscar la ropa, pero tenía miedo de que me sorprendieran desnudo a mitad de camino.

Alguien llamó a la puerta.

—Buenos días. Quiero decir, buenas noches —dijo Jacobo, con la chica encaramada a su espalda—. Espero que este diablillo no te haya despertado.

—¡No lo he hecho! —gritó ella.

—No. Me acabo de despertar, literalmente —le dije mientras la colocaba sobre la cama.

—Me llamo Estrella.

—Encantado de conocerte, Estrella. Soy Demetrio.

—Tú eres el americano —dijo ella.

—Me alegra que tú lo creas —respondí yo, y luego sonreí a Jacobo.

—Has dormido catorce horas —dijo.

—¿Qué? Lo siento mucho.

—No hay nada que sentir. ¿Cómo te encuentras?

—Muy descansado.

Incliné la cabeza de un lado a otro.

—Qué bien. Estuviste desmayado casi todo el camino desde el aeropuerto y tenías mucha fiebre.

—Casi no recuerdo nada.

Estrella empezó a saltar sobre la cama. Jacobo le pidió que parara, lo que la hizo saltar con más fuerza. La atrapó al vuelo y empezó a hacerle cosquillas. Ella se reía a carcajadas, retorciendo el cuerpo como una posesa. Los dos no tardaron en revolcarse sobre mis piernas. Mientras ella le suplicaba que parara, él empezó a rugir como un león, fingiendo que le mordía el brazo.

—¡Noooo! —gritó ella—. ¡Ayuda, por favor, ayuda!

—Ok —dijo Jacobo levantándose y alzándola en brazos—. Ahora vamos a dejar que mi amigo se duche y se prepare para la cena.

—Ese es el baño —dijo señalando una puerta de doble hoja—. Mi dormitorio está al otro lado.

Antes de salir, encendió un interruptor. Una enorme araña de diminutos cristales en forma de diamante que colgaba del techo iluminó el dormitorio. Cuando los oí reír por el pasillo, salté de la cama y me puse la ropa. Estaba lavada y planchada. Nunca en mi vida había llevado ropa interior planchada. Abrí las cortinas largas, gruesas y aterciopeladas como telones de teatro, sin saber qué aspecto tendría la ciudad. Quizá los edificios fueran más bajos y no estuvieran tan bien cuidados, pero la casa de enfrente se parecía un poco a la voluminosa y ornamentada casa del Upper East Side en la que vivía Bloomberg. Abrí las puertas del balcón y los ruidos de la ciudad inundaron la habitación: motocicletas, coches, niños que gritaban y alguien cerrando una persiana mecánica.

El cuarto de baño era enorme. Se parecía a los de las suites del hotel Peninsula que había visto en la página web, con un lavabo doble, una bañera grande tan profunda que uno podía zambullirse en ella y una ducha aparte. Al principio pensé que había dos inodoros uno junto al otro, pero luego me di cuenta de que uno de ellos era un bidé. Me hizo gracia. Creía que solo existían en Francia. Sobre la encimera de mármol había un neceser negro manchado de pasta de dientes blanca. Abrí la cremallera y vi dos frascos ámbar de farmacia. Las etiquetas estaban bastante descoloridas, pero aún pude leer el nombre de un antidepresivo que Chus había tomado muchos años. Volví a guardarlos con sigilo y abrí la ducha. Debía de llevar mucho tiempo bajo el agua caliente, porque cuando oí a Jacobo abrir la puerta, la mampara de cristal estaba cubierta de vapor.

No podía creer que hubiera entrado en el cuarto de baño mientras yo me duchaba. Volví a lavarme el pelo con champú, imaginando por un segundo que la puerta se abría y Jacobo entraba. Seguramente había visto demasiado porno en mi vida.

—¿Preparado para conocer a los García del Pino? —dijo con una voz lo bastante fuerte como para sobreponerse al sonido de la ducha.

Mi cuerpo entero temblaba de emoción e hice lo que pude para modular mi voz temblorosa.

—¡Claro!

—Prepárate para un interrogatorio muy serio y para un juicio expeditivo —dijo—. No son mala gente, solo un poco anticuados. Y también un poco cabrones.

Como no sabía qué decir, esperé a que se fuera lavándome el pelo por tercera vez. Aún chorreando, me puse la ropa interior, agarré una toalla lo bastante grande como para tapar a dos personas y empecé a secarme. No podía creer dónde estaba. Sintiéndome fuera de lugar, por un instante me planteé marcharme de allí, pero la idea de arrastrar una maleta sin una rueda por las calles de Madrid en busca del hostal me pareció insoportable.

Jacobo volvió a entrar con una toalla atada en la cintura. Mientras buscaba la pasta de dientes, le observé en el espejo. Tenía un cuerpo de yoga, la piel pálida y con un tono azulado. Se paseaba por el cuarto de baño cepillándose los dientes, con la espuma blanca chorreándole por las comisuras de los labios y la toalla cada vez más floja. En un momento dado, cuando estaba a punto de caerse, volvió a ajustársela. Me sequé el pelo e inhalé profundamente el denso aroma a manzanilla que había dejado el acondicionador.

—Escucha, no quiero molestar… —dije, sin saber cómo terminar la frase, súbitamente preocupado por llevar unos calzoncillos con un agujero.

—¿Qué quieres decir? —preguntó tras escupir la pasta de dientes en el lavabo.

—No sé… Que tal vez debería irme, ya has hecho demasiado.

—Por favor, no seas tan formal. ¿A dónde vas a ir a estas horas? Además, mi madre está deseando conocerte.

—Está bien, pero me voy mañana por la mañana.

—Mañana será otro día —dijo, y sonrió.

Le devolví la sonrisa y me dirigí a mi dormitorio, dejando la puerta entreabierta.

Me puse mis mejores pantalones y la única camisa que llevaba en la maleta, y me senté en la cama a esperar a que se vistiera. La luz del atardecer cubría el edificio de enfrente. Pensé en las vistas desde mi apartamento de Gansevoort y miré al cielo. No había luces parpadeantes de aviones lejanos, ni tampoco se oían el zumbido de compresores de aire acondicionado, sirenas o el claxon de los coches. En su lugar, había un cielo azul y despejado y una delgada línea anaranjada que se disolvía silenciosamente en el horizonte. Un silencio absoluto y reconfortante hacía que el mundo pareciera estar a kilómetros de distancia.

Me pregunté si el teléfono de la mesilla podría hacer llamadas internacionales. Al menos en Estados Unidos, había que pagar más por el plan global, que tenía unas tarifas astronómicas. Todas las personas que conocía usaban tarjetas telefónicas que se compraban en el *deli,* cinco dólares que bastaban para quedarse sin nada que decir. Saqué el teléfono del terminal y pensé en llamar a Chus, en cuyo contestador automático aún se oía mi voz de doce años pidiendo que pulsaras uno para dejarle un mensaje a él y dos para el Correcaminos.

◦~◦~◦

Cuando Jacobo abrió las puertas francesas y entramos en el cuarto de estar, me sentí aliviado de llevar puesta una camisa, aunque estaba un poco arrugada. Su madre, una mujer alta y elegante de pelo largo y oscuro y ojos penetrantes, iba formalmente vestida. Aun así, no parecía importarle que Jacobo llevara unos vaqueros rotos y una camiseta descolorida con un retrato del Che Guevara. Vestía una falda de seda plisada y una blusa con un sutil estampado de flores, con los hombros cubiertos por un chal gris plateado. Los suaves colores de su ropa contrastaban con los tonos marrones oscuros del cuarto de estar. Al escuchar cómo me presentaba Jacobo, me di cuenta de que estaba orgulloso de tenerme allí, feliz de haber traído a casa alguna prueba palpable de su vida norteamericana.

Le tendí la mano y la retiré torpemente cuando su madre me besó en ambas mejillas. Me saludó con cariño y familiaridad.

—Un placer conocerte, querido. Soy Patricia. Estamos encantados de tenerte aquí —dijo en inglés, con acento británico.

—Gracias.

Patricia se disculpó por el retraso de su marido y sugirió que empezáramos a cenar a las diez. En cuanto nos sentamos, una criada de uniforme entró en el cuarto de estar. Llevaba una bandeja de plata con una botella de Tío Pepe —el mismo jerez español que servíamos en Le Bourrelet—, copas con un borde dorado y un cuenco repleto de lo que parecían aceitunas de Kalamata, pero más pequeñas.

—Gabriela, este es mi amigo Demetrio —dijo Jacobo.

—Encantado —dije yo.

Se acercó a mí pero, cuando fui a besarla, me tendió la mano.

—Bienvenido.

Jacobo le pidió un gin tonic. Por la expresión de sus ojos, me di cuenta de que se alegraba de verle, y me pregunté cuánto tiempo llevaría Gabriela trabajando en aquella casa. Jacobo le hablaba con cariño pero también con cierta distancia, como si lo hiciera con una vieja amiga a la que hacía años que no veía. Sentados alrededor de una mesa de mármol rosa pálido y gris, brindamos por el regreso. Alcé mi copa con seguridad, y por un momento sintiéndome optimista, se disipó la ansiedad de los últimos días.

Estrella irrumpió en la estancia con un pijama de Hello Kitty y el pelo mojado recogido en una coleta. Saltó sobre el regazo de Jacobo, derramando parte de su bebida. Una chica joven, que supuse que era la niñera, corrió tras ella y se disculpó.

—No pasa nada, Sarah. ¿Te apetece un poco de vino antes de acostar a ese monstruo? —preguntó Patricia.

La niñera no tendría más de dieciséis años.

—No, gracias —respondió, tomando la mano de Estrella—. Ya son más de las nueve, y las chicas que no se acuestan antes de las nueve no se casan nunca.

Estrella corrió hacia la puerta, deteniéndose a mitad de camino para deslizarse el último par de metros. Todos le dimos las buenas noches y Jacobo le recordó que si cerraba el puño antes de dormir, soñaría con el Principito.

Pasamos a un comedor y poco después, como si pudiera ver a través de la pared, Gabriela entró con unos aperitivos. Jacobo me dijo que aquella era su comida favorita: chorizo, queso manchego, jamón ibérico y un gazpacho blanco frío con almendras laminadas y uvas verdes. Aunque sabía mucho sobre el jamón ibérico, le dejé hablar. Me explicó que el jamón procedía de cerdos ibéricos de pura raza y pata negra que vagaban salvajes, alimentándose de bellotas en los bosques de encinas de La Mancha. El ibérico no estaba permitido en Estados Unidos porque los mataderos no cumplían las normas de la FDA. Comenté lo irónico que resultaba que un jamón elaborado con cerdos alimentados con productos ecológicos estuviera prohibido, mientras que la mayoría de los estadounidenses que vivían fuera de las grandes ciudades comían alimentos transgénicos envasados.

De plato principal, comimos besugo a la plancha con rodajas de limón, ramitas de perejil y ajo asado. La piel estaba expertamente carbonizada, la primera capa de la carne de un color amarillo dorado. Cuando probé un pedazo pequeño, el sabor resultó fresco e intenso. Casi podía saborear el mar. En los últimos ocho años, había comido sobre todo en Le Bourrelet, donde todos los platos solían estar muy condimentados y acompañados de salsas ricas y cremosas.

Nunca había conocido a nadie como Patricia. Su elegancia iba más allá de la ropa. Sus modales eran exquisitos pero nada pretenciosos. Cortaba la comida en pequeños bocados, usaba la servilleta antes y después de beber, y nos llenaba las copas poco pero con frecuencia, de modo que por muy rápido que bebiéramos, el vino siempre se mantenía al mismo nivel. Su forma de comportarse indicaba que era una mujer de cierta educación. Pero lo que más me impresionó fue su evidente esfuerzo por hacerme sentir como en casa, preguntándome constantemente cómo me sentía y si me gustaba la comida, aunque cuanto más preguntaba, más cohibido me sentía.

Imité sus modales y usé la servilleta más a menudo de lo habitual. Cuando Gabriela entró en la habitación para recoger los platos sucios, actué como si estuviera habituado a que la gente me sirviera a mí en lugar de haberme pasado la vida sirviendo a los demás. Me preguntaba cuánto había compartido Jacobo con Patricia sobre mí y esperaba que no le hubiera contado el motivo de mi marcha de Estados Unidos.

Jacobo le pidió que contara la historia de un viaje a Nueva York que había hecho con su padre. Mientras él estaba en reuniones,

Patricia recorrió la ciudad y subió por error a un tren expreso y se vio en mitad del Bronx en plena noche. Mientras ella contaba la historia, yo tomaba mi vino y miraba sus grandes ojos negros repletos de vida, como los de una niña.

—Imagínatela —dijo Jacobo, incapaz de contener la risa—. Imagínatela, vestida de gala en pleno Pelham Bay a medianoche.

—No iba vestida de gala y no era medianoche, cariño —se rio ella—. Estás exagerando.

—Lo que tú digas, mamá. Siempre vas engalanada y con joyas. Hasta cuando juegas al golf.

—No es cierto que siempre llevo joyas y no me parece apropiado que digas eso delante de tu amigo.

No pude evitar echar un vistazo a su reluciente collar y al reloj clásico que llevaba con la esfera hacia abajo.

—Y, dicho sea de paso, hace tiempo que dejé de jugar al golf. Me di cuenta de que lo desprecio. Cíñete al programa, cariño. *Get with the program, darling.* ¿No se dice así en Estados Unidos?

Todos estallamos en una carcajada.

Jacobo encendió las largas velas negras de un candelabro de plata envejecida. Vi que las mejillas de Patricia se coloreaban como pétalos de rosa y me pregunté si se debería a las dos botellas de Ribeiro que nos habíamos bebido o a su cercanía a las llamas parpadeantes.

—Mi madre tiene una voz preciosa.

—Me he dado cuenta —dije.

—No, me refiero a que tiene buena voz para cantar.

Volvimos a reír.

—Estoy cansada, cariño. Preferiría no cantar esta noche.

—Está bien, está bien. Aunque es mi primer día de vuelta y tengo carta blanca —dijo Jacobo sonriendo con picardía, convirtiéndose en un niño pequeño.

Cuando terminó la comida, regresamos al cuarto de estar. Patricia encendió un cigarrillo y Jacobo se excusó un momento.

—Me alegro de que Jake te haya traído.

—Yo también. No sé qué habría hecho sin él —respondí. El vino me había dejado abotargado.

—¿Has llamado a tu tío?

Me quedé helado. Si sabía lo de Chus, eso significaba que Jacobo le había contado toda mi historia.

—No, todavía no. Le llamaré mañana.

—Admiro tu valor —dijo Patricia—. Jacobo me ha contado por lo que has pasado.

No sabía qué responder. Me sentía como si hubiera estado desnudo delante de ella durante toda la comida, tratando de dar la impresión de ser otra persona.

—Quiero que sepas que estamos aquí para lo que necesites.

—Gracias.

Aunque pretendía tranquilizarme con sus palabras, sentí mi orgullo herido. Empecé a sudar. Tal vez la fiebre no se había ido del todo.

Jacobo regresó al cuarto de estar, secándose las manos en los vaqueros.

—Déjame enseñarte lo mejor de la casa.

Agradecido por la escapatoria, le seguí derrotado como un impostor al que acaban de desenmascarar, hasta lo que parecía un balcón. Jacobo abrió las puertas y accionó un interruptor. Una ristra de luces iluminó un exuberante jardín suspendido sobre la ciudad. Pisé la hierba mullida, sintiéndome momentáneamente más liviano, y me percaté de que una gran variedad de plantas en macetas de terracota yacían pulcramente dispuestas, con una pátina en la arcilla que delataba los años que llevaban al raso. Me fijé en un arbusto de caléndulas, cuyos pétalos había utilizado en cierta ocasión para hacer helado. Caminamos hasta el borde y nos apoyamos en una barandilla cubierta de hiedra. Una larga y ancha avenida se extendía bajo nosotros como un río de luces flotantes.

—Es impresionante.

—Viernes por la noche. ¿No es una locura? No te engaño, el atasco dura hasta el amanecer —dijo, pasándome un brazo por el hombro. Podía sentir no solo su brazo sino también su pecho pegado a él, su corazón palpitando excitado.

—Qué locura. ¿Cómo se llama la avenida? —pregunté, deseando prolongar el momento.

—Gran Vía. Es como el Broadway de Madrid. ¿Estás listo para salir?

Me rodeó con el brazo.

—Claro —respondí, deseando quedarme allí, sintiendo la conexión de nuestros cuerpos, con los ojos hipnotizados por el parpadeo de las luces.

Cuando volvimos a entrar, no había rastro de Patricia. La mesa estaba limpia, los ceniceros vacíos, nuestro pasado inmediato ya borrado. Jacobo fue a su habitación a por la cartera. Me senté en el sofá y estuve escuchando atentamente en busca de señales que indicaran su paradero. El único sonido que oí fue el de su teléfono emitiendo pitidos intermitentes.

⁂

La pesada verja de hierro que se cerró a nuestras espaldas y la luz roja parpadeante de la cámara de seguridad que colgaba en lo alto hacían evidente que la casa de Jacobo estaba a miles de kilómetros de distancia de la calle en la que nos encontrábamos. Mientras caminábamos por aquella acera estrecha y atestada de niños correteando, no dejaba de pensar en Patricia y en lo que había querido decir con aquello de «estamos aquí para lo que necesites». La imaginé apoyada en la balaustrada, encaramada sobre la ciudad, fumándose un último cigarrillo y entrando en el cuarto de estar cubierto de alfombras persas.

Jacobo pidió un taxi mientras hablaba con entusiasmo de la noche que nos esperaba y los amigos a los que no había visto desde Navidad. Su teléfono no paraba de sonar. Quería decirle lo mucho que le agradecía que se hubiera ocupado de mí durante mi enfermedad, que me hubiera acogido en su casa y presentado a su familia. Pero no dije nada.

Jacobo hablaba con el taxista en un tono cordial pero deferente, parecido al que empleaba con Gabriela. Me pregunté si se debía a la diferencia de edad o a que ambos desempeñaban trabajos serviles.

77

Avanzábamos muy lentamente, y al final de la avenida nos detuvimos junto a una fuente maravillosamente iluminada, una enorme escultura de mármol de una diosa griega subida a un carro tirado por leones. El sonido del agua hizo desaparecer momentáneamente el murmullo de los coches detenidos a nuestro alrededor. Volví a pensar en Patricia y deseé que sus palabras no me hubieran tomado por sorpresa. Lamenté no haber sido capaz de decir algo elocuente en vez de haber sucumbido a un silencio sepulcral. La gente que caminaba por la acera avanzaba más deprisa que nosotros. El taxímetro, que aumentaba rápidamente, me ponía nervioso. Jacobo estaba absorto mirando por la ventana, como si viera las calles por primera vez.

—¿Sabes qué? Es curioso. Me encanta esta ciudad, pero desde que me mudé a Nueva York, no la he echado de menos ni un poco —dijo, como si aquello fuera el resultado de una seria reflexión—. Aquí no hay nada para mí.

Luego volvió la cabeza.

—Madrid es una gran ciudad. No me malinterpretes —añadió disculpándose.

—Bueno, estoy entusiasmado por conocerla —dije, como si yo también tuviera la posibilidad de volver a Nueva York.

—Bajemos de una puta vez. Esto es una locura.

Abrió la puerta, le dio un billete de veinte euros al conductor y no pidió vuelta. El taxímetro marcaba doce con cincuenta.

Me sorprendió lo animada que estaba la calle. La mayoría de la gente caminaba en grandes grupos y hablaba en voz alta, no solo los adolescentes que se pasaban grandes botellas de Coca-Cola llenas de lo que parecía vino tinto. Había algo profundamente distinto en Madrid. Una energía intensa y festiva que entraba y salía de los bares y se extendía por las aceras, una energía que solo había experimentado en Año Nuevo.

—¿Es siempre así?

—¿Así cómo? —me dijo.

—Todo el mundo bebiendo en la calle, gritando. No sé, todo esto.

—Sí —respondió. Por su tono me di cuenta de que estaba orgulloso.

Bajamos por una callejuela oscura y estrecha paralela a la Gran Vía. Había grupos de muchachos en las aceras, apoyados en los capós de los coches aparcados, fumando hachís. Jacobo se detuvo ante una puerta pesada en cuya placa dorada se veía grabado el número dieciséis. Poco después de que Jacobo llamara al timbre, el rostro de un hombre apareció tras una diminuta ventana. Saludó a Jacobo por su nombre, abrió la puerta y nos hizo pasar a un bar que parecía intacto desde los años treinta. Dos enormes ventiladores colgaban del techo, moviéndose lentamente, con esfuerzo, como si estuvieran demasiado cansados para seguir funcionando. Los camareros, mimetizados con la decoración, parecían de la misma edad que los apliques *art déco* que colgaban de las paredes. La mayoría de los clientes podrían ser viejos *hipsters* de Brooklyn, reunidos en torno a antiguas mesas de máquinas de coser Singer y bebiendo cócteles en copas *vintage*.

—Este sitio es uno de los secretos mejor guardados de Madrid. Nos encanta venir aquí a tomar la primera copa —dijo Jacobo. Era casi la una de la mañana.

Sus amigos estaban sentados en la esquina más alejada del bar, cerca del baño. Cuando nos acercamos a la mesa, se levantaron para saludarle. Me presentó como un amigo de Nueva York. Emocionado por empezar a practicar mi español, supuse que ser de allí me proporcionaría cierto atractivo. Pero después de la cálida bienvenida y un breve y educado intercambio, el grupo se enzarzó en una encendida conversación sobre política. Su fuerte acento local y la rapidez con que se replicaban unos a otros me impedía entenderlos.

Jacobo parecía haber perdido el interés en mí. Estaba claro que se había alegrado de llevarme, pero ahora se sentía algo incómodo. Frente a sus amigos se comportaba de una manera distinta. Hacía bromas y comentarios punzantes que provocaban súbitas carcajadas. Incluso su lenguaje corporal había cambiado. Muchos de sus amigos tomaban *dry martinis,* lo que me pareció algo extraño porque en Nueva York se lo considera un cóctel de gente mayor. Iban al baño con frecuencia y discretamente al principio, pero a medida que fue avanzando la noche, empezaron a ir de dos en dos y luego en grupo, y quedó claro que todos estaban metiéndose rayas.

Yo evitaba pensar en todo lo que tenía que hacer, como abrir una cuenta bancaria, encontrar un apartamento, comprar un teléfono móvil y ponerme en contacto con Matías, un amigo de Chef que regentaba El Lucernario, un restaurante con dos estrellas Michelin. Conversé sobre todo con uno de los amigos de Jacobo, Adolfo. Le gustaba hablar en inglés y añadía la palabra *cool* a casi todo lo que decía. Era un estudiante de Derecho que llevaba un par de años sin beber y estaba a punto de empezar a trabajar en el despacho de su padre. En un momento dado, mencionó que su tío había sido el primer presidente de España después de Franco. Tardé un rato en asimilar la información. Actuaba con normalidad, pero me sentía completamente desconcertado. Mirando a los amigos de Jacobo, me pregunté si su falta de interés por mí se debía a que intuían que yo no pertenecía a su mundo.

Adolfo se excusó pronto y dijo que al día siguiente se iba a la playa. En cuanto se levantó de la mesa, Jacobo se acercó y se sentó a mi lado. Movía tanto la mandíbula que le costaba hablar.

—Tú te metes, ¿no?

—Claro. —Hacía años que no me ponía un tiro. Las dos últimas veces me había vuelto tan paranoico que no la había vuelto a probar.

—Vamos —dijo y señaló el baño.

Nos encerramos en la única cabina abierta. Jacobo hizo dos rayas sobre la cartera. Alguien esnifó ruidosamente a nuestro lado, tiró de la cadena y golpeó la puerta.

—Hace años que no me meto.

—Ojalá pudiera decir lo mismo —dijo, pero se retractó enseguida—. No me malinterpretes, no lo hago tanto.

Enrolló un billete, se metió la raya más larga y gruesa, y me entregó la cartera. En el momento en que la coca entró en mi fosa nasal, sentí un entumecimiento instantáneo en la boca y un sabor amargo bajándome por la garganta. Jacobo se mojó el dedo y limpió la cartera.

—Espera. ¿Es de quinientos euros? —dije, desenrollando el billete.

—Sí —respondió metiéndolo de nuevo la cartera—. Los llaman Bin Laden. ¿Lo pillas? Bin Laden porque se sabe que existe, pero nadie lo ha visto nunca.

Se rio y a continuación se bajó la cremallera. Me di la vuelta, sintiendo que la sangre empezaba a calentarse, una mezcla de pánico y excitación me empujó fuera de la cabina cuando su chorro golpeó la taza. En vez de volver a la mesa, me acerqué a la barra. Hiperconsciente y con un cosquilleo en la garganta, observé las filas de copas de martini perfectamente dispuestas, el vivo color rojo de las cerezas y una bandeja de plata sin pulir con gajos de limón fresco. Los movimientos del camarero agitando un cóctel parecían coreografiados al ritmo de *I Wanna Be Sedated* de los Ramones que sonaba por los altavoces. Me senté en un taburete junto a una mujer alta con un vestido rojo que explicaba las diferencias entre la economía norteamericana y la europea.

—La principal diferencia es que Estados Unidos puede imprimir dinero y nosotros no. Es así de simple —dijo, gesticulando nerviosamente, con sus largos dedos subrayando la última frase.

Un tipo con un traje a cuadros asentía con la cabeza, tenso, con los ojos abiertos más abiertos que un búho. Eché un vistazo al bar y me di cuenta de que la mayoría de la gente estaba colocada. Ahora que yo también lo estaba, entré en el mundo paralelo que había estado sucediendo justo a mi lado.

Jacobo se me acercó y pidió dos chupitos. Brindamos por el futuro y, mientras el tequila bajaba por nuestras gargantas, golpeé el vaso contra la barra para abstraerme del ardor. La coca me hizo disfrutar del sabor del tequila, el alcohol apaciguando momentáneamente mi corazón acelerado. Jacobo me rodeó el hombro con el brazo y, esta vez, yo le rodeé con el mío.

Salimos del bar sin despedirnos. Conforme pisamos la acera, las farolas se apagaron y el sol empezó a salir. Me gustó no tener que decidir un destino, dejándome llevar por calles desconocidas, sin saber si nos acercábamos o alejábamos de casa.

Un camión cisterna atravesó la estrecha calle, rozando con sus retrovisores los coches aparcados a ambos lados. Dos hombres vestidos con monos verdes impermeables venían hacia nosotros, limpiando las aceras con mangueras. Inhalé profundamente algunos restos de coca que me quedaban en las fosas nasales, con el corazón de nuevo acelerado. Empezaban a mojarnos, así que tomamos un callejón que descendía hacia una plaza. Por el trazo errático de sus pasos y el balanceo descuidado de su cuerpo, me di cuenta de que Jacobo había bebido demasiado. Cruzamos una plaza casi vacía, salvo por un grupo de muchachos blancos sin techo bañándose en una fuente. Uno de ellos, que debía de tener nuestra edad, se esforzaba por cerrar la cremallera de una maleta con ruedas. Llevaba el pelo enmarañado con rastas y un pañuelo con los colores de la bandera etíope. Se dio cuenta de que le miraba fijamente y, al cruzarnos, me pidió un cigarrillo y me dijo no sé qué sobre el precio de mirar.

Yo había supuesto que caminábamos a la deriva pero en un momento dado me vi atravesando un callejón empedrado, un ligero olor a chocolate agridulce cada vez más presente. Habíamos caminado en silencio desde que salimos del bar y el silencio se había vuelto corpóreo, como si alguien caminara entre nosotros. Le pregunté a dónde íbamos y Jacobo se limitó a señalar una puerta verde.

La chocolatería era una pequeña y pintoresca cafetería con camareros vestidos de uniforme oscuro, corbatas negras y expresión atareada. Apenas había empezado el día, pero el local estaba abarrotado. La mayoría de los clientes eran jóvenes que claramente acababan de salir de las discotecas, y parejas mayores que leían el periódico. Jacobo ocupó la única mesa libre y yo me dirigí al mostrador, donde un viejo camarero preparaba churros con sus propias manos. Cortaba el largo rosco frito enroscado como una serpiente y espolvoreaba azúcar glas por encima. Pedí una docena y dos chocolates a pesar de que tenía el estómago más cerrado que una bolsa Ziploc.

—Vaya, este sitio es increíble —dije regresando a la mesa.

—¿Verdad? Sabía que te encantaría —dijo entusiasmado, hojeando las páginas de un periódico que alguien había dejado sobre la mesa—. Es la chocolatería más antigua de Madrid.

Antes de mojar el churro en el chocolate, le di un bocado para saborearlo. El aceite de oliva, con un bajo porcentaje de acidez, me hizo pensar en un artículo que había leído hacía tiempo en el *New York Times*. España tenía más de doscientas cincuenta variedades de aceitunas y producía los aceites de oliva más variados del mundo. Incluso algunos de los llamados italianos procedían de Extremadura, pero como se compraba a granel y luego se embotellaba en Italia, las empresas podían comercializarlo como tal, por lo que se vendía a un precio más alto. Le di otro bocado al churro y me pregunté de dónde sería aquel aceite en concreto, y si después de vivir un tiempo en España acabaría siendo capaz de identificar su origen por el sabor.

—Estos churros son una locura.

—Espera a probar el chocolate —dijo Jacobo—. ¿No es así como se supone que hay que comerlos, señor chef?

—Sí, así es como se supone que hay que comerlos, pero no es la mejor forma de saborear el churro —dije sonriendo.

Al mojarlo en el chocolate me dio una palmada en la nuca, haciéndome derramar un poco sobre el platillo. Su contacto más leve me electrizaba el cuerpo entero.

CAPÍTULO OCHO

Aunque tenía su propia habitación, me desperté con Jacobo durmiendo a mi lado en calzoncillos con un brazo alrededor de mi cuello. Tenía la boca sedienta, la nariz seca, una nube oscura y amenazadora se cernía sobre mí. Me quedé con los ojos abiertos pensando en la noche anterior e hice un esfuerzo por recordar cómo me las había arreglado para llegar a la cama, pero lo único que recordaba era estar tumbado sobre las sábanas y oír las campanas de una iglesia dando las ocho. Aquel cuerpo casi desnudo, hermoso y frágil junto al mío, que en otra situación habría provocado un impulso indomable, no produjo ningún efecto. En lo único que podía pensar era en la necesidad de encontrar un trabajo, un lugar donde vivir y un teléfono para llamar a Chus. Me escabullí de debajo de su brazo y me senté en la cama mirándolo a la cara, una leve y desigual barba incipiente le cubría la barbilla. Próximo a su boca, un círculo húmedo había oscurecido las flores bordadas de la funda de la almohada. Extendí la mano y se la dejé sobre el pecho, sintiendo la cadencia de su respiración a través de la manta. La casa estaba en silencio. Solo unos débiles e indistinguibles sonidos de la calle penetraban la ventana de doble cristal. La luz cobriza del sol entraba por una rendija en las cortinas haciendo que los cristales de la lámpara de araña proyectaran un fugaz arco iris en la pared.

Me di una ducha rápida, volví a ponerme la misma ropa interior con la que había dormido y me vestí. La puerta de su dormitorio estaba levemente abierta. La empujé con el hombro y entré. Las paredes estaban cubiertas de grandes fotos en blanco y negro tomadas a través de lo que parecía ser la niebla espesa y semitransparente de una cala escondida, un árbol negro chamuscado con el tronco partido en dos y un faro que dejaba la niebla de un blanco reluciente. Algo en aquellas imágenes me recordaba a Jacobo.

Su reloj estaba sobre la mesilla. Me lo puse y moví el brazo arriba y abajo, maravillado de su peso extraordinario. Me planté frente a un espejo de cuerpo entero, lo dejé caer a un costado y contemplé mi muñeca envuelta en oro amarillo de dieciocho quilates. Mi camisa blanca, mis vaqueros gris oscuro y mis zapatillas desgastadas de pronto parecían ropa de marca. Sin quitármelo, abrí la puerta de su armario, solo para experimentar qué se sentía estar realizando una tarea ordinaria con ese reloj puesto. Me sorprendió ver tantas camisas abotonadas, pantalones de vestir y trajes, prendas que no me imaginaba a Jacobo llevando. Volví a colocar el reloj donde lo había encontrado y salí de la habitación.

Al fondo del largo pasillo, sobre un aparador, había una foto de un soldado de alto rango mirando desafiante a la cámara. Las numerosas medallas de su uniforme me hicieron pensar que se trataba del abuelo fascista que Jacobo había mencionado en el avión. En otra foto, con un aspecto mucho más envejecido, el soldado montaba a caballo en el desierto contra un ejército de hombres con turbante y largos sables colgando de la cintura. Por la inscripción de 1975 en el marco, deduje que eran marroquíes y que la foto, cuyas esquinas habían empezado a desteñirse, la habían tomado durante la «Marcha Verde». Lo sabía porque Chus había pensado en huir a Tánger antes de irse a París y estaba obsesionado con la historia del protectorado español en Marruecos.

Entré en la cocina y agarré el teléfono que colgaba de la pared. Marqué el número de Chus solo para que el timbre dejara de taladrarme el oído. Ya me disponía a dejar un mensaje, esperando que no estuviera en casa, cuando contestó.

—¿Hola?

—Hola, Chus.

—¡Deme! Llevo dos días esperando noticias tuyas. ¿Estás bien?

—Sí, claro. Siento no haberte llamado antes, pero me puse muy enfermo en el avión, tuve una gripe de un día o algo parecido.

—Seguramente fue psicosomático.

—Dios, no puedes ser más *New Age*.

—Bueno, hay estudios que dicen...

—Vale, vale. No quiero discutir eso ahora. No puedo hablar demasiado porque estoy usando el teléfono de otra persona. Es una larga historia pero conocí a alguien.

—¿Qué?

—Sí. Nos sentamos juntos en el avión. Es muy guapo, guapo tipo modelo, y encantador, y... como que conectamos. Pero también es un desastre y puede que tenga un problema de adicción a las drogas o al sexo. O tal vez las dos cosas, no estoy seguro. Creo que somos muy distintos, ¿sabes? Como si nuestros valores no fueran los mismos. Me siento como paralizado. Porque también es súper rico, rico estilo coche con chófer.

—Deme, estás desvariando. Más despacio.

Tomé aire.

—Así que conociste a un chico guapo que claramente te gusta y resulta que pertenece a un contexto socioeconómico diferente. Bienvenido a la magia de la vida. Suena estupendo, la verdad. Muy estilo Hollywood clásico.

Me eché a reír.

—¿Qué significa eso?

—¿Es de Madrid? ¿Cuántos años tiene?

—Sí, es de Madrid. Tiene mi edad. Quizás un año menos.

—¿Es gay-gay o Richard-gay?

—No sabría decirte con seguridad. Sabes que nunca he tenido un buen radar gay.

—Eso no hace falta decirlo. ¿Habéis tenido sexo de adultos?

—¡Chus!

—¡Lo siento! Pero en lo que a mí respecta eso aclararía un poco su sexualidad.

—Nada de sexo todavía.

—Está bien. Poco a poco. Tienes que ocuparte de muchas cosas en este momento. ¿Qué más? ¿Qué tal el hostal?

—Nunca llegué a ir. Me estoy quedando en casa de este chico.

—¿Este chico tiene nombre?

—Sí, Jacobo.

—Un nombre muy pijo.

—¿En serio? —pregunté. De pronto me pareció que Chus percibía ciertas sutilezas del país que yo nunca podría llegar a apreciar—. Bueno, te he contado lo del chófer... Escucha, tengo que colgar. Te llamaré en cuanto compre un teléfono. No quería preocuparte. Madrid es, no sé, muy distinto a Nueva York.

—Seguro que ha cambiado mucho —dijo, vacilante—. Te echo de menos y te quiero.

—Yo también te quiero.

Me arrepentí de aquella conversación en cuanto colgué. Había muchas cosas que quería comentar con él y al final solo había hablado de Jacobo.

En ausencia de Patricia, el marrón oscuro de las paredes, las alfombras persas y los pesados muebles hacían que aquel espacio resultara frío y poco acogedor. Sobre la mesa baja donde la noche anterior habíamos tomado las copas, había dejado una nota. Esperaba que lo hubiéramos pasado bien y que no hubiéramos llegado tarde. Estaban comiendo en casa de una amiga y Gabriela tenía el día libre, pero había dejado comida en la nevera por si teníamos hambre. Al final de la nota, con la misma letra pero algo apresurada, como si hubiera sido una ocurrencia de último minuto, Patricia decía que había un juego de llaves para mí en el jarrón de la entrada.

Al salir a la calle y escuchar la pesada puerta metálica cerrarse tras de mí, me pregunté si era apropiado salir a pasear y dejar abandonado a mi anfitrión. No quería perderme, de modo que tomé la ruta de la noche anterior por el Paseo de la Castellana, pero al cabo de un par de manzanas un fuerte deseo de dejar mi propia huella en la ciudad me hizo cambiar de dirección, mientras partes del cielo azul empezaron a volverse amarillo fuego. Era la primera vez desde que había llegado a Madrid que Jacobo no estaba a mi lado. Me dejé llevar por las calles y, al saber que nadie me vigilaba, sentí de pronto una embriagadora sensación de libertad. Por fin había llegado a un destino que, curiosamente, era también el comienzo de un nuevo viaje.

La ciudad estaba a rebosar. Yo pensaba que las tiendas en España no abrían los fines de semana, pero las aceras estaban llenas de gente con bolsas colgadas del brazo. En comparación con el ritmo acelerado y solitario de Nueva York, allí todo el mundo parecía caminar tranquilamente en grupo. Me fijé en muchas familias, con los niños corriendo de un lado a otro y los padres deteniéndose de vez en cuando para saludar a conocidos.

Arrastrado por la marea urbana, llegué hasta las puertas del Parque del Retiro. Resultaba difícil apreciar su escala desde la calle, pero una vez dentro, me sorprendió su tamaño. Había múltiples caminos que serpenteaban por los exuberantes jardines, donde las plantas y los árboles parecían haber sido plantados hacía miles de años siguiendo un viejo plan maestro. Había varios grupos de adolescentes tumbados en la hierba, pasándose grandes botellas de cerveza. Me sorprendió la libertad con la que quemaban pequeñas piedras de hachís que luego mezclaban con tabaco y liaban en un porro. Aunque el parque estaba abarrotado y había muchas familias con niños pequeños, a los padres no parecía molestarles. Me apoyé en una balaustrada de mármol que rodeaba un lago artificial y me fijé en un joven que vendía droga en los escalones. El paso de un coche de policía me hizo darme cuenta de que no llevaba el pasaporte. Caminé hasta uno de los jardines desde el que se podía ver un lago. En el agua flotaban botes de remos desvencijados, con números rojos medio borrados. Cuando me tumbé en la hierba, una bandada de patos que se bañaban bajo la luz resplandeciente levantó el vuelo; el batir de las alas amortiguó brevemente el ruido de los coches y los ciclomotores. A lo lejos, un grupo de perros ladradores correteaba febrilmente tras un balón de fútbol.

Debí quedarme dormido un rato porque, cuando me levanté, el sol se había puesto. Volviendo sobre mis pasos, llegué a la Castellana, pero no supe qué dirección tomar después. Media hora más tarde, me di cuenta de que me había equivocado. Paré a un taxi y le repetí dos veces a dónde iba al conductor para asegurarme de que me había entendido, un hombre de cejas largas, espesas y descuidadas. En cuanto pisó el acelerador, me mareé. Hablaba con un acento muy fuerte, casi ininteligible, y se empeñaba en entablar conversación sobre el entrenador del Real Madrid o un nuevo jugador que acababan de fichar. Tras mis aburridas respuestas monosilábicas, contraatacó subiendo el volumen de la radio. Al instante me asaltaron las voces ásperas de unos periodistas enardecidos, al borde de los gritos, discutiendo sobre la precaria situación de la bolsa europea. La voz ronca de un reportero indignado me hizo pensar en la mujer del vestido rojo. Recordé lo que había dicho sobre la posibilidad de la Reserva Federal de imprimir dinero a su antojo. El taxista, molesto por mi negativa a entablar conversación, gritó «¡Putos yanquis!» al aire, esperando que reaccionara. Pero no reaccioné.

La llave entró sin problema, pero la cerradura no se movió. Giré el pomo y empujé la pesada puerta metálica con el hombro. Estaba cerrada. Metí la llave varias veces y la giré hacia la izquierda. Me asaltó una oleada de ansiedad. Llamé al timbre, conté hasta diez y volví a llamar. Retrocedí un par de pasos, miré los números dorados que había sobre la puerta. Me temblaban las manos. Volví atrás y repetí el mismo movimiento, forcejeando y sacudiendo el pomo, empujando la puerta con el hombro, pero dejé de hacerlo cuando pasó un hombre con su perro y me miró con extrañeza.

Me senté en un banco y traté de no perder la calma. Llevaba algo de dinero y ningún documento de identidad. Un coche de policía pasó a toda velocidad, iluminando la fachada del edificio con sus luces azules. El corazón se me desbocó. Esperé a que se marchara y busqué en los bolsillos el papel en el que Jacobo me había escrito su número de teléfono. Al cerrar los ojos, recordé haberlo visto en el escritorio de mi habitación, junto al pasaporte. Me planteé intentar abrir de nuevo la puerta, pero me daba miedo que alguien llamara a la policía. Miré el reloj. Eran las nueve. Si quería encontrar un lugar donde pasar la noche, tenía que empezar a buscarlo ya.

Las mismas acogedoras calles que había recorrido con Jacobo la noche anterior parecían ahora completamente diferentes. En vez de las familias alegres y bien vestidas y los ruidosos niños jugando, vi a muchos vagabundos y camellos. Bajando por una calle empedrada, un chico joven salió tras un contenedor de reciclaje y desenvolvió un reloj de un pañuelo de colores.

—Barato, barato —murmuró—. ¿De dónde eres, amigo?

Eché los hombros hacia atrás, hinché el pecho y caminé hacia la plaza. Los bares de la plaza del Dos de Mayo estaban tan abarrotados que la gente se desperdigaba por las aceras, con las mesas tan cerca unas de otras que era imposible saber a qué bar pertenecían. Me senté en una de ellas desde la que se veía directamente una estatua de dos soldados con las espadas en alto y los músculos de mármol blanco iluminados por luces halógenas. La mayoría de la gente estaba congregada en grandes grupos, algunos de ellos apenas adolescentes, bebiendo cervezas y fumando hachís. Dos monjas con hábitos marrones y crucifijos colgando del cuello cruzaron la plaza con paso apresurado y unas miradas gachas que denotaban desaprobación. Conté mi dinero varias veces, como si al pasar los billetes de una mano a otra fuera a multiplicarlos. ¿Bastarían cuarenta y cuatro euros para un albergue?

Un grupo de turistas americanos se sentó a un par de metros. Ansioso por escuchar inglés, me acerqué a su mesa. Los observé atentamente y escuché su conversación, sus voces hicieron que me sintiera menos solo al instante. Casi toda su conversación giraba en torno a unas clases que apenas podía entender, la comida y la vida nocturna. Se trataba de un grupo de estudiantes de un programa de intercambio. Una de ellas, una chica espectacular de pelo negro azabache y labios carnosos, no dejaba de mirarme y, cuando se cruzaron nuestras miradas, sonrió con confianza. La escuché pedir de beber. Hablaba español sin acento americano. Yo seguí con mi cerveza en silencio y fingí estar absorto en los niños que jugaban en los columpios. Los padres les gritaban desde lejos y, cuando se cansaban de que no les hicieran caso, iban a por ellos, con sus bebidas en la mano.

Me gustó escuchar a los estudiantes. Aunque probablemente tuviéramos poco en común aparte de hablar el mismo idioma, me resultaba relajante oír sus voces entrelazadas con los sonidos de la plaza. Cerré los ojos y me concentré en sus palabras, familiares y reconfortantes.

—Perdona —escuché de pronto. La proximidad de la voz me sobresaltó—. ¿Te encuentras bien?

Abrí los ojos y vi a la mujer del pelo largo agachada junto a mi silla.

—Sí, estoy bien, es solo un poco de *jet-lag*.

—Sabía que eras norteamericano.

—¿Lo sabías? ¿Cómo?

—No lo sé. Simplemente lo sabía —dijo, sonrojándose—. Mi madre es de Nueva Jersey, pero yo soy de aquí.

Me pregunté qué quería decir con «de aquí». ¿España, Madrid, esta plaza?

—Oh, por eso hablas tan bien inglés —le dije.

—Gracias, tú también hablas muy bien —respondió, y al instante hizo una mueca como reconociendo lo previsible de su broma.

Nos reímos. La invité a que se sentara.

Con mi mejor acento español, pedí dos cervezas a un camarero que limpiaba la mesa de al lado. Me dijo que tendría que esperar porque estaba ocupado. Sorprendido por la respuesta, me pregunté si le había entendido mal.

—Bonito acento —me dijo, devolviéndome el cumplido.

—Ah, gracias.

—¿De qué parte de Estados Unidos eres?

—De Nueva York.

—Qué guay.

—¿A qué te dedicas? —pregunté.

—Cómo sois los yanquis, eso es siempre lo primero que preguntáis.

—Lo sé. Lo siento.

—No te preocupes, estoy acostumbrada.

Vi a sus amigos pagando la cuenta.

—Soy profesora de inglés —dijo.

—Triana, ¿estás lista? —le dijo su amigo. Un chico rubio, musculoso, con ropa una talla más grande de lo que le correspondía, el típico chico de fraternidad.

—¡Sí, ahora mismo voy! —respondió poniendo los ojos en blanco.

—Ha sido un placer conocerte, Triana. Soy Demetrio. —Se inclinó y nos dimos dos besos. Su piel suave me hizo pensar en la barbilla de Jacobo cubierta por una barba incipiente.

—¿Cuándo vuelves?

No respondí.

—Me refiero a Estados Unidos —insistió.

—No vuelvo —dije finalmente—. Me quedo. Me acabo de mudar.

—¡Oh, fantástico! —Se le iluminó la cara.

La emoción de sus palabras me hizo olvidar mi circunstancial desamparo.

—Sí, estoy feliz.

—Dame tu número.

Le dije que aún no tenía y escribí el suyo en un posavasos de papel. Nos despedimos mientras un crío trataba de atropellar una bandada de palomas con su bicicleta.

⁂

Decidí no buscar habitación y regresar a la casa. Sentado en un banco frente al edificio de Jacobo, observé a un hombre solitario con un ajustado abrigo negro abotonado hasta el cuello, subiendo por la calle. De vez en cuando miraba hacia atrás, como si le estuvieran siguiendo. Resultaba extraño ver a un hombre vestido con ropa de invierno en pleno verano. Y aunque había visto cosas mucho más extrañas en las calles de Nueva York, no me lo esperaba en este barrio.

La desenfrenada energía de la ciudad se iba apagando poco a poco. La música del bar de la esquina había acabado hacía un rato, y ya estaban bajando la verja y apagando el letrero de neón, cuyo zumbido eléctrico dejó de sonar, al menos por esta noche. La ausencia de sonido trajo consigo una aterradora sensación de soledad. Mirando hacia atrás, hacia la imponente puerta metálica de gran tamaño con su brillante cerradura de latón, me pregunté si Jacobo y Patricia habían existido alguna vez, si todo había sido parte de un sueño.

La calle estaba completamente desierta. Convencido de que nadie me observaría ahora, incapaz de dejar de pensar en lo bien que había entrado la llave en la cerradura, me acerqué a la puerta del edificio. Introduje la llave una vez más y la giré hacia la izquierda. Nada. Cuando giré la llave hacia la derecha, convencido de que ya lo había intentado antes, la cerradura se abrió. Pisé la alfombra roja que cubría los escalones de mármol blanco del vestíbulo de entrada, con las piernas temblándome sin control. Tras tantas horas deambulando por calles empedradas y aceras desiguales, disfruté de la sensación elástica de la mullida alfombra bajo mis pies. Abrí la puerta metálica del ascensor y empujé las puertas dobles de madera. Cerrándolas tras de mí, pulsé el botón que decía PH del interior de la caja de latón con decisión, dejando mi ansiedad en el portal.

Cuando entré en el apartamento, las luces del vestíbulo estaban encendidas, y el silencio parecía amplificado por la luz resplandeciente de la araña. Mientras caminaba sigilosamente por el largo pasillo bajo la mirada amenazadora del soldado de la fotografía, me pregunté si el abuelo de Jacobo seguiría vivo.

La puerta de mi habitación estaba entreabierta. La abrí de un empujón y me prometí que no volvería a salir del apartamento sin Jacobo. Mi cama estaba hecha. No había señales de él. Me quité la camisa y la colgué en el respaldo de la silla. Me tumbé tranquilamente y aspiré el olor a limpio y fresco de las sábanas.

Mirando al techo, incapaz de dormir, fui al cuarto de baño. Su puerta estaba abierta de par en par. Me quedé en el umbral, tratando de distinguir su cuerpo en la oscuridad. El silencio era denso y, en la absoluta quietud, sentí que sus ojos me miraban. Quise entrar y explicarle lo sucedido, pero me acerqué al lavabo y me miré en el espejo. Toqué su toalla mojada y luego me lavé las manos, frotando la pastilla de jabón hasta borrar el miedo a no tener un techo.

Me quité los pantalones y me tumbé sobre las sábanas, pensando en su cuerpo acurrucado contra el mío. Me levanté, crucé el cuarto de baño y me detuve en la puerta.

—¿Estás ahí? —susurré.

—Sí —dijo por fin tras un largo silencio.

Podía sentir su pierna moviéndose bajo las sábanas.

—Pasa —dijo distante, como si las palabras llegaran de muy lejos.

Oí a Jacobo acomodando las almohadas y me lo imaginé sentado. Vacilante, me acerqué hasta la cama. Quería meterme bajo las sábanas junto a él, sentir su cuerpo, pero me senté en el borde más cercano a la puerta y me aseguré de que nuestras rodillas no se tocaran.

—No te vas a creer lo que ha pasado.

—Tienes razón. No me lo voy a creer. —Su tono era duro y seco.

—No pude abrir la puerta.

Me di cuenta de lo estúpido que sonaba. Mis ojos se habían adaptado a la falta de luz y ahora podía ver su contorno. Parecía más pequeño y más lejano.

—Claro —dijo.

—En Estados Unidos, las cerraduras se abren hacia la izquierda, no hacia la derecha —dije, constatando algo que probablemente sabía—. Supongo que tendría que haber intentado girar la llave hacia el otro lado, pero me entró el pánico.

No respondió.

—¿Estás bien? —pregunté.

Esperé a que rompiera el silencio. Pero no lo hizo.

—¿Crees que estoy mintiendo? —pregunté, y añadí luego, sin dejar que contestara—: Crees que estoy mintiendo.

El sonido de un ciclomotor viajó en la distancia.

—¿A dónde has ido?

Levantó la cabeza y me miró a la cara.

—Quería comprar un móvil, pero las tiendas estaban cerradas. Así que fui al Retiro y, cuando volví, no pude entrar en el edificio.

—¿Por qué no me llamaste? Te di mi número —dijo.

—No lo llevaba encima.

Mis palabras, que empezaron a disiparse en otro largo e incómodo silencio, me hicieron sentirme como un impostor. Me planteé volver a mi habitación, hacer la maleta y marcharme del apartamento.

Tarde o temprano tenía que encontrar mi propio lugar, y a juzgar por la conversación, parecía que había llegado el momento. Antes de levantarme, extendí la pierna hasta tocar la suya. La oscuridad estaba mutando en una luz frágil e inquietante, ahora casi podía verle la cara. Le deseé buenas noches sin mirarle a los ojos y salí del cuarto. No respondió. La idea de marcharme en mitad de la noche se disipó cuando me metí bajo las sábanas y escuché otro ciclomotor que subía y bajaba por la calle. Aquella noche soñé con mosquitos gigantes que zumbaban por las calles de Madrid mientras yo corría histérico en busca de un spray antimosquitos.

CAPÍTULO NUEVE

Atraído por el olor a masa frita, recorrí el largo pasillo hacia la cocina escuchando una voz que gemía de dolor, cada vez más aguda. Abrí la puerta de un empujón. En la radio sonaba flamenco y Gabriela sacudía rápidamente una sartén que a ratos se prendía fuego. Bajó un poco el fogón y se dirigió a la freidora, donde se doraban una docena de rosquillas.

La observé desde lejos. No usaba tazas de medir, sino que se limitaba a sacar especias de viejos recipientes de esmalte y echarlas en las sartenes sin dejar de cantar. Su voz era liviana y melosa. Se movía con naturalidad, despreocupada y libre, lo que contrastaba con mi experiencia en la cocina, donde todos los movimientos eran cerebrales, planificados y exactos, la mirada escrutadora de Chef y su inquebrantable exigencia de excelencia convirtiendo nuestro trabajo diario en una competición constante.

La voz de la radio se transformó en un sollozo largo y profundo, como si viniera del más allá. Era un sonido familiar, aunque no recordaba dónde lo había oído antes. Cuando terminó la música, reinó una calma momentánea en la cocina, en la que solo se oía el murmullo del aceite hirviendo y el rítmico picar de la tabla de cortar. Gabriela seguía tarareando el estribillo, prolongando una letra que no quería que terminara. El locutor, que hablaba tan bajo que parecía estar susurrando, reveló el nombre de la canción: *Como el agua*, de Camarón de la Isla, uno de los cantantes favoritos de Chus.

Mientras el locutor alabava la técnica vocal de Camarón, imaginé que las palabras se convertían en ondas electromagnéticas que se desplazaban por el espacio, olvidando fronteras y límites físicos. Deseé convertirme en una de esas ondas y viajar a través del océano hasta nuestro antiguo apartamento, donde, teniendo en cuenta la diferencia de seis horas, Chus estaría inmerso en su ritual matutino, bebiendo café con leche y escuchando *Morning Edition* de NPR.

—Buenos días, Gabriela —dije finalmente.

—¡Virgen santa! —gritó ella, dándose la vuelta—. Casi me matas del susto.

—Perdona, no te quería asustar.

Parecía sorprendida e incómoda. ¿Había alguna regla tácita que prohibía a los invitados entrar en la cocina?

—Dios santo. —Se tocó el pecho.

Me gustaban su tono exagerado y sus gestos hiperbólicos.

—¿Qué estás haciendo, o debería decir qué no estás haciendo?

Sonrió.

—Bacalao y patatas con espinacas. Sopa de mejillones. Y de postre, rosquillas.

Me acerqué a los fogones y vi un bacalao entero sobre un lecho de dientes de ajo y gruesas rodajas de limón acurrucadas entre largas ramitas de romero. Junto a él, hirviendo a fuego lento en una gran olla de cobre, había una sopa de verduras cuyo olor a canela y jengibre me recordó a una sopa marroquí de garbanzos y lentejas que a Chef le gustaba hacer en invierno para nuestra comida de empleados.

—Jacobito me ha dicho que eres pastelero.

Levantó la tapa y echó un manojo de tomillo fresco. Me eché a reír. Así me llamaban a mis espaldas los friegaplatos de Le Bourrelet. Me fijé en un kilo de chocolate agridulce que había sobre el mostrador.

—¿Vas a hacer una salsa de chocolate para las rosquillas?

—Sí.

—¿Tienes menta fresca? Hago una salsa mortal.

Gabriela parecía desconcertada. Por un momento, no estuve seguro de si me había entendido, pero luego, sin pronunciar palabra y con una leve sonrisa en la cara, abrió la nevera y me dio un manojo de menta.

Fundí el chocolate en el fuego y llené una tetera para hacer café instantáneo. Gabriela me observaba atentamente. Cuando empecé a picar la menta, moviendo el cuchillo con destreza, me lanzó una mirada juguetona, mezcla de asombro e incredulidad. Como solía ocurrir cuando cocinaba, el tiempo pareció detenerse. Me aseguré de que la salsa obtuviera la consistencia adecuada, removiéndola con frecuencia hasta que la ansiedad con la que me había despertado desapareció lentamente.

Conocía la mayoría de las canciones que sonaban en Radiolé. Cada tanto Gabriela me pasaba con una cuchara lo que estaba cocinando. Los sabores eran fuertes e intensos. No sabía si darle mi opinión o no, así que me limitaba a emitir un sonido de placer que ella acogía con una sonrisa. Las pocas veces que hablaba, un fuerte acento que supuse andaluz desdibujaba la forma de sus palabras. Me pregunté qué pensaría Gabriela de Jacobo y su familia, qué pensaría de mí. Su buen humor era prueba evidente de que estaba contenta y orgullosa de su trabajo. Observé sus movimientos suaves y su tarareo constante y me pregunté cómo sería mi madre ahora. Aunque Chus y yo no teníamos secretos y yo compartía con él mis pensamientos más íntimos, evitábamos hablar de ella. Sabía que me había mandado a vivir con él porque se había enterado de que su hepatitis era incurable. Fue más tarde, cuando los chicos del barrio empezaron a coquetear con la heroína, cuando Chus me sentó y me confesó que había sido adicta. Eso me alejó de las drogas en una época en la que muchos chicos desaparecían de las calles de nuestro barrio para reaparecer años después empujando carritos de la compra en Times Square, con la mirada perdida y sin vida.

***

Metí las rosquillas en el horno y las cubrí con papel de aluminio. Como no quería volver al dormitorio y encontrarme con Jacobo, busqué algo que hacer en la cocina. A pesar de que Gabriela se opuso, lavé los cacharros y fregué la tabla de cortar de madera hasta que adquirió un tono más claro. Mientras limpiaba las encimeras por segunda vez, escuché la voz de Jacobo en el pasillo. Súbitamente, toda la ansiedad que había logrado controlar reapareció.

—¿Y cómo preparas el bacalao? —pregunté, para que me sorprendiera en plena conversación.

—¡Huele de maravilla! —dijo Jacobo empujando la puerta y colgando el teléfono—. ¡Mira tú, el equipo A!

En sus palabras no parecía haber rastro de la conversación de la noche anterior.

—Lo hace todo Gabriela. Yo solo he preparado una salsa para las rosquillas.

Gabriela sonrió y sacó un periódico de una bolsa de la compra.

—Gracias —dijo Jacobo dándole una moneda que ella guardó en el bolsillo de su delantal—. Me muero de hambre. ¿Has desayunado?

—Aún no —respondí, aunque había estado comiendo pequeños trozos de chocolate toda la mañana.

—Gabriela, ¿puedes prepararnos café, tostadas con jamón y tomate y zumo de naranja?

Antes de que pudiera contestar, le dio las gracias y me hizo un gesto para que le acompañara. El vínculo que Gabriela y yo habíamos forjado con esmero se deshizo en un segundo. Caminé hacia el jardín sintiéndome mal por lo rápido que había vuelto al papel de huésped.

Jacobo se sentó a la larga mesa de madera y empezó a leer *El País.* El sol estaba bien alto en el cielo y, aunque hacía un calor sofocante, el calor era seco. Me puse a la sombra y miré la torre del reloj con números romanos que había al otro lado de la calle. Eran las doce y media. Me quité las chanclas. La hierba, húmeda y fina, me hacía cosquillas en las plantas de los pies. Me acerqué a la barandilla. Abajo, dos ancianas que parecían hermanas con largos vestidos negros estaban sentadas en un banco dando de comer a las palomas, y una madre paseaba con un niño vestido con uniforme escolar, llevándole de la manita. Pensé en lo diferente que era este mundo del lugar en el que me había criado. Recordé cómo Chus me llevaba por las mañanas al instituto comunitario del East Side, cómo caminaba hacia el norte por la Avenida C, con las ratas devorando los cubos de basura desbordados. Cómo, a la hora de comer, me aventuraba a salir al parque Tompkins Square, en donde el suelo estaba plagado de condones usados y jeringuillas.

Desenrollé una manguera verde sujeta a la pared y abrí el grifo. El agua trazó un arco iris translúcido a través del cual pude ver a Jacobo inmerso en el periódico. Apunté el pulverizador a mis pies y disfruté del agua mojándome la piel. Se filtraron en mi recuerdo retazos de nuestra conversación nocturna y, a pesar de sentirme menos inquieto, supe que había llegado el momento de buscar piso. Ensimismado en mis pensamientos, concentrado solo en regar el césped de forma pareja, no me di cuenta de que Gabriela estaba sirviendo el desayuno ni de que Jacobo se había acercado. Solo cuando le pisé el pie y perdí el equilibrio me di cuenta de que estaba detrás de mí.

—Lo siento —dije, sus manos en mis codos. Me dejé caer un poco más, prolongando nuestro contacto, y sentí cómo se le tensaban los músculos.

—No te preocupes. ¿Te lo estás pasando bien?

—Sí, me encanta —dije, apuntando el pulverizador hacia sus pies perfectamente cuidados.

—Yo solía pasarme horas aquí —dijo en un tono nostálgico, sosteniendo aún uno de mis brazos. Parecía que iba a dar más detalles. Pero en vez de eso, me soltó el brazo y se dirigió de nuevo a la mesa. Cada vez que estábamos el uno junto al otro, sentía una marea que nos empujaba a acercarnos. Pero en cada una de esas ocasiones, uno de los dos se alejaba.

Enrollé la manguera tan pulcramente como la había encontrado y me uní a Jacobo en la mesa. Inmerso en el periódico, leyendo un artículo sobre el matrimonio gay, me sirvió el café, sin apenas alzar los ojos de la página. Yo me serví ajo finamente picado sobre la tostada y le puse encima un aceite de oliva de color amarillo intenso, más rico y espeso que el que usábamos en Le Bourrelet. El penetrante sabor del ajo fresco combinaba a la perfección con el suave aroma del aceite virgen extra. Tal vez por haberme formado en una estricta tradición culinaria francesa, me sentía especialmente atraído por esos sabores sencillos que me parecían totalmente españoles.

Cuando el sol se ocultó tras la torre de la iglesia, Jacobo se quitó la camisa. Sospeché que Patricia le había comprado el pantalón de pijama con estampado de anclas que llevaba ahora pero que nunca se ponía en la cama. Me asombró lo doméstico que era aquel momento y me pregunté si alguna vez podría permitirme enamorarme de alguien como él, un chico rico y guapo al que se lo habían dado todo y que parecía tener un interés especial por boicotear su cuerpo.

Sonó su teléfono. Los dos nos quedamos sentados mirando cómo sonaba. Eché un vistazo a la pantalla y pensé que tal vez quien llamaba era la misma persona con la que se mensajeaba a menudo.

—¿No vas a contestar? —dije despreocupadamente, disimulando mi interés.

—No —respondió, y sonrió.

—Hoy voy a llamar a Matías, el de El Lucernario, a buscar piso y a conseguir un móvil. —Hice que sonara inevitable.

Me miró, sonrió y pidió la leche.

❧

Si hubiera estado solo en Madrid, para entonces ya habría tenido un lugar donde vivir y un teléfono, pero cada vez que mencionaba que necesitaba empezar a tachar cosas de mi lista, Jacobo decía que las listas eran para los mayores y se inventaba maneras de retrasarme. No reconocía mi propia falta de impulso, pero me recordaba a mí mismo que tanto Chus como Richard se habrían alegrado de verme relajado. Aquella semana eran las primeras vacaciones de verdad que tenía desde que empecé a trabajar en Le Bourrelet.

Las tardes eran para salir, las mañanas para dormir. Después de insistir muchas veces, Jacobo finalmente accedió a ayudarme a encontrar un piso. Me aseguró que, comparado con Nueva York, no me resultaría difícil, sobre todo si buscábamos en el barrio de Lavapiés, una zona, en su opinión, estupenda para vivir porque estaba poblada mayoritariamente por inmigrantes, *hipsters* y parejas jóvenes que no podían permitirse otros barrios más céntricos.

Subimos y bajamos varias veces por su calle principal, Zurita. Las estrechas aceras hacían que la gente ocupara constantemente la calzada, obligando a los coches a circular despacio, con cuidado, y a menudo haciéndoles detenerse. Los transeúntes parecían tener preferencia de paso, aunque caminaran en grandes grupos con cervezas de litro en la mano. Las calles eran empinadas y las casas bajas con la ropa tendida le daban un aire rural. Vi muchos coches de policía, más que en ningún otro barrio que hubiéramos visitado, pero Jacobo me aseguró que no había ningún peligro. Dijo que solo se dejaban ver para disuadir a las bandas de hacerse con el control de la zona.

Ya habíamos visitado tres apartamentos cuando subimos cinco pisos hasta un pequeño ático con vistas al Rastro, un famoso mercadillo. La agente inmobiliaria que lo enseñaba estaba al teléfono y nos hizo señas para que fuéramos echando un vistazo. El piso olía a pintura fresca y el sol se reflejaba en las paredes blancas y brillantes. Al entrar, me imaginé despertándome cada mañana con los sonidos del parque infantil que estaba al lado. Abrí las ventanas que se extendían a lo largo de la habitación y me llegó el inconfundible aroma de sardinas frescas asadas. Vi los tejados de tejas rojas del otro lado de la calle acuchillados por antenas de televisión y escuché los gritos de los niños jugando al fútbol.

Inspeccioné la cocina. Tenía un viejo fogón de gas de acero inoxidable y poco espacio en la encimera. Había el mismo mueble de Ikea de mi apartamento de Gansevoort, pero lo habían utilizado para cortar fresas y después no lo habían limpiado, por lo que la madera se había quedado manchada de un rojo parduzco intenso. Entré en el cuarto de baño y descubrí que no solo tenía una ventana, sino una ventana con vistas a la copa de un árbol.

Jacobo me llamó desde el dormitorio. Su tono era serio y objetivo. Señaló un catre plegable color verde y una maleta antigua a su lado que hacía las veces de mesilla de noche.

—Vienen con el apartamento —murmuró—. ¿No son geniales?

—Ya lo creo —dije—. Me encanta el sitio. ¿Setecientos euros es un buen precio?

—Sí. Deberíamos aceptarlo.

Levantar el pulgar fue la forma más espontánea de disimular lo mucho que me había sorprendido ese «nosotros». Jacobo salió del dormitorio con cara de negociante. Miré hacia una claraboya que enmarcaba un cuadrado del radiante cielo azul y escuché su conversación.

—No es mi intención presuponer nada, pero solo quiero comentar que hay muchas parejas gays que se están mudando al barrio —dijo.

Antes de que pudiera terminar la frase, Jacobo la interrumpió:

—No somos gays, pero gracias por la información. Siempre es buena señal cuando los gays se mudan a un barrio.

Respiré profundo para contener la risa.

—Me preguntaba —continuó Jacobo—: Si le diéramos seis meses en efectivo, ¿podríamos acelerar los trámites?

—Por supuesto. El efectivo siempre agiliza los trámites.

El sonido de aquellas últimas palabras fue distinto, más ligero, como si se le hubieran escapado por la comisura de los labios.

Me incomodaba pedir prestada una suma tan grande. Depender aún más de él me incomodaba. Llamé a Chef desde el móvil de Jacobo para asegurarme de que no tardaría en recibir mi dinero. Había hablado con su banco y le habían asegurado que, en cuanto les diera los datos de mi cuenta, la transferencia solo tardaría cuarenta y ocho horas. Se alegró de oír mi voz y quiso seguir hablando, pero fui breve y le prometí que le llamaría más tarde en la semana. Me sentí incómodo cortando a Chef. Antes de colgar, me preguntó si había hablado ya con Matías y se sorprendió de que no lo hubiera hecho. Avergonzado, convertí la fiebre del primer día en un largo resfriado y le aseguré que llamaría al día siguiente.

Al salir del apartamento, Jacobo me entregó las llaves.

—Aquí tienes.

—¿Cuándo las conseguiste?

—Estabas ocupado mirando a los niños jugar al balón. Le di un par de Bin Ladens.

—Entonces, ¿ya está? ¿Puedo dormir aquí esta noche?

—¿Qué prisa tienes? —preguntó entregándome un papel.

—No hay prisa. Es solo que estoy encantado de que haya sido tan fácil. —Miré el recibo, en el que la letra de la agente reconocía que había recibido cuatro mil doscientos euros. No podía creer que Jacobo hubiera estado vagando por las calles con tanto dinero en el bolsillo.

Lo acompañé a la estación de metro más cercana, con las llaves de mi nuevo hogar rozándome el muslo. En las escaleras, nos abrazamos como si no fuéramos a volver a vernos, aunque habíamos quedado para cenar esa misma noche. Tuve la sensación de que disfrutaba de su posición de poder, decidiendo dónde viviría, prolongando mi dependencia de él.

A medida que el sol fue bajando y remitió el calor seco de junio, decidí aventurarme a dar una vuelta yo solo por el barrio. Mis nuevos vecinos, que se paraban a saludar a los conocidos y entablaban largas y animadas conversaciones, disfrutaban de su tiempo al aire libre. Aunque era hora punta, casi ninguno de los transeúntes parecía tener prisa. Durante mi paseo, empecé a toparme con las mismas caras entrando y saliendo de bares, fruterías y pequeños supermercados del tamaño de un deli neoyorquino. Las tiendas de Lavapiés estaban hechas para la gente que vivía allí, a diferencia del Meatpacking District, abarrotado de tiendas de diseño y vinotecas caras para turistas y ricos. En esta parte de la ciudad se respiraba un ambiente de barrio de clase trabajadora que me recordaba a la Loisaida en la que crecí.

Escuchando la música tecno árabe que inundaba las calles, observando los edificios y los rostros con los que me cruzaba, me sentí de repente como un extranjero caminando por las calles de un lugar que se suponía era mi hogar. Nada de lo que me rodeaba me resultaba familiar, acogedor o amistoso. Sin Jacobo a mi lado, Madrid no era más que una ciudad a la que no tenía ningún apego, la capital de un país que, según mi pasaporte, era mi patria.

Recorrí las aceras cercanas a mi edificio con la esperanza de encontrar algún mueble para mi nuevo apartamento. Pensé en la mesa de centro de mediados de siglo que había rescatado frente a un edificio de la Quinta Avenida y el sofá de época que Chus había encontrado cerca de Washington Square, que le había ayudado a cargar trece manzanas y en el que aún dormía la siesta por las tardes. Pero a diferencia de las calles de Manhattan, lo que se desechaba en las aceras de Lavapiés era verdaderamente chatarra, ya fuera un colchón amarillento con los muelles fuera, un frigorífico viejo al que le faltaba la puerta o la tapa negra de una barbacoa portátil.

Jacobo había elogiado en varias ocasiones lo diversa que era esa parte de la ciudad en comparación con otras zonas. En su opinión, eso convertía a Lavapiés en el barrio más dinámico de Madrid y el lugar donde me sentiría más a gusto. En realidad no me habría importado el Barrio de Salamanca, donde vivía él, con calles más tranquilas, grandes edificios de piedra caliza y amplias aceras sin basura. Pero me sentía muy agradecido por tener un lugar al que poder llamar mío.

Mi impresión inicial del barrio fue cambiando mientras trataba de ubicar la lavandería, el supermercado y el gimnasio más cercanos. Había incluso más bares de los que había visto en un principio, aunque la gente prefería beber al aire libre, sentada en escalones y en los bancos del parque. La energía festiva era palpable. Tras toda una vida sin poder llevar bebidas alcohólicas abiertas por la calle, resultaba chocante ver a la gente divertirse sin miedo a que la pillaran.

Me topé por casualidad con el Mercado de San Miguel, un mercado de lujo lleno de puestos de *delicatessen*. Parecía la versión española del Chelsea Market, pero mil años más antiguo. Pasé diez minutos probando quesos mientras la joven dependienta, que claramente quería practicar su inglés, me explicaba con detalle sus diferentes orígenes y procesos. Supuse que el hombre de la caja era su padre, porque parecía orgulloso de verla hablar frente a otros clientes a los que tuteaba.

Después de haber probado demasiados quesos sin ningún orden en particular, me decidí por un Valdeón, un queso de oveja de Castilla y León envuelto en hojas de castaño, que tenía un fuerte sabor a queso azul, aunque no tan picante y salado como el Cabrales. Cortó un trozo grande, suficiente para una familia de cuatro miembros, lo que me pareció una forma razonable de cobrarme por su tiempo. En un momento en que su padre no estaba mirando, metió a hurtadillas una muestra de queso de Zamora que me había gustado en la bolsa de plástico, con una sonrisa furtiva en el rostro.

Al subir la cuesta hacia mi casa, cruzando la plaza de Tirso de Molina, escuché el ruido familiar de las ruedas de un monopatín. Levanté la vista y vi a dos adolescentes, gritando y riendo, deslizándose entre los coches, contra el tráfico. Uno llevaba una camiseta enorme de los Lakers y el otro una gorra de los New York Mets. El mero hecho de ver aquellas prendas norteamericanas en la calle me provocó una alegría momentánea.

Repasé la lista que había hecho y busqué un lugar donde comprar algunos artículos de primera necesidad, como sábanas, toallas y productos de limpieza. Las tiendas ya habían cerrado. Aunque comenzaba a anochecer, el cielo aún conservaba la luz rosada y plateada de un largo día de verano que se negaba a acabar. A pesar de ser lunes por la noche, la calle estaba llena de gente. Al cruzar un parque, me fijé en un numeroso grupo de hombres que llevaban chilabas. Parecían de mediana edad, pero sus risas constantes y su lenguaje corporal les hacían parecer mucho más jóvenes. Algunos iban agarrados de la mano. Me pregunté si serían gays e indocumentados, si habrían huido de Marruecos y pedido asilo, si habrían cruzado el estrecho de Gibraltar en lanchas desvencijadas como las que había visto en El País. Me pregunté también en qué momento había empezado a pensar como una persona con papeles.

El día de mi decimosexto cumpleaños, acababa de soplar las velas de una tarta escarchada de Veniero's, y el humo aún flotaba en el aire cuando Chus me entregó un sobre. Lo abrí con cuidado y saqué una tarjeta de la Seguridad Social. Le miré, incrédulo, y me dijo que, aunque no era auténtica, tenía un aspecto lo bastante oficial como para buscar trabajo. Miré mi nombre junto a unos extraños números que parecían haber sido mecanografiados en una vieja máquina de escribir y los repetí como un mantra. Recuerdo pedalear por Park Avenue, sin detenerme, y el pavimento deslizándose suavemente bajo las ruedas. Con la tarjeta guardada en el bolsillo interior de mi cazadora, recorrí los restaurantes más famosos de la ciudad: La Grenouille, Jean-Georges, Le Cirque. Ponía el candado a la bici, sacaba la tarjeta y echaba un vistazo a los números para asegurarme de que no habían desaparecido. Ninguno de ellos estaba contratando gente en ese momento, pero, demasiado emocionado como para admitir una derrota, me detuve en Le Bourrelet antes de volver a casa. Un Chef más joven, pero ya con la cara pálida y el carácter fuerte, me dirigió una mirada severa y me ofreció un periodo de prueba.

En mi nuevo barrio, al llegar a mi edificio, una mujer muy entrada en años barría la entrada. Con un vestido negro y una redecilla en el pelo, me recordaba a las viudas de las películas de Fellini que Chus veía una y otra vez. Deseé que la puerta no estuviera abierta, para poder usar mi llave y demostrar que pertenecía a ese lugar. Pasé delante de ella con una sonrisa nerviosa y entré esperando que me parara, pero me devolvió la sonrisa y siguió repasando el suelo con la escoba.

En el apartamento, cerré la puerta pero no encendí la luz. Me paré en el vestíbulo y eché un vistazo al cuarto de estar. Las paredes eran gruesas y estaban cubiertas con muchas capas de pintura, las vigas de madera eran troncos completos de árboles que antes habían formado parte de un bosque y ahora sostenían el tejado.

Al final encendí la luz y pasé al cuarto de estar. El ruido de mis pasos y el abrir y cerrar de los armarios hacían que el presente fuera más real. De noche, el espacio parecía más pequeño, pero también más acogedor. El tiempo parecía ralentizarse y la tarde haber pasado hace mucho más tiempo que las cuatro horas que habían transcurrido. Dejé los quesos en la encimera de la cocina y me dirigí a mi nuevo dormitorio.

En el interior de la puerta del armario había un viejo y descolorido mapa de la ciudad. Busqué la calle de Jacobo y, con un bolígrafo azul, tracé el camino hasta mi edificio por la Castellana y la calle de

Zurita. Luego traté de recordar cada paseo, cada excursión, cada salida nocturna, y me puse a trazar líneas, algunas de las calles volviéndose un azul denso, ya que solía tomar las mismas rutas para evitar perderme. Al acabar, me di cuenta de que la mayoría de mis paseos los había hecho en una pequeña porción del mapa, y que la ciudad, de límites mucho más amplios, seguía inexplorada en su mayor parte.

Esa noche, aprovechando que sus padres se habían ido a Mallorca, Jacobo convirtió nuestra cena en una reunión en su casa. Tras escuchar las historias acerca de sus amigos, estaba fascinado con ellos. A excepción del chico con el que hablé la primera noche, el estudiante de Derecho, la mayoría de ellos no había trabajado ni un solo día de su vida y habían pasado su juventud en internados, o entrando y saliendo de programas de desintoxicación. Uno de ellos, hijo de una de las familias más aristocráticas de España, era dueño de suficientes tierras como para viajar de Madrid a Sevilla sin salir de su propiedad. Otro, tras heredar dinero de su abuela, se lo había gastado en una fiesta con tanta droga que duró semanas, y acabó volándose la cabeza con un rifle. Jacobo hablaba de ellos con cariño pero también de forma crítica y con gran distanciamiento, como queriendo dejar claro que él no era así.

Caí en la cuenta de que aún tenía mi juego de llaves y, de pronto, me dio una extraña aprensión devolvérselas. Estaba deseando tener mi propio espacio, pero a la vez me preocupaba la idea de perder el cobijo y la comodidad de su casa. Aquello no me impidió querer demostrar mi recién adquirida independencia, por lo que, en vez de entrar directamente en el edificio, llamé al telefonillo. Mientras subía las escaleras y el sonido de la música lejana y los gritos de la gente se iban haciendo cada vez más audibles, pensé en cómo el hecho de tener mi propia casa marcaba un verdadero comienzo. El piso estaba tan lleno que parecía un bar. Al entrar en la cocina, me encontré con un mar de botellas abiertas y bolsas de hielo encharcadas. Me preparé un tequila con soda mientras un chico borracho leía en voz alta la receta de la sangría vertiendo dos botellas de vino tinto en un gran cuenco de cristal.

Fuera, densas nubes de humo flotaban en el aire. El estruendo de Vampire Weekend que salía de un altavoz hacía que la gente tuviera que gritar para poder escucharse. Aunque llevaba más de una semana en esa casa y todas mis pertenencias seguían en el dormitorio, me sentí un intruso. Caminé por el jardín dando grandes tragos a mi bebida, buscando a Jacobo y sintiéndome cada vez más incómodo.

Regresé a la cocina a por otra copa. Al presionar el vaso contra el dispensador de hielo, vi el rostro de dos chicas vagamente familiares. Traté de recordar dónde podría haberlas conocido y pensé en los lugares que frecuentaba en Nueva York. Agarrando una botella de Don Julio, me quedé tan absorto debatiéndome con mi memoria que me serví un vaso enorme de tequila sin espacio para la soda. Pasé delante de ellas y, cuando las oí hablar en inglés, apenas pude contenerme. No hicieron ademán de reconocerme. Y cuando logré reunir el valor suficiente para presentarme, agarraron sus bebidas y salieron de la cocina.

Tomado por desconocidos, el piso se había convertido en un lugar completamente distinto. Quizá porque me sentía aislado e incómodo, de improviso sentí que tenía derecho a la propiedad. Recorrí aquel cuarto de estar lleno de parejas jóvenes demasiado ocupadas besándose como para reparar en mi presencia o buscar un posavasos en el que poner sus copas. Los largos pasillos, antes tan silenciosos que podía oírse el crujido del parqué, eran ahora canales de voces entrecortadas y gritos esporádicos que no hacían sino aumentar mi sensación de estar a la deriva. Los desconocidos, envalentonados por el alcohol, entraban y salían del baño en grupos. Al ver lo que ocurría, me sentí obligado a abrir todas las puertas e inspeccionar todas las habitaciones, cosa que no me había atrevido a hacer antes. El piso era mucho más grande de lo que creía. Ocupaba toda una planta del edificio. Las dependencias de servicio eran modestas y el único cuarto de baño carecía de ventana y tenía ducha en vez de bañera.

Estaba volviendo a la cocina, cruzando el comedor, cuando alguien gritó: «¡Yanqui!». Volví la cabeza y vi a la chica que había conocido en la plaza, sentada al otro lado de la habitación. Llevaba una falda roja con un top a juego y tenía el pelo recogido en un moño con una diadema.

—Hola —le dije, sin emitir ningún sonido pero moviendo los labios exageradamente para que me entendiera.

Estaba sentada en una mesa con dos amigos. Me acerqué a ellos, feliz de tener un destino momentáneo.

—¿Qué tal, chicos? —dije, haciéndome el norteamericano y besando a Triana en las mejillas.

—Te dije que era él —dijo la amiga.

—Os había visto en la cocina. Estaba intentando recordar de dónde os conocía.

—De la terraza —dijo ella.

—Sí, ya sé.

Miré a Triana y tomé un trago de aire de mi bebida ya vacía. El chico de la fraternidad se negó a mirarme a los ojos. Estaba claro que le caía mal. Nos quedamos allí, sin hablar, esperando incómodos a que alguien rompiera el silencio. Cuando sonaron los primeros acordes de una nueva canción, Triana dijo:

—Me encanta Mercedes —y caminó en dirección a la música.

La seguí con la mirada por el cuarto de estar y, antes de que desapareciera, salí tras ella. La canción era Todo cambia, de Mercedes Sosa. No esperaba escuchar la voz de una cantante comunista en una fiesta de la élite española.

—No soporto a ese tipo. Es un puto niñato —dijo encendiendo un cigarrillo.

Supuse que el término «niñato» tenía el mismo significado despectivo para los españoles que para los nuyoricans* con los que me había criado.

—¿Y tú, qué haces aquí? ¿A quién conoces? —preguntó.

—A Jacobo.

---

* N. del T. Hijos de padres portorriqueños nacidos en la ciudad de Nueva York.

—Ah —pareció sorprenderse—. ¿Y eso?

—Es una larga historia. Nos conocimos en el avión. Vengo quedándome aquí desde que llegué.

—No me digas. ¿En serio?

Le conté que enfermé al llegar y que él me rescató.

—Y tú, ¿a quién conoces?

—Fui muchos años la profesora de Jacobo —dijo tocándose el pelo y ajustándose la falda.

—¿Profesora de qué?

—De inglés. Doy clases en un instituto de las afueras y también clases particulares.

—Es cierto. Había olvidado que eras profesora de inglés.

—¿Has conocido a sus padres?

—Solo a su madre.

Por la forma en que me miró, me di cuenta de que lo que venía a continuación iba a ser chocante.

—¿Sabes algo de ellos? —preguntó, y continuó sin darme tiempo a responder—: Su padre es uno de los empresarios más famosos de España, el presidente de Endesa.

—Sí, me lo contó en el avión. Aún no lo he conocido.

—Y Patricia es condesa, aunque muy progresista.

Pronunció las palabras en otro tono, esperando una reacción. Enterarme de que Patricia era una aristócrata me tomó por sorpresa, aunque tenía todo el sentido del mundo. Sonreí levemente como para hacer creer que ya lo sabía. No estaba seguro de por qué esa información me hacía sentirme como si me hubieran engañado.

—¿Qué es Endesa? —pregunté, fingiendo interés.

—¿Cómo explicarlo? —Hizo una larga pausa y movió la cabeza hacia arriba como si la respuesta trepara por la buganvilla—. Endesa es como la Con Edison de España —dijo, orgullosa de su comparación—. La principal diferencia es que al consejero delegado lo nombra el Gobierno. Así que es un cargo muy político. Pero muy político.

Mientras repasaba fragmentos de mi conversación con Patricia, vi a Jacobo, con la misma camiseta desteñida del Che Guevara y unos vaqueros rotos. Apoyado en la balaustrada, llevaba de la mano a una mujer joven y menuda. Ella le miraba en silencio mientras Jacobo observaba distraído las luces de la ciudad. Parecían estar discutiendo.

—Es la novia de Jacobo —dijo Triana—. Aunque, bueno, tampoco estoy muy segura de que sigan juntos.

—¿Qué? —pregunté agitando mi vaso lleno de hielo como una maraca.

—No es gay, si eso es lo que estás pensando. Y te lo puedo garantizar —dijo con una sonrisa burlona.

—Oh, no pensaba en eso. No pienso en blanco y negro —dije, esperando que las palabras disimularan mi asombro. Y luego, sin poder contenerme, solté—: ¿Estuvo bien?

—No tengo quejas —dijo ella, orgullosa de su posición de poder.

Traté de imaginarlos acostándose, pero no pude.

Los amigos de Triana volvieron con más bebidas. La chica me pasó un vaso de sangría con trozos desiguales de fruta flotando encima. Le di las gracias y le pedí que me recordara su nombre.

CAPÍTULO DIEZ

La fiesta fue llegando poco a poco a su fin, pero las personas que quedaban seguían charlando animadamente y, o bien no eran conscientes de la hora que era, o bien se negaban a que las primeras luces del día los echaran. La novia de Jacobo se fue al poco rato y pasamos juntos el resto de la noche. Las pocas conversaciones que logramos tener en privado, casi todas sobre sentirse a caballo entre dos países, se vieron interrumpidas por sus amigos, que no paraban de acercarse para preguntarle por su año en el extranjero. Querían saber qué música escuchaba, cuáles eran las discotecas de moda y si había visto a algún famoso. Jacobo respondía sin esfuerzo, como si hubiese ensayado las respuestas. Los clubes que mencionaba eran hetero, exclusivos y con servicio de botella, lugares para famosos y niños ricos que les gustaba bailar y colocarse sin que les molestaran, en los que los teléfonos no tenían señal y las fotos estaban terminantemente prohibidas. Las pocas veces que había ido porque Bondi estaba de camarero, me parecieron aburridos y estereotipados, aunque la música era indudablemente mejor que la que sonaba en los clubes convencionales. Al verle interactuar con sus amigos, percibí lo que parecía una masculinidad estudiada, como fingida. Lo que no se podía negar es que era muy capaz socialmente y que le querían mucho. También que me prefería a mí antes que a su viejo círculo. Durante toda la noche, representamos nuestra extranjería delante de ellos, una extranjería que era un lugar que solo nosotros podíamos habitar, nuestro propio país privado.

—Vámonos —dijo Jacobo después de que uno de sus amigos desconectara su iPod del altavoz.

El silencio hizo que la luz de la mañana resultara aún más amenazadora cuando el último grupo empezó a recoger sus cosas.

—Vámonos de una puta vez —repitió.

—¿A dónde?

—Fuera de la ciudad. La playa no está lejos. Si salimos ya, podemos estar para la hora de comer.

La emoción de tener mi propio lugar, ahora que estaba de nuevo en casa de Jacobo, se había convertido en una extraña sensación de soledad. A medida que avanzaba la noche, empecé a temer el momento de volver a mi apartamento y fantaseaba con dormir allí una noche más.

—Ojalá pudiera, pero tengo que encontrarme con ese chef que te conté, tal vez me pueda orientar, quizá hasta me dé trabajo.

—Venga —dijo Jacobo sacando la lengua—. Lo estás deseando.

—Claro que lo estoy deseando, pero no puedo.

—Vamos, que acabas de conseguir un apartamento. Y ¿gracias a quién? —dijo con tono descarado.

No me molestaba el chantaje emocional, más bien al contrario. Me encantaba sentirme deseado.

—De acuerdo —dije, porque quería prolongar nuestro tiempo juntos pero también ver cómo se le iluminaba la cara—. Dos días.

—¡Yuju!

Aunque Jacobo había bebido tanto o más que yo, resultaba difícil decirlo. Dadas las muchas veces que se había excusado para ir al baño y lo frecuentemente que se pellizcaba la nariz, sospeché que se había metido unas rayas, pero cuando fuimos a hacer las maletas, lo estudié con detenimiento y me pareció lo bastante sobrio como para conducir.

~·~·~·~

Bajamos en ascensor, caminamos hasta la parte trasera del edificio a través de un patio y entramos en un pequeño garaje. La mayoría de los coches tenían cristales tintados oscuros. Reconocí el Jaguar que nos había recogido en el aeropuerto y supuse que lo llevaríamos a la playa. Jacobo abrió las puertas de un Mercedes azul oscuro de época. Era más viejo que nosotros, pero estaba en muy buen estado. Los asientos de cuero marrón claro estaban uniformemente desgastados y ligeramente agrietados, y el salpicadero de madera brillaba por el pulido. Metimos nuestras bolsas en el maletero y nos subimos.

—Era de mi abuelo.

—Me encanta este modelo —dije, como si me gustaran los coches.

—Fue embajador británico en España en los años sesenta. Este coche solía llevar matrícula diplomática.

—Creía que tu abuelo era militar.

—Eso es por parte de mi padre, la parte mierda de la familia. Mamá es mitad inglesa.

Jacobo sacó el coche del garaje con facilidad. Atravesamos el patio, escuchando el crujido de la grava. Un hombre mayor vestido con un mono verde salió a abrir la verja, frotándose los ojos. Levantó la mano efusivamente y caminó hacia nosotros. Jacobo bajó la ventanilla. Se abrazaron torpemente e intercambiaron algunas palabras. Volví a notar el tono, el mismo que había empleado con Gabriela y el taxista.

La ciudad estaba casi desierta. Frente al edificio, en el banco de madera que hacía algunas noches había sopesado utilizar como catre, un vagabundo yacía con los ojos muy abiertos, escuchando una radio. Cuando la verja se cerró y el coche cruzó la acera, se volvió y nos miró, embelesado por el sonido del viejo motor diésel.

Nos detuvimos en un semáforo. La calle estaba tranquila, la acera casi vacía. Solo se veía una anciana con un perro salchicha, tirando tan enérgicamente que parecía que era él quien había sacado a pasear a su dueña. Al otro lado de la calle, frente a un quiosco, un hombre descargaba montones de periódicos empaquetados de un camión enorme. Llevaba uno de esos cinturones elásticos que protegen la zona lumbar y, cada vez que se inclinaba, su cara se tensaba de dolor.

Me volví hacia Jacobo.

—¿Estás como para conducir?

Asintió. Nos abrochamos los cinturones y condujimos cruzándonos taxis con luces verdes en el techo que iban en dirección opuesta. Al final de la Castellana, nos incorporamos al carril derecho, que se convirtió en una curva y luego en un túnel. Jacobo pisó el acelerador hasta que alcanzamos los cien kilómetros por hora, el límite de velocidad. Al poco tiempo, la carretera empezó a serpentear. Entramos en una zona de curvas interminables en un agobiante laberinto de hormigón desgastado, sin poder escapar del todo de los confines de la ciudad.

Cuando al fin salimos del centro y empezaron a disiparse los efectos del alcohol, la novedad de prolongar la noche fue dando paso al agobio de todo lo que tenía que hacer. Jacobo encendió la radio. Una relajante música instrumental inundó el coche, acompañando el constante zumbido del motor. Durante los siguientes ochenta kilómetros, pasamos por ciudades de la periferia deterioradas, grises complejos industriales y edificios altos con pinta de cárcel, testimonios de una España distinta, de otras vidas no protegidas por las fachadas de piedra caliza del Barrio de Salamanca. ¿Qué habría pasado si mi madre no me hubiera subido a un avión? Al ver aquellos edificios fantasmales, algunos de ellos tapiados, en zonas industriales desoladas y repletas de coches abandonados y chatarra, me sentí aún más afortunado.

Condujimos hacia el sur en silencio y, al final, desaparecieron tras nosotros los últimos vestigios de Madrid. Jacobo, con la vista fija en la carretera, observaba las señales de límite de velocidad mientras manejaba suavemente la palanca de cambios. Cuando notaba que le miraba, me lanzaba una ojeada rápida y sacaba la lengua.

No pude evitar sentir la decepción en la voz de Chef cuando se enteró de que aún no me había puesto en contacto con Matías. Mis sentimientos eran una mezcla de arrepentimiento por haber incumplido mis obligaciones y pura emoción de estar en la carretera. El zumbido constante del motor resultaba extrañamente reconfortante porque nos dirigíamos a un nuevo destino. Poco a poco, las manchas lejanas se iban transformando en siluetas reconocibles, gasolineras, concesionarios de coches, un tractor que trabajaba en un campo, un grupo de ciclistas en forma de bala desafiando al viento.

El único viaje en carretera que había hecho en mi vida había sido en el verano de 1996, poco antes de cumplir los trece años. Fue a mediados de julio; Ben y Chus habían pedido prestado un coche a un amigo para ver las cataratas del Niágara. Recuerdo que fue un viaje interminable. Jugábamos, contábamos historias, volvíamos a jugar. Tras dormir y despertar varias veces, finalmente llegamos. Tratamos de averiguar cuál era el mejor lugar para explorar las cataratas y el encargado del puesto de excursiones en barco nos aseguró que era en el lado canadiense. Chus se enfadó. Pensé que se enfadaba porque nos habíamos olvidado los pasaportes, pero después de escuchar cómo Ben y él hablaban en clave durante un rato, sospeché que había algo más. La discusión subió de tono. Cuando le pregunté a Chus qué pasaba, a pesar de que Ben le suplicó que no me lo contara, me dijo que si salíamos del país ya no podríamos volver a casa. Sentado en un banco desde el que se veía Canadá al otro lado del río, repitió lo que le había escuchado decir una vez al director de mi colegio: que no teníamos papeles. Al principio, no entendí lo que significaba. Luego comprendí que éramos indocumentados, y que ser indocumentados nos hacía diferentes, limitados.

Regresé corriendo al coche y me negué a ir a la excursión del día siguiente para ver las cataratas desde el lado americano. Tenía tanto miedo de estar cerca de la frontera que les supliqué que regresáramos a Nueva York en ese mismo instante. Como no consiguieron convencerme de lo contrario, recorrimos los seiscientos kilómetros de vuelta a la ciudad, parando solo para repostar. Me aterraban los coches de la patrulla fronteriza o de la policía que nos cruzábamos. Al llegar a casa, me encerré en la habitación durante días. Pasé la mayor parte de aquel verano en el apartamento o jugando al béisbol delante de las viviendas de protección oficial de la Avenida D, donde, por aquel entonces, la policía no se atrevía a entrar.

Al atravesar ahora mi patria extranjera, dejándome llevar por el aire caliente y seco y admirando aquellos paisajes nuevos y desconocidos, sentí que podía relajarme de verdad por primera vez desde mi llegada. Tras una hora de viaje, un cartel nos informó de que estábamos entrando en la Comunidad de Castilla-La Mancha. Habíamos permanecido en silencio durante la mayor parte del viaje, y cuando empecé a recitar los primeros versos del Quijote con la entonación exagerada que siempre empleaba Chus, Jacobo soltó una carcajada y se unió a mí. Me detuve tras las primeras líneas, que era todo lo que sabía, pero él recitó de memoria todo el primer párrafo. A lo largo de la madrugada, esas horas oscuras y frágiles a las que poco a poco vence la primera luz del día, la música siguió sonando, las señales siguieron apuntando hacia delante y el paisaje continuó cambiando.

En un momento dado, la carretera se dividió en dos y la mayor parte del tráfico viró hacia el oeste, en dirección a Córdoba.

—A veinte kilómetros por esa carretera es donde fui al programa de desintoxicación.

No respondí al instante. Jacobo tenía una forma repentina de compartir información íntima que me desconcertaba. Quizá se debiera a nuestras diferencias culturales, pero a veces me preguntaba si disfrutaba revelando las partes más impactantes de su pasado para provocar una reacción.

—¿Hace cuánto?

—Un par de años. En realidad no lo necesitaba. Fue la forma que eligió padre para castigarme por rebelde.

Atravesamos una zona con clubes de *striptease* a ambos lados de la carretera, edificios destartalados y desgastados y aparcamientos solitarios con nombres como Paradiso, Sofia's y Belleza Tropical. Jacobo comentó que aquella carretera tenía la mayor concentración de burdeles del país. Le parecía un fenómeno sociológico interesante. A mí me pareció extraño.

—¿Has estado alguna vez en uno?

Puso el intermitente y levantó el pie del acelerador. Fijé la mirada en un cartel con la palabra *Heaven* escrita en neón rosa fluorescente y consideré la posibilidad de que aquella reducción de la velocidad significara que íbamos a entrar.

—No, nunca. ¿Y tú?

—Sí. —Hizo una pausa teatral—. Hace mucho.

Me pregunté, dada nuestra edad, cuánto tiempo podría haber pasado.

—¿Lo sabe tu novia? —solté de golpe, sin permitirme tiempo suficiente para evaluar el posible efecto de mis palabras.

—¿Quién? —preguntó; parecía ofendido.

—Tu novia —repetí con indiferencia—. Triana me la señaló en la fiesta. Es muy guapa.

No estoy muy seguro de por qué me divertía ponerle en un aprieto, por qué creía que no era un juego peligroso. Tal vez fuera porque me daba una excusa para no ir tras él y obrar de acuerdo con una atracción que no terminaba de justificarme a mí mismo. En el fondo, sabía que nunca podría estar con un niño rico al que le habían dado todo y capaz de tener sexo por dinero solo porque podía.

—Es mi exnovia —me dijo, dándome un ligero puñetazo en el brazo.

Entramos en una vía de servicio que discurría paralela a la autovía, dejando atrás el burdel que quedaba a nuestra derecha con su deprimente aparcamiento vacío, y nos detuvimos en una gasolinera. Junto a ella había un restaurante y una tienda de productos locales cuyos escaparates estaban cubiertos de carteles que anunciaban quesos manchegos y billetes de lotería. Enfrente había aparcado un microbús con una gran pegatina blanca en el lateral que decía *Descubre Andalucía*. Pensé en las palabras *I need Spain* del cartel del aeropuerto y en cómo nos habíamos convertido en una versión de las dos chicas que viajaban en el descapotable.

Poco después de detenernos, salió un hombre de mediana edad con un uniforme rojo y gris tres tallas demasiado grandes. Llevaba botas de goma a pesar de que estábamos en pleno verano y la radio había anunciado que la temperatura iba a alcanzar los treinta y cinco grados, que Jacobo convirtió a noventa y cinco grados Fahrenheit.

—¿Me lo llena de diésel, por favor? —preguntó Jacobo mientras se dirigía a la tienda—. Ahora vuelvo.

Salí del coche para estirar las piernas.

—Hoy va a hacer mucho calor —dijo el hombre.

Asentí con la cabeza y me dirigí a un lado de la carretera para evitar la conversación que claramente quería iniciar. A pesar de ser solo las once de la mañana, el sol era fuerte. La autovía tenía poco tráfico y, a veces, el silencio era tan absoluto que se podían oír los coches a lo lejos mucho antes de que la vista fuera capaz de divisarlos. En medio de esa quietud, la irresponsabilidad de haber abandonado la ciudad un día después de haber conseguido un apartamento se hizo cada vez más patente. Volví al coche mientras el empleado apuraba las últimas gotas.

—Treinta y seis —dijo, colgando la manguera.

—Deme un segundo.

Entré en el coche y abrí la guantera como buscando mi cartera, que tenía en el bolsillo trasero del pantalón. Cuando el hombre se puso a comprobar su teléfono, saqué unos pantalones cortos de mi bolsa y me dirigí al baño.

Procurando no tocar el suelo sucio, me cambié los pantalones cortos y me quedé junto al escaparate hasta que Jacobo salió de la tienda con una botella de agua en una mano y una bolsa de plástico en la otra. Esperé a que pagara al dependiente y vi encenderse el piloto trasero rojo y el tubo de escape echar un humo blanco. Cuando salí del baño, Jacobo había aparcado frente al restaurante.

—Ah, te has cambiado —dijo cerrando la puerta del coche, con un viejo mapa en la mano.

—Sí. Me siento mucho mejor.

—Molan tus *shorts* —dijo mirándome la entrepierna.

—¿Estos? Son bastante viejos —dije, ruborizándome, consciente de que el forro elástico se había aflojado y la malla ya no era negra sino de un gris descolorido.

—Qué ganas de tomarme una cerveza fría —dijo.

—Sí, yo también.

—Este es, con diferencia, el mejor sitio para picar algo en la autovía.

El bar era viejo. No lo habían diseñado para que pareciera viejo, como muchos lugares de Nueva York. Se notaba en la pintura de las paredes, que había empezado a descascarillarse, en la máquina de café profesional de tres grupos de principios de siglo y en el color desvaído de los carteles que anunciaban corridas de toros en Sevilla. Y había algo más, algo indescriptible en el lugar que transmitía el paso del tiempo, algo que ningún interiorista habría podido reproducir, una pátina formada por el vapor de infinitos cafés y el humo de los cigarrillos.

Una fina capa de huesos de aceituna, cáscaras de gambas y servilletas de papel arrugado crujió bajo nuestros pies cuando nos dirigimos a la barra. En un gran televisor de pantalla plana se veía a Bugs Bunny, pero en vez de hablar con una mezcla de acentos de Brooklyn y el Bronx, lo hacía con un fuerte castellano, lo que lo volvía realmente gracioso. Un grupo de chicos estaba absorto con botellas de Coca-Cola en la mano, riéndose a carcajadas. Jacobo pidió dos cañas. El camarero sirvió la cerveza con pericia en vasos cortos, dejando la cantidad justa de espuma, y luego nos las sirvió junto a dos tostadas con una rodaja de tomate y gruesos boquerones blancos.

—Me encantan estos pinchos —dijo Jacobo, agarrando uno—. ¿No es una locura que te den tapas gratis con cada caña?

—Sí. No sé ni cómo ganan dinero.

Un camión mediano aparcó junto a nuestro coche y de su parte trasera se bajó un grupo de hombres, la mayoría con mono azul y botas, la cara empapada de sudor, moviéndose lentamente, como si estuvieran a punto de desplomarse de agotamiento. Cuando entraron en el restaurante, uno de los trabajadores, un chico joven en chándal, miró fijamente a Jacobo, quien le devolvió la mirada. Cuando Jacobo se dio cuenta de que me había percatado del intercambio, disimuló asomándose por la ventana hacia la ladera cubierta de arbustos amarillos. Me pregunté si le atraían los chicos con ropa deportiva o que simplemente parecían de clase trabajadora. Me pregunté también si sería algún tipo de fantasía sexual y pensé si la mía era los chicos ricos y delgados con bonitos ojos verdes que llevaban mi sueldo en la muñeca.

—Entonces, ¿a dónde vamos?

Sacó el mapa de carreteras, que parecía tan viejo como el coche, de su bolsillo trasero y lo desplegó sobre la mesa.

—Estamos aquí. Y vamos a Cabo de Gata.

Colocó un dedo con la cutícula ensangrentada sobre una gruesa línea azul y luego lo deslizó hasta un cabo del Mediterráneo, dejando una mancha naranja claro sobre el mapa.

—Es uno de mis lugares favoritos en el mundo entero.

Los dos puntos estaban bastante alejados el uno del otro. Viendo nuestra ubicación en el mapa, lo lejos que estábamos de Madrid y lo lejos que íbamos a viajar, se me revolvió el estómago.

—No creo que pueda tomarme tantos días libres, Jake. Necesito trabajar cuanto antes. Acabo de alquilar un apartamento, ¿recuerdas? Necesito dinero.

Hice que sonara como si estuviera bromeando y luego me reí para ocultar la ansiedad.

—Oh, no te preocupes por el dinero. El dinero es lo último por lo que debes preocuparte.

Pretendía calmarme con sus palabras, y aunque me había acostumbrado a su constante generosidad y su empatía me resultaba tranquilizadora, me sentí agobiado. Varado en un bar de carretera en mitad de la península ibérica, me preocupaba la perspectiva de continuar con aquella dependencia y jugarme la mejor oportunidad que tenía de conseguir un trabajo.

—¿Qué día es hoy, jueves? —dijo, pidiendo dos cervezas más con un gesto.

—No, martes.

—Estoy fatal —dijo echándose a reír. Asentí—. Escucha Vamos a improvisar, ¿de acuerdo? No te preocupes por el dinero.

Me agarró la nuca. Al sentir su mano en mi cuello, deseé no haberme puesto los pantalones cortos con aquel forro elástico que no podía ocultar mi excitación, o al menos haberme dejado puestos los calzoncillos.

—Lo digo en serio.

Le dio un trago a su cerveza y fue a hablar con el camarero. Puse el mapa sobre mi regazo. Me sorprendió sentir lo mismo que había sentido cuando desapareció entre la multitud en el aeropuerto. Me pregunté si esta inquietud se debía a mi atracción por él o a la mera dependencia.

Jacobo regresó con un puñado de billetes arrugados.

—¿Qué dices?

Dobló el mapa cuidadosamente formando un rectángulo. No respondí de inmediato. Hice como si estuviera considerando la opción de volver, aunque ambos sabíamos que esa opción no existía.

—A la mierda —respondí, fingiendo la excitación que él estaba buscando—. ¡Vamos!

Una felicidad nerviosa me hizo revolotear el estómago. Sabía que era otro intento de mantener la relación, de crear la ilusión de que nuestras vidas eran semejantes.

De vuelta en el coche, escuchándole hablar por teléfono, volví a darme cuenta de lo masculinos que eran sus modales en español, una masculinidad de la que carecía cuando hablaba en inglés. Cuando colgó y cambió de idioma, empezó a explicarme dónde estábamos, con una entonación tan suave que parecía haber surgido otra persona, más parecida al Jacobo que había conocido en el avión: más libre, más feliz, más a gusto consigo mismo.

Absorto en los colores cambiantes del paisaje, intenté mantenerme despierto. Pero tras contemplar los silenciosos campos frente a mí, sumido en una mezcla de calor infernal, sopor cervecero y el leve y constante balanceo del coche, sucumbí al sueño y soñé intensamente. Viajaba en un tren de alta velocidad a través de infinitos campos de trigo. El vagón solo tenía dos asientos: en el que yo estaba sentado y uno vacío justo enfrente, orientado en la dirección opuesta. Era difícil saber si avanzábamos o retrocedíamos. Cada pocos minutos, el revisor me tocaba el hombro. Yo abría la cartera temiendo que me pillaran sin billete, pero siempre me aliviaba encontrar uno nuevo. El hombre envejecía rápidamente. La piel de su rostro, convertida en grandes pliegues, empezaba a cubrirle los ojos. Decidí bajar del tren, saqué un gran paquete de FedEx del compartimento superior y lo arrastré con dificultad hacia la puerta. Cuando salí, el tren de alta velocidad se había convertido en el enlace de metro que va a Times Square y me encontraba bajo tierra.

～～ ～⌒～ ～～

El ruido que hizo Jacobo al abrir la puerta del coche me hizo volver en mí. Mantuve los ojos cerrados e inhalé el aire salado y húmedo que sugería que estábamos cerca del mar. En mi adolescencia, en la época en la que Chus traducía al español los sueños de Georges Perec, yo empecé a apuntar los míos en un cuaderno azul de espiral que tenía sobre la mesilla de noche. Todas las mañanas escribía con esmero lo que recordaba. Pronto se convirtió no solo en un ritual diario, sino también en una forma de percibir ciertos patrones que me ayudaban a comprender algunos de mis miedos más profundos.

Al escuchar a Jacobo caminar sobre la grava, abrí los ojos y me deslumbró el paisaje lunar que nos rodeaba. La tierra era de un gris carbón color ceniza y no había vegetación, salvo algunos cactus milenarios que se extendían por las colinas. Jacobo estaba subiendo a una roca. La radio había perdido su señal y un leve sonido estático salía por los altavoces. El sol estaba bajo. Miré el reloj incrustado en el salpicadero. Eran casi las cinco. Había dormido tres horas.

El fuerte olor a mar aumentó al levantarse la brisa, que arrastraba consigo el murmullo lejano de un coche. Me acerqué a él y contemplé por primera vez el Mediterráneo. La amplitud de la vista y el paisaje árido y volcánico contra el azul brillante del agua era un espectáculo increíble. Mi única experiencia del mar había sido el océano Atlántico, cuyo color no se parecía. Este azul tan vivo me hizo recordar una postal que Ben me había enviado desde Puerto Rico y que llevaba años colgada sobre mi cama.

—Perdón por haber dormido tanto tiempo. Es precioso.

Jacobo no se movió mientras yo subía por la roca.

—¿A que sí? —Se frotó los ojos y siguió mirando al frente. ¿Habría estado llorando?

A lo lejos, podía ver pequeños pueblos junto al mar, diminutas gotas blancas sobre un enorme lienzo gris, y una línea azul que cruzaba el horizonte. Una carretera sinuosa serpenteaba por el vasto paisaje hacia el mar, dividiéndolo en dos. Un coche se movía entre las curvas y el sol convertía su parabrisas en un espejo intermitente. No estaba acostumbrado a ver tanto espacio abierto frente mí. Como había crecido en Manhattan, mis ojos estaban acostumbrados a una profundidad de campo limitada, y la amplitud de aquella vista era hipnótica. Mientras admiraba el paisaje, el tiempo pareció detenerse. De repente tenía todo el tiempo del mundo, todo el tiempo para contemplar el lugar al que había llegado.

CAPÍTULO ONCE

A la mañana siguiente, desayunando en la terraza de un hotel frente al mar, tras una noche de sueños livianos, pensé en Patricia. Me había abstenido de preguntarle a Jacobo por ella porque no quería parecer entrometido, pero nunca había conocido a una aristócrata y tenía curiosidad por saber más de ella. ¿Fue a una escuela de señoritas? ¿A algún colegio especial? ¿No se suponía que debía haberse casado con otro aristócrata? ¿Lo era su marido? Aunque ella y yo no habíamos hablado mucho y la conversación siempre la había dirigido Jacobo, me fascinaba. La franqueza de sus palabras «admiro tu valor» y la gravedad de su tono me habían causado una profunda impresión.

Jacobo leyó en *El País* que los termómetros iban a *superar los treinta grados*. Estaba obsesionado con el periódico. Chus, que había nacido justo después de la Guerra Civil, me había explicado que España seguía siendo una nación de flagrantes divisiones políticas. La dictadura militar que gobernó durante treinta y seis años había infligido heridas profundas que hacían que, incluso hoy en día, llevar bajo el brazo un periódico en vez de otro constituía un acto político.

Su devoción por *El País* me recordaba a Chus y su ritual sagrado de los domingos por la mañana, cuando leía el *New York Times* de principio a fin. Ambos dejaban para el final sus secciones preferidas y arrancaban ciertos artículos, una similitud que me resultaba entrañable. Los imaginé tomando café en la Hungarian Pastry Shop, donde Chus solía reunirse con sus alumnos y donde trabajaba durante horas en poemas que garabateaba en pequeños trozos de papel, en el reverso de un sobre o de una factura de la luz. Jacobo me pidió la cuenta y de pronto me percaté de que al final del verano volvería a Nueva York y en breve me quedaría solo.

Fue a pagar la cuenta y yo me dirigí a la habitación. Al subir las escaleras pensé si su insistencia en pagarlo todo le producía placer o si el dinero era algo en lo que ni siquiera pensaba, algo que no tenía importancia para él. Una cosa estaba clara: disfrutaba de mi compañía. Tal vez, al estar conmigo, se sentía menos español, menos ligado a un pasado que claramente despreciaba. En cuanto a mí, estar con él era una forma de aferrarme al último vestigio de Norteamérica y evitar la obligación ineludible de buscar trabajo y asentarme en un país con la injusta responsabilidad de tener que convertirse en mi hogar. Hasta ahora, había considerado que tenía dos países de origen, y la idea de que siempre podría establecerme en mi otra patria había reforzado la creencia de que habitaba ese espacio voluntariamente. Ya no era así.

Cerré la puerta y me quedé mirando la habitación. La colcha turquesa que cuando entramos por primera vez había estado tan bien colocada sobre la cama de matrimonio estaba en el suelo hecha un ovillo. La habitación olía. Un olor a humanidad que delataba lo ocurrido durante la noche. Me acerqué a la ventana, descorrí las cortinas y abrí la puerta del balcón. Una fresca brisa marina borró rápidamente los rastros de aire cargado.

Tras probar distintas combinaciones de nueves y ceros, conseguí telefonear a Chus, pero me saltó el contestador.

—Hola, soy yo. Qué pena no haberte encontrado en casa. Va todo bien. No te lo vas a creer, pero estoy de viaje. Estamos en… Cabo de Gata. España es tan increíblemente hermosa, es abrumador. Estoy tratando de relajarme con respecto al chico, y con respecto a todo. Creo que estarías orgulloso de mí. Te llamaré de nuevo cuando vuelva a Madrid. Te quiero. Te quiero mucho. ¡Espera, una cosa más! Tengo apartamento. Aún no he dormido en él, pero el baño tiene una ventana. Está súper bien. Te enviaré fotos cuando vuelva. Bueno, hasta pronto.

Me di una larga ducha caliente a pesar de la alta temperatura exterior y me puse el bañador que había usado por última vez en la piscina del YMCA de la calle Catorce. Aún tenía un tenue olor a cloro.

Cuando salí del baño, Jacobo estaba arrodillado en medio de la habitación cortando las perneras de sus vaqueros.

—¿Qué haces?

—¿A ti qué te parece? Me estoy haciendo unos pantalones cortos.

—Bueno, no renuncies a tu trabajo habitual —dije, fijándome en la irregularidad del corte.

—De acuerdo, señor artista —dijo, pasándome las tijeras—. Veamos lo bien que se te da a ti.

Me arrodillé frente a él. Apreté con la punta de las tijeras y sentí la tela abrirse. Cuando el metal tocó su carne, Jacobo gimió. Retiré las tijeras.

—¿Te he hecho daño?

Nos miramos intensamente a los ojos.

—No, es solo que están frías —dijo—. Sigue, pero ve con cuidado.

⁂

Como habíamos llegado de noche, apenas habíamos visto nada del pueblo, que consistía en una calle principal con una farmacia, un supermercado y un restaurante, Casa Pepe. Los perros vagabundos descansaban a la sombra y, mientras caminábamos, Jacobo les hablaba en lenguaje infantil. Ellos respondían moviendo el rabo, aunque no se animaban lo suficiente como para levantarse, era como si el calor fuera una enorme losa que los aplastara. Los caminos de tierra se curvaban hacia las colinas, donde las casas blancas encaladas estaban rodeadas de exuberantes y cuidados jardines con bolsones de agua azul. Me pregunté si un pueblo de playa tan pintoresco y sin pretensiones como aquel podría existir en Estados Unidos, donde las casas eran más nuevas y grandes, al menos las de Long Island y la costa de Nueva Jersey.

—Es el último pueblo antes de entrar en el Parque Natural de Cabo de Gata. Ha sido designado Reserva de la Biosfera por la Unesco.

—¿Es ahí adonde vamos?

—Sí. A una cala que se llama San Pedro. Créeme, no te arrepentirás. Es una larga caminata a través de colinas volcánicas, pero la vista del mar al atardecer es de otro mundo.

—Suena maravilloso.

—¿Qué te parece pasar una o dos noches durmiendo en la playa? —preguntó mientras entrábamos en el pequeño supermercado.

—La verdadera pregunta no es qué me parece a mí, sino si tú puedes sobrevivir sin leer el periódico durante dos días.

Se rio.

Recorrimos tranquilamente los pasillos y, en un momento dado, tomamos caminos separados. Yo seguí hasta el fondo, donde, detrás de un mostrador de cristal, un anciano armado con un cuchillo largo y estrecho cortaba laboriosamente una pata de jamón serrano. Observé el movimiento de sus manos finamente veteadas, la pericia con que giraba la pata para obtener lonchas más finas que el papel encerado sobre el que las disponía cuidadosamente. Se concentró con intensidad en el recorrido del cuchillo y, aunque aún no me había mirado, explicó en voz alta la importancia de cortar de abajo arriba para que la carne no se secara demasiado pronto. A medida que cortaba la carne, la pata empezó a sudar, y el hueso que había debajo emergió con el brillo de una enorme perla.

Me quedé allí en silencio, ingrávido. Un grupo variopinto de jóvenes alemanes ruidosos con rastas y caras cuarteadas por el sol se puso detrás de mí. Olían a mofeta. Sin levantar la vista, el hombre preguntó quién era el siguiente, y pedí medio kilo de jamón solo por seguir viendo la actuación. Debería haber pedido chorizo porque también tenía buena pinta y era mucho más barato.

Subiendo por un camino de tierra, mientras inhalábamos una fina capa de polvo que se filtraba por la ventilación tiñendo el salpicadero de un gris claro, llegamos a una explanada que servía de aparcamiento. Aparcamos junto a una furgoneta pintada a mano con símbolos de la paz y le pregunté a Jacobo si era un lugar seguro para dejar el coche. Me dijo que sí, pero luego volvió y bloqueó el volante de madera uniéndolo al pedal con una de esas barras metálicas color amarillo chillón que había visto en la tele durante los disturbios de Tompkins Square.

Jacobo tomó la delantera y caminó frente a mí. Llevaba mis pantalones cortos, y la malla desgastada le apretaba el trasero brillando al sol, lo que hacía difícil mirar a otro sitio. Habíamos metido toda la comida y las provisiones en una gran mochila que se negó a dejarme llevar, obligándome a cargar un capazo con dos toallas de playa, repelente de insectos y una botella de tequila que se había empeñado en comprar. Caminamos por una inmensa formación rocosa que parecía esculpida por Gaudí. Su forma, dijo Jacobo, era el resultado de explosiones volcánicas ocurridas hace millones de años y del efecto constante de la tramontana, un viento del norte procedente del mar Mediterráneo. El zigzagueante sendero a lo largo de la costa hacía que el agua turquesa se escondiera por momentos y, frente a los colores ocres y rojizos de las colinas, confería al paisaje una cualidad extraña. No habiendo visto ni un solo árbol desde que entramos en el parque, pensé en los perros callejeros del pueblo, tirados a un lado de la carretera, descansando a la sombra.

Íbamos en silencio. Jacobo parecía sumido en sus pensamientos, solo volviendo al presente cuando intercambiaba breves saludos con otros excursionistas que iban en dirección contraria. En un momento dado, cuando alcanzamos la cota más alta, el sendero se adentró en el flanco de la colina y, al salir de nuevo, se vieron a lo lejos las ruinas de un castillo encaramado sobre un acantilado. Tenía una magnífica torre con una gran ventana oval, pero la mayor parte de la estructura rectangular contigua se había desplomado. El único muro en pie estaba cubierto de una hiedra tan densa y uniforme que no se podía ver la piedra que había debajo.

—Es el castillo de San Pedro. —Jacobo se quitó la mochila y la apoyó contra una roca. La espalda de su camiseta estaba empapada de sudor—. ¿No es espléndido?

—Sí. Espectacular.

Sacó una botella de agua de la mochila. Me di cuenta de que casi se nos había acabado.

—Es triste verlo en tan mal estado. La torre data de la época de los árabes, pero la fortaleza la construyeron los Reyes Católicos tras la Reconquista.

Chus me había enseñado algo de historia de España durante nuestros veranos en la playa, y yo sabía que la Reconquista se produjo cuando Isabel y Fernando tomaron Granada en el siglo xv. Me puse a pensar en algún comentario que demostrara mis conocimientos de historia, pero no fui lo bastante rápido.

—Siempre me pregunto qué habría sido de España si no hubiesen expulsado a los musulmanes de la península. El mundo sería un lugar totalmente distinto. —Bebió otro sorbo de agua—. O tal vez no.

Cuando Jacobo se volvió de espaldas al viento para encender un cigarrillo, agarré la mochila. La tela verde estaba empapada. Me la eché a los hombros y disfruté sintiendo su sudor contra mi espalda. Cuando se dio cuenta, yo ya estaba a un par de metros, en dirección a la playa.

La arena no era fina y amarilla. La arena era color ceniza. Era una visión fantasmagórica: la playa gris oscura, carbonizada, contra el vivo color cristalino del agua. Recordé las fotos de su habitación y me pregunté si las habría hecho aquí. Faltaba la línea entre el mar y el cielo, el horizonte proyectaba infinitas tonalidades de azul. Al final de la playa había una enorme formación rocosa y, al fondo, una serie de cuevas convertidas en refugios de verano. Divisé a los alemanes del supermercado haciendo un fuego. Estaban desnudos. Me pregunté si sería una playa nudista o si la libertad de estar desnudo era otro derecho civil español, como el de beber alcohol en la calle.

Junto al mar, se levantó una brisa y el calor disminuyó. Me entraron ganas de meterme en el agua para quitarme la capa marrón de polvo que me cubría el cuerpo. Jacobo insistió en buscar un lugar en el que instalarse y se empeñó en asegurar un terreno antes de que llegara más gente. Desde el momento en que habíamos decidido acampar, se había manifestado una parte distinta de él, más lógica y organizada. En medio de una maraña de tiendas, conseguimos encontrar un lugar, si bien no aislado, al menos lo bastante alejado del resto por un camino corto y empinado sobre una roca cubierta de mejillones diminutos que podían abrirte fácilmente las plantas de los pies. Deshicimos las bolsas y repartimos su contenido ocupando el mayor espacio posible. Así, explicó Jacobo, la gente no intentaría acampar cerca. Desplegó los sacos de dormir a pesar de que solo eran las cuatro de la tarde. Puse las sartenes y los utensilios cerca de un círculo de rocas ennegrecidas por las llamas. Me sorprendió ver la cantidad de material de acampada que había en la bolsa. Tras acomodarnos, Jacobo se lio un buen porro.

Ya no quería meterme en el agua. Nos tumbamos uno junto al otro en una roca escuchando el mar. Me venían a la mente pensamientos aleatorios y se iban rápidamente, algunos fundiéndose entre sí, como las olas que había a nuestros pies. Miré al cielo. Una hilera de tenues nubes flotaba sobre el azul. Al buscar algún avión, todo lo que pude ver fue una estela blanca que se disipaba sin un principio ni un fin claros. Por un momento, pensé en el cielo de Nueva York y su constante cruce de aviones, y en cómo a veces los helicópteros de la policía suspendidos sobre la ciudad peinaban las calles con sus potentes luces halógenas. Luego me vinieron a la cabeza fragmentos de la conversación de la pareja en el aeropuerto sobre los distintos lugares y monumentos que pensaban visitar.

—¿Qué es el Valle de los Caídos?

Mi voz sonó apagada. Jacobo tardó en responder.

—¿Por qué lo preguntas? —dijo al fin, como si las palabras se hubieran perdido en el aire.

Me hice una almohada con una toalla. Estuvimos un buen rato en silencio. Me di cuenta de que fue mucho tiempo porque, al despertar, la roca me había dejado marcas en los brazos y Jacobo ya no estaba a mi lado. Recorrí el campamento e inspeccioné la comida que habíamos metido en una bolsa de plástico y colgado de la rama de un alto cactus. Esperé a que volviera y, cuando el sol empezó a ponerse, decidí bajar a la playa. Abrí un bolsillo lateral de la mochila para dejar las llaves y encontré un cuaderno de dibujo, con la cubierta verde descolorida y áspera por el agua del mar. El nombre de Jacobo estaba cuidadosamente escrito en mayúsculas negras.

Las primeras páginas habían quedado en blanco, pero a continuación empezaron a sucederse una serie de dibujos inquietantes. Parecían ilustraciones de cuerpos humanos en pósters de anatomía. El más escalofriante era de un hombre en mallas negras de pie sobre un charco de sangre. Estaba flexionando el brazo, el bíceps explotado en músculos abiertos y trozos de cartílago, la cabeza cubierta con una máscara de goma negra. El contraste entre la descripción detallada y anatómica de su cuerpo y su rostro borrado resultaba inquietante. A pesar de ser un dibujo, pensé inmediatamente en las polaroids sadomasoquistas de Robert Mapplethorpe. Chus era un gran admirador de su obra. En respuesta al juicio por obscenidad de Mapplethorpe a principios de los noventa, había escrito un artículo para una revista de arte hoy olvidada. El artículo se centraba en cómo la Primera Enmienda garantizaba la libertad de expresión a todos los ciudadanos, y en cómo «todos los ciudadanos» incluía a los homosexuales. Según él, el público en general podía encontrar ciertas obras de arte moralmente repugnantes o degeneradas, pero eso no implicaba que debieran prohibirse. Sus palabras crearon un gran revuelo y se emplearon como parte de la estrategia de la defensa. Meses después del juicio, para celebrar el veredicto, invitaron a Chus a una fiesta en la trastienda de un club sado del West Village que ya no existe. En un momento de la noche, un modelo andrógino, vestido con pantalones cortos de cuero negro con tachuelas, se subió a una escalera, se bajó la cremallera y empezó a mear sobre una torre de copas de champán. Todos celebraron la actuación y los más indómitos bebieron de las copas. Chus soltó una sonora carcajada, muy probablemente para aliviar el susto que le había podido provocar a un niño de ocho años. Recuerdo que salí de la fiesta contrariado. Años después, hablamos de aquella noche, y Chus se defendió diciendo que esos momentos habían sido cruciales para mi educación, liberando mi sexualidad de construcciones sociales. Yo no estaba de acuerdo.

Un sonido de acordes de guitarra se mezcló con el romper de las olas y se hizo más audible conforme bajé a la playa. Entrecerré los ojos tratando de ver a Jacobo en el agua, pero lo único que pude ver fue un barco que se alejaba, con el casco blanco meciéndose lentamente para dentro y para fuera. Me acerqué a un grupo de personas sentadas alrededor de una hoguera. La mayoría parecían viajeros europeos que habían estado viviendo en la playa, con la piel curtida por el sol. Los alemanes del supermercado formaban parte del círculo y también había una joven cantando flamenco que me recordó a Triana. Podía distinguir a los pocos españoles por la destreza de sus manos y el profundo sonido de sus palmas. Un anciano tocaba la guitarra y movía el mástil de un lado a otro, como si recogiera ráfagas de viento para darle impulso a la música.

Me senté, embelesado, y llené mis pulmones de una mezcla de hachís, madera quemada y brisa marina. La chica, que no tendría más de dieciséis años, cantaba con los ojos cerrados. Su voz parecía originarse en las profundidades de una herida, y mientras salía de su cuerpo, sus pies se movían esporádicamente, creando surcos en la arena. Algunas personas celebraban aquellos espasmos, cambiando el ritmo de sus palmas como si quisieran llenar el espacio desgarrado por la intensidad de su voz. Los gritos del guitarrista hacían el trance de la muchacha todavía más real. Cuando terminó la canción, cesaron las palmas y nos envolvió un silencio denso, cuyo único sonido era el crepitar del fuego, que hablaba su propio idioma. El grupo estalló en un aplauso estruendoso.

La playa no era muy grande. Caminé hasta el final mirando al mar, buscando a Jacobo en el agua. Durante la caminata, había mencionado un manantial natural donde podíamos rellenar nuestras botellas. Miré hacia la colina y vi una exuberante zona verde que contrastaba con la arena gris, y un estrecho sendero que llevaba a la playa. Y gente con bañadores coloridos subiendo y bajando.

Subí despacio, tomándome mi tiempo, tratando de alejar de mi mente la imagen de aquel bíceps con sus músculos desgarrados como cuerdas de guitarra. Era difícil creer que aquellas imágenes oscuras y sangrientas pudieran haber surgido detrás de sus grandes ojos verdes. Para cuando llegué a lo alto de la colina, mi camiseta estaba otra vez empapada en sudor. No sé cómo esperaba que fuera el manantial, pero me decepcionó descubrir una tubería oxidada de la que salía el agua y una larga cola de gente esperando para rellenar todo tipo de recipientes de plástico. Jacobo charlaba animadamente y compartía un porro con un hombre mayor con pantalones de chándal, los brazos cubiertos de tatuajes caseros y los lóbulos de las orejas deformados por unos gruesos tacos de madera. Jamás habría sospechado que aquel chico descalzo y en pantalón corto era hijo de uno de los empresarios más poderosos de España y de una condesa británica. Espiándoles tras los arbustos, comprendí que cuanto más se alejaba de su casa, Jacobo se sentía más libre y a gusto.

Cuando regresó a nuestro campamento, yo había preparado una cena sencilla a base de bocadillos con jamón serrano, queso manchego, rodajas de tomate y una pasta que había improvisado con higos, aceitunas y ajo local. De postre, preparé una *ganache* básica, fundiendo chocolate negro en nata espesa, que vertí sobre frambuesas.

Comimos en silencio. Los dibujos de su cuaderno eran tan vívidos que, cada vez que le miraba a la cara, me sorprendía pensando en el hombre encapuchado de goma. La luz de la luna reflejada en el mar iluminaba el cielo, y aunque habíamos preparado una lámpara de gas, no hizo falta encenderla. Después de cenar, me acerqué al mar para lavar los platos de metal mientras Jacobo hacía fuego. Enjuagar los utensilios, pensando en la domesticidad implícita en aquel reparto tácito de tareas, me llenó de una alegría inexplicable.

Sentados junto al fuego, bebimos y fumamos hachís hasta que se nos empezó a trabar la lengua. Jacobo, más callado que de costumbre, daba largos tragos a la botella de tequila como si quisiera ahogar una voz interior.

—Quiero vivir este momento para siempre —dijo al fin—. Es totalmente mágico.

Para ese entonces, una luminosa luna ámbar estaba suspendida en el horizonte, proyectando una brillante línea sobre el mar. Jacobo se tumbó y apoyó la cabeza en mi muslo. Sentí sus ojos clavados en mí. Mirando al mar, entrecerré los míos, tratando de fingir que había visto algo en el agua. Agarrándome del cuello, tiró de mí hacia él. Yo intenté pensar, pero tenía la mente aturdida. Me obligó a bajar la cara hasta que nuestros labios se tocaron. Me eché hacia atrás. Volvió a agarrarme la cabeza.

—¡Para, Jake!

Se le tensó el rostro. Cerró los ojos con fuerza y, agarrándose a mis piernas, luchó por incorporarse.

—Pensé que te gustaba —balbuceó.

Un nube de murciélagos se materializó frente a nosotros, el revoloteo de sus alas negras una sombra fugaz contra el cielo naranja ardiente.

—Claro que me gustas. Pero vayamos con calma.

—Al menos podrías ser valiente y decirlo abiertamente. No pasa nada si no te gusto. ¿O vas a decirme que no eres gay? —Alzó la voz. El enjambre negro huyó en dirección contraria y entró en una pequeña cueva.

—No pienso en esos términos —dije, utilizando el primer pensamiento que se materializó en mi cabeza, una frase que Chus empleaba a menudo y que me molestaba enormemente.

Su rostro se iluminó con llamaradas de fuego, sus ojos abiertos de par en par. Una chispa se posó en sus pantalones cortos y dejó que se consumiera por sí sola, chamuscándolos ligeramente.

—¿Sabes qué? —Se levantó—. Que te jodan.

El sonido del fuego al crepitar se hizo inquietantemente más fuerte.

—Lo siento —dije, tratando de templar los ánimos.

Se tambaleó hacia el borde de la roca, alejándose de mí.

—Lo siento —insistí mucho más alto, temiendo perder a la única persona que tenía.

Me acerqué a él y le pasé un brazo por los hombros. Dio un paso adelante y dejó mi brazo colgando; luego se dio la vuelta, furioso.

—Dime que no quieres follar conmigo.

Sus lágrimas estaban llenas de rabia.

—No quiero follar contigo, Jake. Lo siento. Sabes que me gustas.

—¡No me menosprecies, joder! —gritó.

Se abalanzó sobre mí y me empujó sobre el pecho, tirándome al suelo. Caí sobre una roca afilada a apenas medio metro del fuego. Me dolía la parte baja de la espalda, pero conseguí contener un grito. Mientras estaba en el suelo, tratando de asimilar lo que había ocurrido, Jacobo me saltó encima. Empezamos a pegarnos. Era mucho más fuerte de lo que esperaba. Me dio miedo que rodáramos hacia el fuego. Me esforcé por empujarle en dirección contraria, aunque eso nos acercara al borde de la roca. Intentó darme un puñetazo en la cara, pero conseguí detenerle el puño antes de que lo hiciera. Esquivé un segundo puñetazo y le golpeé la barbilla con toda la fuerza que pude, partiéndole el labio. Me goteó sangre por toda la cara.

—¡Para, por favor! —grité.

Nuestras caras estaban a pocos centímetros. Giré la cabeza para evitar que su sangre me cayera en la boca. Me clavó los dedos en el cuello. Sentí sus uñas arañándome la garganta. Me golpeó la sien derecha con el codo y, aprovechando mi aturdimiento momentáneo, me dio dos puñetazos. Me tapé la cara. Luego le empujé con todas mis fuerzas y conseguí darle la vuelta. Me senté sobre su estómago. Ahora tenía la espalda contra la roca. Le sujeté el cuello con la mano izquierda y le di varios puñetazos.

—¡Basta! —grité, dirigiéndome la orden a mí mismo en realidad. Le sujeté las dos muñecas contra la roca. Se retorcía y gritaba, tratando de escapar. Parecía poseído. Poco a poco, al verse inmovilizado, dejó de forcejear.

Una débil brisa acarició las brasas y le iluminó el rostro. Estaba cubierto de sangre. Le liberé los brazos. Sentado en la parte inferior de su estómago, sentí su pene duro. Se tapó los ojos y empezó a llorar. Me tumbé a su lado con la espalda sobre la roca, mirando la luna. El mar se había activado de nuevo, y el sonido de las olas al romper fluía por debajo de sus sollozos. Me empezaron a correr lágrimas por las mejillas. Me miré las manos, moteadas de sangre. Se me había desprendido la piel de los nudillos. Exploré con los dedos un dolor desgarrador en el lado derecho de la cara y descubrí que también sangraba. Presionando con la camisa, traté de detener el flujo de sangre.

A mi lado, Jacobo yacía en silencio. Había dejado de sollozar. Me di la vuelta y le miré. Su ojo derecho se había hinchado tanto que no estaba muy seguro de que fuera capaz de verme. Extendí el brazo y se lo puse en el pecho. Su corazón se aceleró. Abrió los brazos y nos fundimos en un abrazo. La brisa trajo el sonido lejano de los acordes de la guitarra. Cerré los ojos y caí en picado hacia el sueño a través de la grieta que la cantante había abierto con su voz.

CAPÍTULO DOCE

Me desperté sudando. Una luz brumosa que no terminaba de formarse del todo se fue haciendo cada vez más densa y brillante a medida que el sol ascendía tras la línea del horizonte. Jacobo dormía a mi lado. El ojo derecho se le había puesto negro, tenía un largo corte en la mejilla cubierto de sangre seca y el labio hinchado. No soportaba mirarle. Sin que yo me diera cuenta, se había metido en mi saco de dormir durante la noche, y nuestros cuerpos estaban ahora envueltos en un sudor de poliéster. Abrí la cremallera en silencio. Me dolía la parte baja de la espalda. Caminé hasta el borde de la roca. Una bandada de patos pasó volando en formación hasta convertirse en una fina línea negra que desapareció en la distancia. Abajo, en la playa, los campistas seguían en sus tiendas. Todo estaba tranquilo, salvo por el rítmico sonido de las olas al romper en la orilla. Recordé el momento en que lo tenía inmovilizado, cada puñetazo desfigurando su hermoso rostro, y me pregunté de dónde había salido mi rabia, una rabia que tuve que gritarme a mí mismo para controlar.

Tenía miedo de quedarme solo en aquel lugar, a kilómetros de la ciudad más cercana, pero todavía me daba más miedo haber destruido nuestra amistad. Deseé haberme llevado la maleta al nuevo apartamento, ya que todo lo que poseía estaba en una casa en la que ya no sería bien recibido. Mientras miraba el mar, pensé en mi nuevo cuarto de estar vacío a la espera de ser habitado.

Bajé a la playa y me senté en la arena. El sol se encontraba justo sobre la línea del horizonte. El calor aumentaba con rapidez. Me había acostumbrado a que Jacobo convirtiera la temperatura. La calculé en voz alta: noventa y ocho Fahrenheit, treinta y dos Celsius. Me desnudé hasta quedar en calzoncillos e hice un ovillo con la ropa. Miré a ambos lados de la playa, y como no se veía a nadie, me desnudé y me metí en el mar lentamente.

El agua estaba mucho más caliente de lo que esperaba. El color, la transparencia, hasta la densidad, eran distintos a los del océano Atlántico. En cuanto me zambullí, me empezó a arder la cara. Tenía la piel cubierta de arañazos. Cuando disminuyó el escozor, di unas brazadas largas y regulares hacia aguas más frescas y oscuras.

La natación había sido el único deporte que había practicado durante mi infancia, tal vez porque aprendí tarde. Ben había sido un nadador ávido y pertenecía al equipo de natación de Dartmouth. Cuando se enteró de que yo no sabía, se encargó de enseñarme durante un verano, al comienzo de mi adolescencia. Durante dos meses, nos levantábamos temprano y caminábamos desde Cherry Grove hasta los Pines por la playa, evitando el *meat rack*, un puñado de dunas por las que deambulaban a todas horas hombres buscando sexo. Más tarde, al leer un artículo sobre la crisis del sida, me enteré de que Fire Island había sido uno de los principales puntos de infección desde los que el virus se expandió a otras partes del mundo. Describía los Pines como un centro gay de vacaciones internacional, lo que me pareció extraño, porque para mí era simplemente una playa más de Long Island, una playa que contribuyó a forjar algunos de mis recuerdos más felices.

Por las mañanas, íbamos a la piscina de uno de los amigos de Ben, un fotógrafo de moda que tenía una casa modernista con tanto vidrio que me resultaba difícil ponerme el bañador sin sentirme espiado. A veces llegábamos tan temprano que los dueños aún apuraban sus últimos cócteles y me hacían bromas insinuantes sobre mis bañadores largos. Echaba de menos aquellos veranos y pensaba a menudo en ellos de adulto. Me preguntaba qué diría Ben de mi imprudente marcha de Estados Unidos, de haber abandonado a Chus.

Perdí la noción del tiempo. El movimiento rítmico de las brazadas y el esfuerzo físico por mantenerme a flote me absorbieron la mente. Podía nadar durante horas. En un momento dado, me detuve y me dejé llevar. Haciéndome el muerto, miré el cielo despejado, el agua salada colándose por el rabillo del ojo. Entonces empecé a nadar lentamente de vuelta a la orilla y, al luchar contra la fuerte resaca que me arrastraba, me di cuenta de que estaba en baja forma.

La playa apareció lentamente en la distancia. La gente se desplazaba por los campamentos. Me acordé de que estaba desnudo y empecé a nadar más deprisa, con la esperanza de llegar antes de que todo el mundo hubiese salido de sus tiendas. Daba brazadas largas, pero me detenía a menudo para ver si hacía pie. Casi sin aliento, por fin toqué el suelo y empecé a caminar. Alguien se había sentado junto a mi ropa. Esperé. Cuando tuve claro que quienquiera que fuese no tenía intención de marcharse, salí del agua y lo hice dando largas zancadas, tratando de parecer confiado, de ocultar mi vergüenza. Cerca de la orilla, reconocí a Jacobo, sus ojos fijos en el mar. No me miró ni una sola vez. Como no quería que pensara que estaba cohibido, luché contra el impulso de ponerme la ropa interior y me senté a su lado. Desde que habíamos llegado a Madrid, había buscado cualquier oportunidad para verme desnudo. Y ahora, yo quería complacer ese deseo, aunque odiaba la sensación de mi trasero en contacto con la arena.

Siguió mirando al mar. Me invadió una tristeza infinita pensar que yo era el responsable de aquel ojo morado, el que le había causado todos aquellos cortes y moratones. Sacó un cigarrillo arrugado del bolsillo y lo alisó con los dedos durante un buen rato. Cuando por fin lo encendió, se encogió de hombros para protegerlo del viento y gimió. El más mínimo movimiento parecía causarle dolor. Dio una calada larga y apresurada y me miró desafiante.

Exhaló por la nariz una bocanada espesa y blanca que flotó a nuestro alrededor, negándose a desaparecer. No dijimos nada. Nuestros dedos se tocaron cuando me pasó el cigarrillo. Me lo llevé a los labios y noté un borde rojo de sangre alrededor del filtro, parecido al carmín. Llené mis pulmones de aire tiznado, le di una calada y aplasté el cigarrillo contra la arena. Jacobo me miró molesto. Me tumbé para exponer mi cuerpo. De cara al cielo despejado, sentí sus

ojos clavados en mi polla. Para combatir la expansión de mi entrepierna, traduje al español la fórmula química del azúcar.

❧

El viaje de vuelta fue largo e incómodo y no solo porque durante
los primeros cien kilómetros no nos dirigimos la palabra. Tenía los
hombros quemados por el sol y la ropa interior, empapada en una
mezcla de agua salada y arena, me irritaba la piel. Yo miraba por la
ventanilla, Jacobo tenía la mirada fija en la carretera, ninguno de los
dos lo bastante valientes como para compartir los pensamientos que
pasaban por nuestras mentes. De vez en cuando, aprovechaba la
excusa de que cambiaba de marcha para mirarle la mano, luego el
brazo y el pecho, antes de robarle una rápida mirada a su rostro
desgarrado, con la esperanza de que la hinchazón hubiera disminuido. Pero no era así.

Ya no pudiendo pedirle el teléfono, deseé tener uno propio
para llamar a Chus. Ahora más que nunca, quería parecerme más
a él, o a Richard, ser de mente abierta, progresista, sentirme a
gusto saliendo con otras personas adictas al sexo, a las drogas o a
ambas cosas. Pero como no tenía motivos reales para creer que
Jacobo fuera un adicto de ningún tipo, no pude evitar cuestionar-
me si mi incapacidad de dejarme llevar por mi atracción no estaba
basada tanto en su condición de chico malo como en una envidia
arraigada y tóxica, la envidia de una vida que no requería ningún
esfuerzo.

—¿Puedo decir algo? —murmuró al fin Jacobo, sus palabras apenas audibles.

Sonreí pensando que aquello indicaba su deseo de empezar a
reconstruir nuestra amistad.

—Por favor.

Jacobo se tomó su tiempo. No habló de inmediato, y por el tiempo que tardó en ordenar sus pensamientos, supe que sus palabras
eran fruto de una profunda deliberación.

—Creo que te faltan cojones —dijo, y luego se detuvo.

Me sentí estúpido por haber sonreído, esperando que fuera una especie de disculpa, o al menos un intento de reconciliación.

—Te acojona que yo sea un desfasado, por eso no quieres intentar nada conmigo —continuó, y luego hizo otra pausa—. He visto cómo me miras. Llevas deseando meterte en mis pantalones desde el momento en que me viste en el avión. El problema es que te sientes tanto superior como inferior a mí. Y no puedo hacer nada al respecto porque todo está en tu cabecita. Te quejas de Estados Unidos pero, por muy jodido que suene, crees en una versión diferente del excepcionalismo norteamericano; te crees mejor que yo. Porque no me he hecho a mí mismo como tú, porque no he sufrido lo que tú has sufrido.

No podía creer lo que estaba diciendo, lo afilado de sus comentarios, lo familiares que me resultaban. Me quedé mirándole a la cara mientras hablaba, observando su labio roto moviéndose arriba y abajo. Esperaba que hubiera terminado, pero tras una breve pausa continuó con la misma entonación sobria.

—Te conté que tuve sexo por dinero a las cinco horas de conocerte, no porque quisiera jugar a nada. Quería mostrarte cómo soy, lo roto que me siento a veces. Pensé que, de entre todas las personas, tú lo entenderías por todo lo que habías pasado, pero eres como todos los putos gays que conozco, obsesionado con conocer a la persona perfecta, una persona que solo existe en tu imaginación.

Después de un par de segundos tratando de decir algo, lo que fuera, dejé de mirarle fijamente y me volví hacia la ventanilla. Encendió la radio. Agradecí oír una voz, cualquier voz que no fuera la suya.

⁓

Entramos en la ciudad cuando se ponía el sol. El tráfico circulaba con fluidez. Había estado esperando con impaciencia nuestro regreso, pero ahora que terminaba el viaje me sentía abrumado.

—Recogemos la maleta y luego te dejo en casa —dijo, su tono era llano.

—Puedo subirme a un taxi desde tu casa. Ya has conducido bastante.

—No me importa.

Cuando llegamos a la puerta, paró el coche y me pidió que espera. Lo hizo sonar como si fuera más conveniente que no subiera, lo que probablemente era cierto, pero fue difícil no interpretarlo como una forma de castigarme, una manera de decirme que ya no era bienvenido.

Tras tantas horas sentado, salí a estirar las piernas. Las bisagras emitieron un chirrido, la puerta quejándose de llevar demasiadas décadas haciendo el mismo trabajo. Mientras le esperaba apoyado en el capó, alguien que pasó por allí me felicitó por el coche y me preguntó por su antigüedad. Le di las gracias y le dije que no lo sabía.

Jacobo cruzó el patio arrastrando mi maleta barata sin una rueda y dibujando un surco en la grava.

—¿Qué quería?

—Quería saber el año del coche.

Así eran ahora nuestras conversaciones, compuestas por palabras que no pretendían transmitir más que lo que significaban en la superficie.

No volvimos a decir nada hasta que se detuvo frente a mi edificio.

—Gracias por traerme —dije— y por todo lo demás.

—De nada. Y siento lo de la pelea. Empecé yo.

—Y yo seguí.

Apagó el motor. Le miré la cara, la hinchazón le había empezado a bajar, su rostro acariciado por el sol hacía que sus ojos verdes parecieran más brillantes. Le di unas palmaditas en el regazo, luego abrí la puerta y salí del coche. Empezó a llorar. Parte de la sangre seca de su cara se tiñó de un rojo más claro.

—¿Y ahora qué? —dijo.

—No tengo ni idea, Jake.

Se me humedecieron los ojos al asomarme por la ventanilla. Me los froté con los puños y retraje las lágrimas.

—¿Necesitas dinero?

—No, creo que estoy bien.

CAPÍTULO TRECE

Cuando abrí la puerta después de arrastrar la maleta por cinco tramos de escaleras, con arena aún en los zapatos, un olor a podrido casi me tiró al suelo. Al principio pensé que un ratón había muerto en mitad del apartamento y estaba empezado a descomponerse, pero en cuanto entré en la cocina, me di cuenta de que los quesos que había comprado en el mercado estaban sobre la encimera, la bolsa de plástico ya no era blanca sino de un amarillo mohoso y lleno de manchas.

Cuando las campanas de la lejana iglesia sonaron a medianoche, arrastré el catre militar desde el dormitorio hasta el centro del cuarto de estar. Allí tumbado, observé los edificios bajos de Lavapiés, sus tejados cubiertos de antenas de televisión y las cuerdas de la colada llenas de ropa ondeando como banderas. Pensé en Chus, que seguía viviendo en el mismo piso en el que yo me había criado, una constante en una ciudad que ya había dejado de existir. Todo a su alrededor había cambiado. Nuestros amigos y vecinos habían huido a las profundidades de Queens, expulsados por *hipsters* y niños ricos cuyos alquileres se pagaban con asignaciones mensuales de papá, la mayoría de los pequeños comercios convertidos en bares donde podían beberse aquel dinero obtenido sin esfuerzo. Me preguntaba si Lavapiés también se gentrificaría y, en caso afirmativo, cuánto tardaría en expulsarme.

La noche transcurría en silencio. Esperando a que llegara el sueño, con la toalla de playa extendida sobre las piernas, pensé en lo que quería lograr al día siguiente. Tenía tantas ganas de tener mi propia casa que esperaba que me diera un subidón de felicidad o, al menos, algo que no fuera decepción. Casi completamente a oscuras, lo único que veía era el reloj parpadeante del horno, que titilaba con ceros en un bucle interminable. Mi incapacidad para seguir el paso del tiempo no hacía sino acentuar una sensación de pérdida que no me dejó dormir, hasta que la luz de la mañana trajo el sonido del camión de la basura y de los contenedores al ser arrastrados.

❧

Paseando por mi nuevo barrio a primera hora de la mañana, fui al banco y a un supermercado donde los productos frescos estaban almacenados en cajas de madera apiladas sobre el suelo. En la tienda de teléfonos móviles esperaba encontrar modelos diferentes, de aspecto más europeo, pero eran casi todos iguales. Abrí un Motorola Razr negro un par de veces y me lo metí en el bolsillo para sentir lo fino que era. Ojalá hubiera aceptado el dinero que Jacobo me había ofrecido, porque hasta que no recibiera la transferencia bancaria, no podría justificar la compra de otra cosa que no fuera el Nokia estándar que en Estados Unidos solo usaban los adolescentes y la gente entrada en años.

Macondo era un cibercafé donde se podían hacer llamadas internacionales y navegar por internet en ordenadores más antiguos que los de mi instituto. Los tabiques de las cabinas eran tan finos que no solo se oían las conversaciones de la gente con sus familias, sino también el ruido que hacían al teclear. Envié un correo electrónico a Chef con mi número de cuenta bancaria, pero no tuve fuerzas para revisar mi bandeja de entrada, invadida por *spam*. Solo respondí a un correo de Richard, poniéndole al día y enviándole mi nuevo número de móvil. Después escribí «Chef Matías» en el buscador y pinché en un enlace que mostraba una foto suya frente a El Lucernario el día después de que le concedieran dos estrellas Michelin. Copié y pegué la dirección del restaurante y la de la casa de Jacobo. No estaban lejos el uno del otro. Luego cambié a Street View y jugué con la flecha que subía y bajaba por la calle. Las imágenes habían sido tomadas en un día nublado de invierno, y los frondosos árboles frente a la casa parecían postes de teléfono. En una de ellas, el Jaguar negro esperaba frente al edificio con las luces de freno encendidas.

Abrí un conversor de divisas y puse 6.000 dólares, la cantidad que supuestamente debía enviarme Chef. Eran 4.797,22 euros. En otra web, la diferencia era de trescientos euros. Esperaba que Chef encontrara el mejor tipo de cambio posible. Tras algunos cálculos, me di cuenta de que, en cualquiera de los dos casos, tendría suficiente para sobrevivir tres o cuatro meses. Y, en el improbable caso de que tardara más tiempo en encontrar trabajo, tanto Chus como Richard se habían ofrecido a prestarme dinero.

Cerrando las ventanas de la pantalla, me pregunté si el chico que regentaba el cibercafé, con el que había cruzado varias veces la mirada, estaría vigilando mis búsquedas y si los rastros que dejaba en internet eran vigilados por la agencia de inmigración norteamericana para asegurarse de que no estuviera planeando mi regreso a Estados Unidos. Antes de salir, aunque ya eran las seis de la mañana en Nueva York, entré en una de las desvencijadas cabinas y llamé a Richard.

—¿Diga?

—Hola. Soy yo. Siento llamar tan temprano.

—¿Qué pasa, colega? No te preocupes. Estaba a punto de acostarme. ¿Cómo estás?

—Estoy bien. Acabo de responder a tu correo.

—No se te oye bien. ¿Qué te pasa?

—Estoy pasando por un momento complicado.

—¿Buscando trabajo?

—No. Conocí a un chico que me gusta mucho y con el que he estado saliendo, y acabo de pelearme con él.

—No pasa nada, colega. Son cosas que pasan.

—Quiero decir que nos hemos peleado a puñetazos.

—¿Qué has dicho?

—Sí, has oído bien.

—¡No me jodas! ¿De verdad os habéis peleado a puñetazos? ¿Has vuelto a la adolescencia?

—No lo sé, tío. Es difícil de explicar. Nos gustamos en serio…

—¿Y por eso os disteis una paliza?

—Vamos, no seas cabrón. Estábamos borrachos y discutimos. Lo siguiente que supe fue que me sangraba la cara.

—Colega, suena muy intenso. Lo siento mucho.

—No sé, es todo muy confuso. También es súper rico. Me he estado quedando en su casa. Tienen chófer, cocinero, todo lo que te puedas imaginar. Eso podría ser parte del problema.

—No veo por qué debería ser un problema.

—No sé, me siento como inferior o algo así.

—¿Tú? ¿Inferior?

—No sé cómo describirlo mejor. También es un fiestero.

—Tampoco tú eres la Madre Teresa de Calcuta.

—Ya lo sé. Pero podría tener un problema de adicción. Es difícil saberlo. No importa, basta del tipo. Tengo un piso guay. Deberías venir a visitarme.

—Me encantaría. Escucha, me voy a la cama. Estoy muerto. Pero hablemos pronto.

—Dale. Te quiero.

—Yo también te quiero, colega.

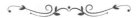

Deambulé un rato por mi barrio, en ese momento extrañamente tranquilo porque la mayoría de la gente estaba trabajando o durmiendo la siesta, y entré en el Bar Jamón. Pedí una caña que el camarero sirvió a intervalos breves, golpeando el fondo del vaso contra el mostrador varias veces y con tanta fuerza que me dio miedo que lo rompiera. Las burbujas subieron ágilmente creando una gruesa capa de espuma compacta que coronó el vaso. Mientras me tomaba mi tiempo para decidirme, me quedé mirando las tapas que había tras el mostrador hasta que el camarero perdió la paciencia y empezó a nombrar y describir cada una de ellas con la rapidez y el fastidio de quien está cansado de hacerlo una y otra vez. Pedí las patatas bravas y los boquerones en vinagre con el dedo índice. El alioli estaba hecho con aceite de oliva perfectamente emulsionado y la cantidad justa de ajo, las patatas crujientes eran de un hermoso color dorado. Mientras paladeaba los sabores, me maravillaba cómo el sabor de las tapas cambiaba constantemente dependiendo del orden en que uno las comiera, algo que me había fascinado desde mi época de ayudante de camarero en Río Mar. Luego pedí otra caña y la cuenta. Era tan barato que tuve que mirarla dos veces.

El Lucernario estaba al final de una calle peatonal sin salida, detrás del Museo del Prado. El comedor principal, un invernadero reformado con plantas exuberantes y mesas cuadradas, tenía unos cien asientos y una enorme chimenea llena de musgo. Al fondo, una espesa buganvilla rosa brillante trepaba hasta el techo, abriéndose como un paraguas gigante. En contraste con el ambiente rústico, las mesas estaban preparadas para una comida formal de cinco platos: relucientes copas de vino y copas de agua reposaban junto a cubiertos de plata de ley con una pátina ahumada. Esperando en la entrada mientras la anfitriona iba a buscar al chef Matías, yo seguí al camarero con la mirada. Inclinado hacia delante con la cabeza gacha, estaba sirviendo la *vichyssoise* con un cucharón de bronce. Lo hacía con un cuidado esmerado, como si fuera el acto más deliberado e importante de ese día. Algo en él me recordaba a Gabriela y al camarero de la churrería. Había en ellos una cualidad extraña, emanaban una paz que parecía una mezcla de orgullo y respeto por su trabajo.

Matías era como una versión joven de Chef, pero más alto y en mejor forma. También llevaba un traje oscuro, pero a pesar de ir vestido tan formalmente, parecía tener menos de treinta y cinco años. Le vi cruzar el comedor con pasos ágiles y decididos, observando a los camareros de la sala como si estuviera tomando notas mentales. Dado su asombroso parecido con Chef, cuando nos dimos la mano tuve la extraña sensación de que le conocía.

—¡Demetrio! —exclamó con tono amistoso.

Contento de que supiera quién era, me relajé.

—Hola, Chef. Encantado de conocerte.

—Ya nos conocimos. En Le Bourrelet. Arnaud nos presentó.

—Es cierto, ¡ahora me acuerdo!

Su cara no me resultaba familiar. Habló brevemente sobre Chef y expresó su admiración por lo que estaba haciendo en el restaurante. Mientras caminábamos hacia la parte trasera, comentó que me esperaba desde hacía ya una semana. Su comentario podría haber sonado a reproche, pero no lo hizo. De pronto adquirí conciencia de mi bronceado, pero me comporté como si no lo hubiera escuchado.

—¿Qué te ha pasado en la cara?

—¿A qué te refieres? —pregunté, sabiendo exactamente a lo que se refería—. Oh, los arañazos. Lo creas o no, fue la gata de un amigo. Ahora la llamo «la pantera».

Chef pareció satisfecho con mi respuesta. Lanzó una pequeña carcajada y supuse que mi broma no le había hecho gracia, pero que quería ser educado. Le seguí hasta la zona de servicio pensando en la imagen del ojo hinchado de Jacobo. Supuse entonces que su familia también le habría preguntado qué le había pasado en la cara y solo esperaba que no les hubiera dicho la verdad.

La cocina tenía la misma disposición que en los restaurantes tradicionales de Nueva York, con un enorme fogón Bonnet Maestro en el centro. Los cocineros atendían diligentemente sus puestos con uniformes blancos almidonados, la piel tirante por las llamas. Nadie se percató de mi presencia, pero afinaron sus movimientos cuando Chef se abrió paso por la zona de preparación. Uno de los *sous-chefs*, que emplataba un besugo en la impoluta mesa de acero inoxidable, se puso visiblemente nervioso. Podía percibir la tensión que generaba el Chef, y estaba claro que dirigía la cocina de una forma muy estricta. El turno del almuerzo estaba a punto de terminar y, aunque los cocineros probablemente habían preparado más de ciento cincuenta comidas, los mostradores y las puertas de los frigoríficos bajos, las lámparas de calor telescópicas y todas las juntas y asas estaban impecables.

Matías me presentó a los *sous-chefs*, que se detuvieron brevemente para saludarme en inglés. Uno de ellos parecía resacoso. Su cara era de un blanco fluorescente y sus dientes amarillos y desiguales me recordaron a Dominic, un cocinero de Le Bourrelet que aprovechaba nuestros descansos de diez minutos para fumar un pitillo detrás de otro en el muelle de carga sin importarle el frío que hiciera. Ambos compartían la misma mirada de cafeína y preocupación. De repente, sentí la ansiedad de aquellos días en los que llegábamos sin apenas tiempo para prepararnos, con Chef respirándonos en la nuca y siguiéndonos atentamente, esperando para avisarnos del más mínimo error.

Después de recorrer la cocina, fuimos al bar y bebimos un licor casero hecho con bayas de endrina.

—Se llama «pacharán». Lo hacemos nosotros.

—Está buenísimo —dije, asintiendo efusivamente, de pronto preocupado por parecer borracho.

Una mujer joven caminó torpemente hacia nosotros con tacones de aguja.

—Discúlpame un momento —dijo Matías.

Gesticulando excesivamente, le susurró al oído frases que parecían no tener fin. En un momento dado, como claramente no era una conversación para tener en el comedor sino a puerta cerrada, Chef dio un paso atrás y le habló en un tono más alto de lo necesario, dirigiendo sus palabras a los clientes que estaban escuchando.

—Estupendo. Ahora mismo voy —dijo bajando el tono.

La mujer se dio la vuelta al borde de las lágrimas.

—Por cierto, Úrsula —dijo Chef agarrándola del codo—. Quiero presentarte a Demetrio. Es de Nueva York.

Me pareció extraña su necesidad de legitimarme diciendo de dónde venía.

—Encantada —murmuró, y se fue apresuradamente.

—Perdona —Chef dio un sorbo a su bebida—. Dame cinco minutos.

Se dirigió a la parte trasera del restaurante y se detuvo brevemente en algunas mesas con una sonrisa forzada.

Al quedarme a solas, intenté comprender por qué me sentía alejado de un mundo que me había reconfortado tanto durante casi una década. Me había hecho adulto en una cocina de ocho por cuatro metros entre chefs agresivos y cocineros que gritaban a la primera de cambio. Mientras mis amigos pasaban la adolescencia patinando por las calles del Lower East Side, yo aprendí a surfear las olas de calor que irradiaban los hornos de convección. Crecí entre ollas hirviendo y sartenes escaldadas y, a los dieciocho años, ya tenía los brazos llenos de cicatrices causadas por bandejas a cuatrocientos grados. La mayoría de las veces, un día de trabajo se convertía en un turno de dieciocho horas, y mi única recompensa era saber que estaba contribuyendo a hacer de Le Bourrelet un referente mundial. Estaba orgulloso de mi meteórico ascenso a chef de repostería tras dos años como aprendiz, un hecho que Chef utilizaba para medir el talento de otros empleados. Los pasteles habían sido mis compañeros, mis salvadores. Mientras los chicos de mi barrio se tatuaban brazos y cuellos con símbolos de las pandillas a las que pertenecían, yo llevaba $C_{12}H_{22}O_{11}$, la fórmula molecular de la sacarosa, tatuada en la parte superior de la espalda. Pero ahora, después haber estado menos de diez minutos en una cocina, me agobiaba la idea de volver a una vida sin ventanas, aunque eso significara ser la persona más afortunada del mundo por haber conseguido trabajo tan fácilmente.

El camarero me puso otro pacharán y se sirvió un chupito. Brindamos con la camaradería de los que trabajan en el sector. Mientras se agachaba para tomarse el suyo sin que le vieran los clientes, yo me giré en el taburete. El comedor estaba a pleno rendimiento. A diferencia de la rígida clientela de Le Bourrelet, más interesada en que la vieran en un restaurante de lujo que en comer las extraordinarias creaciones culinarias de Chef, el ambiente era relajado y tenía un espíritu festivo, a pesar de que los hombres llevaban traje y corbata y la mayoría de las mujeres estaban envueltas en oro.

Estaba intentando encontrar palabras que me hicieran ganar algo de tiempo con Chef cuando Patricia entró en el restaurante. Llevaba un ligero vestido de flores y unas grandes gafas de sol de carey que le cubrían casi toda la cara. Un chico joven, alto y en forma, y tan musculoso que su traje parecía una armadura, caminaba detrás de ella. Era un poco mayor que yo. Se dirigieron al fondo del comedor, lejos de las ventanas. En cuanto se sentaron, el *maître* se acercó a saludarles y quitó un cartel de reservado de la mesa. La forma correcta, distante y ensayada en que se comportaban hacía pensar que podían ser amantes.

—Bueno, ¿qué te parece? —dijo Matías, tocándome suavemente el hombro—. No está mal, ¿eh?

—Sí, está buenísimo.

Tomé otro sorbo e hice un gesto con el pulgar hacia arriba.

—¿Podemos hablar en otro momento? Tengo una pequeña crisis con un crítico gastronómico que se ha presentado sin avisar.

—Por supuesto —respondí demasiado rápido—, gracias por enseñarme el lugar y por el pacharán.

De pronto me pareció que no había sido lo bastante entusiasta, que no había mostrado suficiente interés. No sabía en qué estaba pensando, pero una cosa estaba clara: necesitaba un trabajo y lo necesitaba pronto. Seguí a Chef hacia la entrada y giré ligeramente la cabeza para echarle una última mirada a Patricia.

—Me encanta el restaurante, Chef. Es un lugar muy especial —dije, reparando en los pocos pasos que quedaban hasta la puerta—. Y parece que el negocio va bien. ¿Cuántos turnos hacéis por comida?

—No más de dos. Odiamos apurar a la gente. Es una cultura muy diferente.

—Sí, lo entiendo. Así es como debería ser, una experiencia, no una transacción.

—Exacto.

Fui consciente de que mi cara revelaba un atisbo de expectativa por reorientar la conversación.

—Toma, llévate uno —Chef abrió una carpeta de cuero y sacó un menú—. Me gustaría saber lo que opinas. ¿Puedes volver el martes?

—El martes me viene perfecto —dije, sujetando la hoja como si fuera de cristal.

Me dio otra palmada en el hombro. Le agradecí su tiempo y salí del restaurante. Tropezando ligeramente en el callejón, sin saber muy bien si mi falta de equilibrio se debía a las dos copas de pacharán o al desnivel de los adoquines, me sentí optimista.

Durante los dos días siguientes deambulé por las calles sin rumbo fijo. Cada mañana salía del edificio y caminaba en una dirección distinta. Siguiendo el sol o a algún transeúnte al azar, encontraba palacios, monumentos y parques que evocaban el Madrid de otra época. Entre mis favoritos se encontraban dos puertas reales: la Puerta de Toledo y la Puerta de Alcalá, una impresionante entrada de granito construida en el siglo XVIII que antaño marcaba los límites de la ciudad. El Templo de Debod, un templo egipcio del siglo II a.C. reconstruido cerca del Parque del Oeste, parecía salido de un cuento de hadas. Me colmaban de alegría aquellos súbitos e inesperados descubrimientos y pasear por el parque al atardecer, cuando el estanque reflectante que rodea el templo se aferraba a la luz ardiente de los largos días de verano. Me fascinaba tanto pasear sin mapa que, después de horas a la deriva bajo la radiante luz del sol de julio, no tenía otra forma de regresar a casa que en metro, que era limpio y tranquilo comparado con el de Nueva York. Y sin ratas. Bajaba al subsuelo y recorría la ciudad en eficientes líneas de aire acondicionado. A veces, agotado de caminar durante casi todo el día, me quedaba dormido y pasaba la parada de Lavapiés, con lo que aparecía en un barrio de clase trabajadora del otro lado del Manzanares, un barrio que conocía porque había albergado la mayor cárcel de España del mismo nombre.

Un día tomé el metro y me dirigí a la cárcel de Carabanchel, cerrada desde hacía casi una década. Construida por presos políticos tras la Guerra Civil española, estaba destinada a las personas consideradas una amenaza para el régimen franquista, a saber: comunistas, líderes sindicales, intelectuales y simpatizantes de izquierdas. Se los recluía en la sexta galería y se los torturaba habitualmente. A los que tenían orientaciones sexuales dudosas los confinaban en «El Palomar», donde las violaciones bajo la vigilancia de los carceleros eran una práctica habitual. En los años ochenta, esa zona de la prisión se convirtió en un pantano del sida. Ser enviado allí era, tácitamente, una condena a muerte. Conocía bien la historia porque Chus pasó dos meses entre rejas, acusado de ser activista estudiantil, y fue justo después de salir cuando huyó del país para siempre. Aún tenía pesadillas sobre su estancia en la cárcel, pero se negaba a hablar de ello con nadie. Ni siquiera con Ben.

Había visto fotos de sus paredes cubiertas de grafitis en el blog de un joven colega de Chus que utilizaba la fotografía para documentar patrones de movimiento humano y procesos socioeconómicos. Aunque tenía una idea de su escala y monstruosidad, nada se comparaba con lo espeluznante del espacio, las paredes de cemento empapadas de décadas de lágrimas y dolor.

Por una abertura en la valla metálica, entré en aquellas instalaciones, que contenían miles de celdas y largos e interminables pasillos. Las paredes estaban muy deterioradas y algunas partes del techo se habían desplomado. Deambulando por el patio de reclusos, bajo las canastas de baloncesto con aros oxidados, no podía imaginarme a Chus viviendo tras aquellos enormes muros de ladrillo coronados de alambre de espino.

Evité el contacto visual con los okupas y los traficantes de heroína que vendían su mercancía al aire libre, entré en el edificio principal y subí las escaleras hasta la torre de vigilancia. La luz del sol de última hora de la tarde se filtraba por las ventanas rotas de cristal de malla, tiñendo los grafitis con una pátina dorada. Las paredes de los pasillos se habían convertido en coloridos murales. Algunas de las obras me recordaron a Mark, un amigo del instituto y grafitero de talento que cayó en el *crack* a finales de los noventa, pero cuyas obras aún sobrevivían en los túneles de la abandonada estación de metro de la calle Dieciocho.

Tomé algunas fotos para Chus que no hacían justicia al abandono y la decadencia, un testimonio irrefutable de que aquellos días habían quedado atrás, con la esperanza de que le ayudara a pasar página. Tras dar vueltas y perderme por los interminables pasillos en busca de El Palomar, noté que me seguían dos hombres. Me puse nervioso luchando por encontrar el camino de vuelta a través del laberinto de cemento, y cuando encontré el agujero en la valla metálica, salí. La luz de verano ya se estaba convirtiendo en crepúsculo.

Aún faltaban algunos días para el martes. Las horas pasaban lentamente y, aunque poco a poco empezaba a disfrutar de mi soledad y las calles me resultaban más familiares, seguía sin sentirme a gusto. Cerca de la estación de metro de Lavapiés, un par de manzanas al sur de mi apartamento, había un hotel destartalado con un nombre que sonaba espectacular y fastuoso: El Real. En realidad era la antítesis de la realeza: un viejo edificio de cuatro plantas con la fachada cubierta de mugre y varias capas de carteles viejos. Cada vez que pasaba, me asomaba al desvencijado vestíbulo enmoquetado, lleno de maletas y gente en tránsito.

Una mañana temprano, incapaz de decidir qué ruta tomar para mi paseo diario, entré en el hotel y me senté con seguridad en un sofá de la entrada, fingiendo ser un huésped. Observé a un grupo de turistas que se preparaban para sus excursiones mirando mapas y hojeando guías mientras escuchaba sus conversaciones. En ese momento, una pareja joven salió del ascensor. Sin saber muy bien por qué me sentí atraído por ellos en concreto, me levanté y corrí tras sus pasos mientras salían del vestíbulo. Los seguí por Zurita y pronto me vi convertido en su sombra cuando giraron a la derecha por Santa Isabel hacia Atocha.

No distinguía sus voces lejanas, pero como los había visto por primera vez en un hotel, supuse que no eran españoles o, al menos, no de Madrid. Caminaban con la determinación de quienes tienen un destino y solo vacilaron en una confusa intersección, en la que por un momento parecieron desconcertados. La mujer parecía estar al mando y sacó rápidamente una pequeña guía que estudió con atención. Era evidente que tenían una dirección, la promesa de un lugar. Mientras caminaba detrás de ellos a una distancia prudencial, recordé la pantalla del avión que trazaba mi viaje, aquella luz parpadeante que miraba con ansiosa expectación, sin saber muy bien cómo sería realmente el punto final.

La pareja tomó el Paseo del Prado y supuse que se dirigían al museo, pero pasaron la entrada y siguieron caminando hasta la Plaza de la Lealtad, dejando atrás la larga fila de visitantes. Una enorme pancarta ondeante mostraba a un hombre de rodillas, el rostro sobrecogido por el terror, frente a un pelotón de fusilamiento. Era una exposición de Goya. En otro momento habría entrado, pero tras tantos días a la deriva, me gustaba tener un destino.

Poco después de dejar atrás el Prado, la pareja viró a la derecha, hacia el Parque del Retiro, y entró en la rotonda del hotel Ritz. En la entrada había una gran variedad de coches de lujo, la mayoría alemanes, todos negros y con los chóferes apoyados en sus puertas. La pareja se dirigió a la puerta principal y un portero sonriente les dio la bienvenida empujando la puerta giratoria.

El vestíbulo tenía columnas y suelos de mármol rosa muy pulido y estaba coronado por una enorme lámpara de araña que colgaba sobre una mesa redonda con un opulento arreglo de flores frescas. La pareja se sentó en un par de sillas antiguas color beige a juego, fingiendo ser invitados del hotel. Me pregunté si me habían descubierto, si sus acciones eran una forma de decirme: «Sabemos que nos sigues». Caminé por el vestíbulo y estuve a punto de tropezar con la esquina de una alfombra oriental. Al instante sentí la mirada amenazadora de dos guardas de seguridad, con cables negros como arañas saliéndoles de las orejas, me apresuré hacia la salida y desaparecí en medio de la mañana.

CAPÍTULO CATORCE

P oco a poco, casi sin darme cuenta, la gente de mi barrio empezó a reconocerme, incluso algunas personas con las que nunca había intercambiado unas palabras. La primera fue la mujer del puesto de flores una calurosa tarde de domingo. En la plaza desierta, solo se oía el arrullo de las palomas y la música rock árabe que salía de un coche aparcado en doble fila frente al Bar Jamón. Yo cruzaba la calle cargado con la compra cuando ella salió del puesto para verter un cubo de agua en la acera. Me dedicó una gran sonrisa y, cuando se dio cuenta de que yo no sabía si iba dirigida a mí, me saludó con la mano. Miré a mi espalda y, como vi la calle vacía, yo también levanté la mano, alzando las bolsas como si fueran una pesa. Luego fueron el hombre del quiosco de periódicos donde compraba *El País* por las mañanas para mejorar mi español, la señora de luto que barría compulsivamente la entrada de mi edificio y una pareja de ancianos de aspecto frágil que todas las tardes, al ponerse el sol, sacaban unas sillas plegables de playa para sentarse en la acera. La mujer siempre estaba tejiendo, mientras su marido sostenía una radio portátil junto a la oreja, y miraba al cielo como si estuviera en comunicación con el más allá.

El menú de El Lucernario pasó de la encimera de la cocina a la mesilla de noche y al suelo del cuarto de baño, donde quedó sepultado bajo un montón de ropa sucia. El domingo por la noche estudié los platos. En el menú abundaba la carne, muchos embutidos, dos tipos diferentes de chuletón y un cochinillo servido con patatas a tres bandas en una reducción de vino de Jerez. Solo había dos platos de pescado: dorada a la plancha con limón confitado y aceitunas manzanilla, y un róbalo entero a la sal servido con una vinagreta de higos dulces y romero. El pescado era el alimento más delicado y difícil de preparar y en el que la mayoría de los críticos basaban sus reseñas, por lo que me pareció extraño que solo hubiera dos opciones en el menú. Utilizando un diccionario español-inglés que había comprado hacía diez años en un mercadillo, deconstruí los platos. Todos los sabores eran intensos. Los postres, a menos que Matías deseara poner un desfibrilador debajo de cada mesa, debían ser ligeros: fruta, espumas, granizados o sorbetes.

Inspirado en las flores de Patricia, decidí elaborar un helado de caléndula con finas láminas de yuzu confitado para contrarrestar el fuerte sabor de los pétalos. Me pregunté si se podría encontrar yuzu en Madrid. Después de haber desarrollado un gusto por los sabores más simples, como las rosquillas de Gabriela y los churros de la Chocolatería San Ginés, empecé a crear postres sencillos, un cambio significativo con respecto a lo que había hecho en Le Bourrelet. Mientras barajaba distintas opciones, sentía como si Chef estuviera en mi cuarto de estar, criticando cada una de ellas. Desde que había aprendido a hornear, todos los postres los había hecho pensando en él y me resultaba más difícil de lo que había previsto callar su voz para poder ejercer mi nueva libertad.

Me pasé buena parte de la tarde y de la noche pensando en el menú, anotando ideas aproximadas, cantidades y temperaturas, meras tentativas que luego tendría que comprobar. Aunque Matías solo me había pedido ideas, supuse que querría ver posibles postres. Para el final del día, tenía cinco que me entusiasmaban. Tres de ellos eran a base de fruta: *parfait* de gelatina de lichi con semillas de chía, crema cruda y perlas de tapioca; una ciruela roja asada con puré de endrinas al mascarpone; y una tarta de manzana churruscada servida con mantequilla de manzana y sidra caliente especiada. Los otros dos eran leves variaciones de postres que había creado en Le Bourrelet, una galleta de chocolate agridulce con crema de avellanas, sorbete de albaricoque y praliné triturado, y un *coulant* de caramelo de mantequilla con sopa de chocolate, flor de sal y granizado de leche.

Tras muchas horas de trabajo ininterrumpido, ya no podía pensar con claridad y dejé el cuaderno. Si hubiese estado en Nueva York, habría salido a dar un largo paseo en bicicleta por el Hudson hasta el puente George Washington, y luego habría cruzado a Nueva Jersey, hasta Nyack. En verano, me gustaba tomar el puente de Manhattan hasta Brooklyn y pedalear por la orilla hasta los Rockaways. Durante los fríos inviernos neoyorquinos, cuando las calles estaban heladas y eran poco acogedoras, iba al Barnes & Noble de Astor Place, donde pedía chocolate caliente y me sentaba en el suelo a hojear revistas de arte y moda; las imágenes brillantes liberándome poco a poco de mi parálisis momentánea.

Di una vuelta por el piso y me acerqué a la ventana. El patio del colegio estaba vacío. Mirando las canastas de baloncesto con sus brillantes redes blancas balanceándose por el viento, me pregunté qué estaría haciendo Jacobo en ese momento. Aunque me había prometido a mí mismo que no me pondría en contacto con él, estuve a punto de enviarle un mensaje de texto. Me había molestado su acertada descripción de mis pensamientos, pero le estaba agradecido porque nunca habría tenido el valor de compartir con él lo que realmente sentía. Al no haber refutado nada, todo se había vuelto realidad.

Pasarme la tarde trabajando en recetas y reviviendo mis días en Nueva York me dejó blando. Sin dejar de pensar en la conversación con Patricia, me sorprendí a mí mismo repitiendo obsesivamente sus palabras: «Admiro tu valor». No estaba muy seguro de que el joven con el que la había visto en el restaurante fuera su amante, pero mientras me preparaba para acostarme, pensando en el vestido de flores que acentuaba su escote, llegué a la conclusión de que se había arreglado para él.

Durante años me había dormido escuchando NPR. Ahora, en mitad de la noche y tendido en el colchón en plena oscuridad, con *All Things Considered* sonando en mi portátil, un programa que ponía en la radio de Le Bourrelet, me recordaba una vez más que estaba tan lejos de casa que hasta el tiempo discurría en un horario distinto. Convencido de que el sonido del timbre procedía de la moto que conducía en sueños, me desperté al fin con la voz de Melissa Block aún sonando en el cuarto de estar. No podía llevar dormido más de una hora. Ya despierto, me di cuenta de que aquel ruido sordo no se parecía en nada a un motor. Permanecí inmóvil, esperando a que la persona que había tocado el timbre en mitad de la noche se marchara. Tras cuatro largos y electrizantes toques, por fin paró. Caminé en silencio hasta el cuarto de baño y, mientras tiraba de la cadena, alguien llamó a la puerta.

Me quedé inmóvil un rato en el viejo suelo de madera. Me vino a la mente la imagen de Philippe Petit, el malabarista francés, suspendido sobre una cuerda entre las Torres Gemelas. Una de las piernas se me empezó a dormir. Imaginé al intruso allá fuera, escondido en el silencio, atento a las señales que podían alertarle de mi presencia. Alguien abrió un grifo en el piso de arriba. Las tuberías traquetearon. Pude oír el sonido difuso y amortiguado del agua bajando por las paredes. Después, de nuevo, el silencio. Ya empezaba a preguntarme si el intruso había sido fruto de mi imaginación, cuando volvió a sonar el timbre. Me imaginé la cara de Jacobo llena de cortes y moratones y pensé en abrir. El mensajero introdujo un sobre por debajo de la puerta y a continuación bajó atropelladamente las escaleras. Solo cuando la puerta de entrada del edificio se cerró a lo lejos, me acerqué para recoger el sobre.

No tenía destinatario. La solapa estaba bien pegada. Coloqué el sobre en la encimera de la cocina y, tras autoconvencerme de que no lo abriría hasta la mañana siguiente, busqué un cuchillo. En el interior había un taco de fotografías en blanco y negro. La primera imagen era de la mañana en que partimos hacia Cabo de Gata. El Mercedes salía del garaje y, aunque todavía estaba bastante oscuro, se veían claramente nuestros rostros detrás del parabrisas. El fotógrafo, que debía de haber estado al otro lado de la calle, también captó el banco frente al edificio, pero no al indigente que había estado tumbado en él. En otra foto, el coche se adentraba en el paisaje árido y llano de La Mancha. Recordaba haber visto un tractor trabajando los campos pero no el tren de alta velocidad que captó el obturador. La siguiente foto era de mi mano derecha jugando con el viento y una señal de tráfico sobre nuestras cabezas indicando que faltaban 327 kilómetros hasta Almería.

Había muchos momentos inmortalizados, momentos que incluían comprar provisiones, liar porros, caminar por la cala y dormir junto a una hoguera moribunda con nuestros cuerpos fuertemente entrelazados. La mayoría de las fotos, tomadas a la luz del día, eran de Jacobo y yo juntos; en algunas estaba él solo durante su excursión al manantial. El largo objetivo utilizado por el fotógrafo mostraba episodios fugaces e íntimos que nunca debieron inmortalizarse. En una de ellas, Jacobo lloraba impotente a la mañana siguiente de la pelea, con la cara hinchada y cubierta de sangre. El dolor que se reflejaba en su rostro, honesto y descarnado, hizo que me temblaran las piernas. Miré en el interior del sobre y encontré también un informe escrito que detallaba nuestro viaje, desde que salimos de casa hasta que Jacobo devolvió el coche al garaje.

INFORME
Primer día. Martes, 17 de julio de 2007

5:47 Los sujetos salen de Bárbara de Braganza 137, en un Mercedes 450 SEL. Matrícula M-2081-AF.

6:25 Los sujetos toman la E-5 en dirección Jaén.

9:57 Los sujetos paran en una gasolinera Repsol (km 235).

9:59 El sujeto A entra en el minimarket.

10:02 El sujeto B camina hacia la autopista.

10:05 El sujeto B mantiene una breve conversación con el empleado y entra en el vehículo.

10:07 El sujeto B se aleja del vehículo en dirección al baño, llevando un par de pantalones cortos.

10:09 El sujeto A regresa al coche con una bolsa de plástico. Paga al empleado de la gasolinera.

10:12 El sujeto A y el sujeto B entran en el coche y se dirigen al restaurante.

10:31 Ambos sujetos suben al coche y se dirigen a Almería.

13:43 El sujeto A hace una llamada telefónica.

16:42 El sujeto A detiene el coche a un lado de la carretera y sale a dar un paseo.

16:45 El sujeto B se une al sujeto A. Fuman lo que parece ser hachís.

18:02 Los sujetos entran en el coche.

19:03 Los sujetos llegan al pueblo de Las Negras.

19:09 Los sujetos se detienen frente al Hotel La Torrecilla.

19:13 Los sujetos salen del Hotel La Torrecilla.

19:21 Los sujetos se detienen frente al Hotel Buendía.

19:34 Los sujetos abandonan el Hotel Buendía.

19:45 Los sujetos se registran en el Hotel Miramar.

Me acerqué a la ventana y por primera vez bajé las persianas blancas con su plástico amarilleado por el sol. Sentado en el suelo, con la espalda apoyada en la estufa, leí el informe palabra por palabra y busqué las imágenes correspondientes en las fotografías. Observé aquellos retazos visuales del tiempo, que ahora cubrían las baldosas de la cocina, y no pude identificarme con ellos. Las palabras describían con precisión y objetividad nuestro viaje, pero las fotos constituían una forma un tanto engañosa de contar una historia. Captar ciertos momentos e ignorar otros demostraba que la persona detrás de la cámara tenía una idea preconcebida de cómo debía ser esa historia. La narración visual desparramada por el suelo daba cuenta de mi experiencia del viaje de una forma simplista. Las imágenes, lejos de captar la cercanía que sentíamos el uno por el otro, parecían establecer una distancia insalvable y no se parecían a ninguno de mis recuerdos. Me pregunté si los efectos de la pelea y el extraño acercamiento que nos había provocado serían imaginaciones mías.

Deseaba ansiosamente conocer la identidad tanto del fotógrafo como del mensajero, y saber si eran la misma persona. Para cuando pude calmarme y conciliar el sueño, la noche se había esfumado y los bordes de las persianas estaban iluminados por la luz brillante de la mañana.

Bastaron dos mensajes de texto para que Jacobo reconociera que había sido el mensajero de medianoche. Su tardanza en responder y el tono indicaban que, o bien no estaba prestando atención, o bien procuraba hacerse el distante. Después de varios mensajes, acordamos vernos en el Café de Oriente, una cafetería donde había pasado largas tardes después de mis expediciones por el Parque del Oeste.

Salí de casa con tiempo de sobra. Ser consciente de que nos habían seguido durante días provocaba que ahora no pudiera quitarme el miedo de encima. Me detuve varias veces en las esquinas, detrás de columnas y contenedores, con la esperanza de atrapar a la persona que nos había estado espiando. Experimenté el mismo tipo de ansiedad como cuando en mi adolescencia los policías de paisano se identificaban con sus placas en las calles de Nueva York. Mientras cruzaba la ciudad, las imágenes esparcidas por el suelo de la cocina me venían a la mente una y otra vez.

Cuando entré en la Plaza de Oriente, vi a Jacobo sentado en la terraza de la cafetería bajo un sol abrasador, vestido con vaqueros, una camiseta descolorida de Strand con las mangas cortadas y unas gafas de aviador verdes. Me abrí paso entre las palomas que se empeñaban en seguir picoteando restos de comida atrapados entre los adoquines. En medio de la plaza, una pareja me pidió que les hiciera una foto. Enfoqué el objetivo hacia Jacobo y le observé mientras el camarero le servía Beefeater en una copa. Volví a enfocar a la pareja, que llevaba un rato posando, ya sin sonreír, y pulsé el disparador.

Me acerqué al café y recordé que su modesta decoración transmitía una sensación de dignidad, su intención de preservar sus orígenes tradicionales, rechazando modas pasajeras. La madera de las puertas se había agrietado y estaba cubierta de numerosas capas de barniz; las paredes repletas de espejos, con sus cristales oscurecidos por el tiempo, transformaban la luz del sol en luz ahumada y apagada. La masilla entre las baldosas, antes blanca, estaba ahora negra y desgastada tras haber sido barrida innumerables veces.

Cuando me acerqué a la mesa, Jacobo se levantó. Me estrechó la mano como lo habría hecho con un desconocido.

—Estaba a punto de llamarte —dijo.

—Perdona el retraso. ¿Cómo va todo?

Traté de sonar tranquilo. Jacobo hizo un gesto al camarero.

Aunque solo había desayunado un *espresso*, pedí un gin tonic. Parecía distraído.

—Estoy bien —dijo apretando la mandíbula.

El camarero se acercó y me sirvió una copa generosa, dejando una pequeña cubitera de acero inoxidable que al instante empezó a sudar. Tomé las pinzas y añadí dos cubitos más a mi copa.

—Siento haberte metido en esto —dijo, dando un largo trago a su bebida.

Algunos de los arañazos en su cara habían desaparecido y otros se habían vuelto rosa claro.

—Mi padre contrató a un detective privado para que me siguiera. No es la primera vez. Prefiere preguntar a otros lo que no quiere oír de mí.

Bebió otro sorbo que hizo que los cubitos de hielo le salpicaran la nariz, luego se secó la mejilla con el dorso de la mano.

—Lo siento, Jake —le dije—. No puedo ni imaginarme cómo te sientes.

—Estoy bien. Ya sabes que es un personaje público. —Su tono era frío y seco—. Supongo que quiere saber lo que hago antes de que otros se enteren. Mi madre se ha enterado de lo del detective. Está furiosa.

Jacobo encendió un cigarrillo, y el resto de sus palabras adquirió la forma de un humo blanco que se cernió sobre nosotros durante un rato, para luego desvanecerse en el espeso calor. Me pregunté si también estarían siguiendo a su madre.

—Si es tan controlador, ¿cómo te permite estar en Nueva York? ¿También tiene a gente espiándote allí?

Jacobo tardó en responder.

—Puede que sí. No lo sé. Seguramente no le importe tanto porque estoy a miles de kilómetros. Fue idea suya lo de que estudiara en el extranjero. —Su móvil emitió un pitido—. En fin, ¿qué te parece Madrid? ¿Cómo va la búsqueda de trabajo? ¿Cómo va todo en general? Espera, espera. Déjame ir al baño. Vuelvo enseguida.

—¿No quieres entrar?

Sentía mis axilas empapadas. Se marchó sin contestar. Miré el reloj digital de la plaza y di un sorbo a mi copa. El calor iba en aumento. A medida que se acercaba agosto, la ciudad se iba vaciando poco a poco, y casi los únicos que quedaban eran intrépidos turistas que desafiaban el aire asfixiante y seco. En las noticias del mediodía que solía ver en el Bar Jamón, las playas de arena blanca desaparecían lentamente bajo toallas de colores y carne al descubierto. Su aforo parecía ser de interés nacional, y dado que el país estaba ahora en la cima de una crisis económica, el turismo parecía una industria cuidadosamente observada por los medios de comunicación.

—Noventa y tres Fahrenheit —dijo Jacobo, sentándose.

Me di la vuelta y vi un termómetro en lo alto de una valla publicitaria al otro lado de la calle que marcaba treinta y cuatro grados centígrados.

Hizo un gesto al camarero para que nos trajera otra ronda.

—Estoy bien, Jake —le dije, mareado después de dos sorbos.

Se echó el pelo hacia atrás y se puso una gorra de los Yankees desteñida, la frente le brillaba de sudor. Noté que apretaba intensamente la mandíbula.

—Te estás metiendo rayas —dije mirando el reloj, aunque sabía la hora—. Te estás colocando a las doce y media del mediodía y con este calor. ¿Has perdido la cabeza?

Se pellizcó la nariz y guardó silencio.

—Anoche salí. Acabo de salir del Space.

Encendió otro cigarrillo. Le temblaban las manos. Supuse que el Space era un *after*. El camarero le sirvió otra copa. Trajo una nueva cubitera y tiró el hielo derretido en un árbol cercano.

—Se me ha acabado, pero puedo conseguir más si quieres.

—Joder, Jake —dije—. Salir de fiesta no va a arreglar nada. Así que descubres que tu padre te está espiando y decides ponerte del revés.

—Bueno, la próxima vez que vaya a tu piso, ¡abre la puta puerta!

Se rascó una picadura de mosquito en el codo derecho hasta que empezó a sangrar. Le pasé una servilleta de papel. Cuando la apretó contra la piel, su fatiga se hizo más patente. Dijo algo entre grandes bostezos, sonidos ininteligibles como la letra de un disco reproducida al revés.

No comentamos la posibilidad de que viniera a mi casa. Pagué la cuenta, le pasé el brazo por el cuello cuando nos levantamos, y le ayudé a cruzar la plaza dando pequeños pasos. Estaba tan agotado que casi se queda dormido entrando en el taxi. En cuanto cerré la puerta, apoyó el pecho en mis piernas y se derrumbó al instante. Le pasé los dedos por el pelo y acaricié las marcas rosadas color mármol de su cara como si fuera una escultura. Empezaba a aceptar que estar a su lado, aunque fuera profundamente dormido, me hacía más completo. Miré por la ventanilla y sonreí al pensar que hacía poco más de un mes había sido yo el que había estado desmayado en la parte trasera de un coche. No pude evitar preguntarme si él había hecho lo mismo. Si también él había aprovechado ese momento para manifestar lo que realmente sentía. Si me habría acariciado la cabeza durante todo el camino de vuelta a casa.

Las persianas cerradas mantenían fresco el apartamento; una tenue luminiscencia subrayaba los bordes de las ventanas. En cuanto Jacobo entró en el cuarto de estar y vio las fotos extendidas en el suelo de la cocina, se le llenaron los ojos de lágrimas y empezó a desvestirse con cuidado, distraídamente, acomodando la ropa como si fuera un origami. Se le cayeron las monedas del bolsillo y rodaron hasta el solitario dormitorio, en el que mi maleta abierta estaba vacía en medio del suelo. Fue al baño en ropa interior. Tenía la parte baja de la espalda cubierta de picaduras de mosquito que parecían continuar bajo los calzoncillos. Tardó mucho en orinar. Oía su chorro de forma intermitente, como si no pudiera concentrarse. Al entrar en el cuarto de estar, caminó hasta al catre, se sentó brevemente y luego se tumbó.

El cuaderno que estaba sobre la encimera de la cocina parecía ahora poco importante, prescindible. Me quedé quieto en medio de la habitación, esperando a que su respiración se hiciera más profunda. Poco después de hacerse un ovillo, empezó a roncar con un silbido suave y agudo, moviendo las piernas como si soñara que jugaba al fútbol. Murmuraba palabras incomprensibles, la funda de la almohada empezó a humedecerse rápidamente alrededor de su boca. Me resultaba inquietante tener a Jacobo durmiendo en mi cama la víspera de la entrevista. Aunque en su momento me había parecido buena idea, llevarlo a casa me hizo perder la poca concentración que había conseguido reunir. Estaba nervioso por tener que presentar mis ideas a Matías sin haber ensayado los postres, y ahora dudaba aún más de algunas combinaciones de sabores.

Agarré el cuaderno sin hacer ruido, me fui al dormitorio y cerré la puerta. Había planeado pasar la tarde trabajando en los nombres y practicando su pronunciación. Ahora, tumbado en el suelo de una habitación vacía, sabiendo que él dormía en calzoncillos tras una pared que deseaba fuera de cristal, no podía dejar de preguntarme qué habría sido de nosotros si nos hubiéramos conocido en otras circunstancias: en una pista de baile, en el gimnasio o en el MoMA, siguiéndonos por distintas salas hasta que por fin uno de los dos se hubiese animado a acercarse. El hecho de que me hubiera recogido literalmente tras desmayarme en una acera y me hubiera devuelto a la vida parecía haber orientado nuestra relación en una dirección muy concreta. Cuidar de él ahora parecía una forma de equilibrar las cosas.

Al día siguiente, me desperté en medio de una neblina de ansiedad, con el cuello agarrotado por haber dormido en el suelo con una toalla doblada de almohada. A pesar del calor que permeaba las paredes y las ventanas cerradas, Jacobo dormía profundamente. Me duché con agua fría, me vestí sin hacer ruido, le escribí una nota y salí del apartamento con el cuaderno bajo el brazo. Caminé por el barrio, aletargado incluso a mediodía, los edificios somnolientos con sus contraventanas de madera bajadas como párpados. Un cartel colgado en la puerta del Bar Jamón, mi lugar habitual para desayunar, indicaba que estaría cerrado durante todo el mes. Después de vagar varias manzanas, encontré una cafetería abierta, donde me tomé mi primer café mediocre desde que llegué a España. Hojeé un flaco *El País* que alguien se había dejado; estaba claro que agosto, con el Senado y el Congreso en receso estival, era un mes de pocas noticias. El artículo más destacado de la portada era sobre la familia real que había llegado al Palacio de Marivent, en Palma de Mallorca.

Decidí pagar un taxi porque ya estaba cansado y no quería presentarme en El Lucernario empapado en sudor. Cuando llegué, la puerta principal estaba cerrada. Al asomarme por las ventanas, vi el comedor, pulcramente recogido, con las mesas limpias y sillas dadas la vuelta. Caminé hasta el final del callejón, donde un hombre vestido con un mono azul limpiaba los adoquines con una manguera y un camión de reparto entraba en el muelle de carga. Uno de los *sous-chefs* estaba sentado en una caja de leche fumando un cigarrillo.

—Hola —dijo, estrechándome la mano como si nos conociéramos desde hacía mucho tiempo.

—¿Qué tal, tío? —dije, sorprendido de oírme actuar de nuevo como un norteamericano—. ¿Está Matías?

—Sí, en el despacho —dijo señalando una ventana—. Bajando las escaleras, la primera puerta a la izquierda.

El suelo estaba impecable. La luz de la mañana entraba por la puerta trasera, rebotando en las encimeras de acero inoxidable, las campanas de aspiración perfectamente lustradas y los cuencos para mezclar ligeramente rayados. Todo estaba en silencio. Solo se oía el murmullo de los congeladores y, a lo lejos, el sonido rítmico de alguien pelando unas zanahorias. Mientras caminaba por la cocina, descubrí al cocinero de preparación de la mañana etiquetando y almacenando en silencio los productos que acababan de llegar, tachando artículos de una lista. Pareció molestarle que una presencia extraña interrumpiera su rutina matutina.

Antes de bajar, me agaché junto a una caja de madera llena de tomates aún cubiertos con una fina capa del terruño. Aspiré su aroma y rocé la tierra con los dedos. El otro *sous-chef*, cuyo nombre no recordaba, salió de una cámara frigorífica y me saludó amistosamente. Aunque apenas conocía a Chef y había pasado poco tiempo en esa cocina, intuí que El Lucernario era el tipo de restaurante donde se forjaban lazos familiares fácilmente.

Matías estaba escribiendo un correo electrónico en su despacho, de espaldas a la puerta. El techo era bajo y las manchas de humedad parecían nubes de tormenta. Un ventilador portátil de plástico zumbaba y su sonido ensordecedor no parecía corresponder con la débil brisa que salía de él. Sobre un escritorio metálico cubierto de facturas, había una fotografía de Matías y el rey de España. Era casi idéntica a una que había visto en el recibidor de la casa de Jacobo, en la que su padre, también con la cabeza levemente inclinada, estrechaba la mano de Juan Carlos I. La dos composiciones, hasta los trajes, eran exactamente iguales.

Llamé a la puerta abierta.

—Pasa —dijo Matías sin volverse, mientras seguía tecleando furiosamente con los dedos índices.

Me detuve junto a una tabla de corcho empapelada con docenas de reseñas y recortes de revistas. La mayoría de los artículos estaban en español, pero había algunos en inglés y francés. Había un artículo de opinión de Frank Bruni, el crítico gastronómico jefe del *New York Times,* que no esperaba ver allí. Su fotografía, junto a las de otros críticos gastronómicos, estaba pegada en la pared de la cocina de Le Bourrelet para que los camareros menos experimentados recordaran sus caras. En silencio, esperando a que Matías dejara de aporrear el teclado, me pregunté si los críticos gastronómicos de *El País* tendrían tanto poder como los del *Times.*

—¿Cómo estás?

—Bien, Chef. Gracias por tu tiempo.

El sonido de un correo electrónico entrante le hizo volver la cabeza hacia la pantalla. Aproveché para abrir el bloc de notas y echar un vistazo al nombre del primer postre.

—Lo siento. Está siendo un verano de locos —dijo apagando el ordenador—. Estamos completos hasta octubre. Es una locura.

—Guau.

A pesar de no sentirme intimidado por él, me quedé sin palabras. Le seguí escaleras arriba, repitiéndome a mí mismo que debía ser más amable. Mientras cruzábamos la cocina, que ya estaba entrando en modo preparación, Matías dio los buenos días a todo el mundo, llamándolos por su primer nombre. Me limité a sonreír. Al igual que Chef, también Matías era muy personal, tenía una fuerte presencia y confianza en sí mismo.

Cuando nos sentamos en el comedor vacío, le expliqué los postres mientras se tomaba un *espresso* doble. Parecía distante e impasible.

—Están bien —dijo finalmente—. No me convencen los churros y el helado de caléndula. Son demasiado fáciles.

—Okay.

Intenté disimular mi derrota y esperé que se refiriera a que eran demasiado simples, no a que fueran demasiado fáciles. Me pregunté qué opinaría de las variaciones de la tarta de chocolate fundido que estaban en la mayoría de los menús de Nueva York y que habían demostrado ser el postre más exitoso en muchos años.

—¿Quieres pensar en un par de opciones más? —preguntó—. Me gusta la dirección general, pero preferiría ver cosas más complejas, más parecidas a lo que hacías en Le Bourrelet.

—Claro.

—Mientras tanto, envíame la lista de los ingredientes que necesitas. Me aseguraré de que Aitor te los encargue. —Me dio su tarjeta de visita—. ¿Te parece que nos veamos el próximo miércoles? Estamos cerrados, pero tengo mucho papeleo que hacer.

—El miércoles me parece estupendo.

Le acompañé hasta la salida y admiré la soledad del comedor vacío en las horas previas, el silencio resonante amplificado por la falta de voces y risas embriagadas. Mientras cruzábamos de nuevo la cocina, recordé los breves descansos en Le Bourrelet en los que escuchaba fragmentos de conversaciones amortiguadas a través del sistema de ventilación, unos fragmentos que durante un tiempo apunté en un pequeño cuaderno azul de espiral.

Chef me acompañó al muelle de carga y, aunque parecía que le había gustado de verdad lo que había presentado, estaba claro que el puesto aún no era mío. Si quería tener una verdadera oportunidad de conseguir el trabajo, necesitaba encontrar un sitio para ensayar los postres.

—Buen trabajo, Demetrio —dijo dándome un golpecito en el hombro.

Aún no me había acostumbrado del todo a oír mi nombre pronunciado en castellano, el sonido áspero y severo de la última sílaba, un eco extraño que conectaba con un viejo y tenue recuerdo.

—Gracias, Chef. Te agradezco la oportunidad —dije, y salí a la sofocante mañana de agosto.

CAPÍTULO QUINCE

Madrid estaba desierto. Las anchas avenidas, congestionadas hacía solo una semana, parecían ahora pistas de aeropuerto vacías. Igual que me gustaba caminar abrigado cruzando la ventisca de Nueva York, con la ciudad paralizada por la nieve y bajo temperaturas gélidas, me encantaba pasear por Madrid con unos ligeros pantalones cortos de correr y una camiseta sin mangas, atravesando el calor como si estuviera dentro de un horno de convección, todas las partes de mi cuerpo asándose por igual.

Subiendo por Serrano, una calle de edificios regios, me detuve frente a una tienda elegante con el escaparate blindado, mientras un guardia de seguridad abría una puerta de cristal y una mujer alta con gafas de sol de carey salía a la calle. El aplomo y la ligereza con la que movía sus caderas me recordaron a Patricia. Antes de que pudiera percatarse de mi presencia o sentir la brisa ardiente que acababa de levantarse, desapareció en la parte trasera de un Audi gris que se precipitó calle abajo, desapareciendo rápidamente bajo fugaces luces verdes y ámbar.

Jacobo estaba deseando enseñarme el Reina Sofía, un antiguo hospital convertido en museo de arte moderno y sede del *Guernica*, el cuadro favorito de Chus. Como él, el lienzo había huido de España durante el franquismo y Picasso había ordenado que no volviera hasta que el dictador estuviera a dos metros bajo tierra. Refugiado temporalmente en el MoMA, el *Guernica* acabó expuesto allí durante más de cuarenta años.

En la esquina de Serrano con Diego de León, me encontré frente a la embajada de Estados Unidos, un edificio de hormigón rodeado por una alta valla negra coronada de cámaras de vídeo. Crucé la calle para pasar junto a la fila de aspirantes a americanos que esperaban en la puerta, con las manos repletas de documentos para demostrar su legitimidad. Todos eran de piel clara, jóvenes y bien vestidos. Inmigrantes de clase alta. Se notaba que estaban nerviosos, sus cuerpos estaban sobrecogidos por una anticipación sofocante. Junto a la entrada había dos agentes con caras desagradables y metralletas en la mano. A medida que la gente se acercaba al primer puesto, les indicaban que dejaran sus teléfonos móviles a la entrada, comprobaran que todos los formularios estuvieran firmados y tuvieran sus pasaportes listos para la inspección.

Escuché a los agentes hablar en un tono alto y condescendiente, claramente disfrutando de su posición de poder. Me acerqué a ellos y los miré, insolente, el único civil que no estaba en la fila. En cuanto se fijaron en mí, me pidieron que me pusiera en la fila o que siguiera andando. Al ver que no me movía, el oficial más joven empezó a hablar por la radio, alertando a los demás de una posible situación, una situación en la que lo único que ocurría era mi falta de voluntad de obedecer sus órdenes gringas.

Cuando escuché a través de los *walkie-talkies* el inminente envío de una unidad, les eché una última mirada de desprecio y proseguí calle abajo hacia la Castellana. La mayoría de las personas que esperaban en la cola me miraron con aprobación por desafiar a la autoridad y, muy probablemente, por exteriorizar lo que ellos estaban pensando, los agentes hablándoles ahora de forma más respetuosa.

Tomé el metro hasta Atocha, y al salir del subsuelo por las escaleras mecánicas, la frente me transpiró de inmediato. Siguiendo la sombra mientras cruzaba la plaza, me dirigí a la entrada del museo, maravillado por las dos impresionantes torres de ascensores de cristal y acero adosadas a la antigua fachada del edificio.

Jacobo estaba sentado en las escaleras. Llevaba puesta mi camiseta descolorida de NPR a la que había cortado las mangas, y los mismos pantalones vaqueros cortos y ajustados que hacían imposible no mirarle la entrepierna.

—Te la presto cuando quieras —le dije, besándole la mejilla.

—Oh, perdona. Quería ponerme algo limpio después de ducharme el otro día.

—Es broma. No pasa nada.

—He de decir que no esperaba que tuvieras una prenda tan de marica intelectual.

La agudeza de Jacobo siempre me tomaba desprevenido. Aparte, solía terminar sus chistes sacando la lengua, un gesto infantil que le hacía parecer mucho más joven y me aceleraba el corazón.

—Es marica porque la llevas tú. Si no, la verdad es que sería bastante masculina.

Esa vez fui yo quien sacó la lengua.

Soltó una carcajada.

—¿También agarraste mi ropa interior?

—No —respondió y, por su tono, me di cuenta de que estaba encantado de que hubiera llevado la conversación en esa dirección—. Pero he de decir que tus *jockstraps* no están nada mal.

De pronto me quedé mudo.

—Dios, te estás poniendo rojo.

—Para ya —dije, riéndome nervioso.

—No puedo. Es adorable.

Aprovechando que Jacobo caminaba delante de mí hacia la ventanilla, me sequé las axilas con las palmas de las manos y me froté el sudor en los pantalones cortos. Enseñó su carnet de estudiante y pagó las dos entradas. La mía tenía la palabra «Adulto» impresa en mayúsculas. Guardó su carnet morado de NYU en la cartera, recordándome que el semestre de otoño empezaba en un par de semanas.

—Antes de ir a ver el *Guernica*, quiero subir en el ascensor —dije en cuanto le enseñamos las entradas al guardia de seguridad.

—A veces eres un crío.

—¿Yo?

—Sí, es entrañable.

Después de subir y bajar un par de veces en el ascensor de cristal, tuve una leve sensación de vértigo.

—La idea de fijar los ascensores a la fachada es muy ingeniosa. ¿Quién lo diseñó?

Jacobo hizo una pausa y rechinó los dientes, tratando de recordar.

—Jean Nouvel, creo que fue el arquitecto encargado de la ampliación.

Llegamos al último piso, la plaza muy por debajo de nosotros.

—Da un poco de miedo, ¿no? —dijo.

—Qué va. Eres un bebé.

Recorrimos el claustro de la primera planta en busca del *Guernica* y me pregunté cómo habría sido antes aquel espacio, cuando era el Hospital de San Carlos, con sus quirófanos y sus médicos recorriendo los pasillos. En el patio interior había ahora un enorme móvil de Calder con aspas metálicas amarillas y rojas que se balanceaban ligeramente con la brisa. Imaginé a los pacientes sentados al sol, los más valientes agarrados a sus andadores, recorriendo los jardines mientras recuperaban la salud.

La incorporación de cristal al museo no pretendía formar parte de la antigua estructura; más bien al contrario, resaltaba lo antiguo frente a lo nuevo. Jacobo me explicó que el edificio original había sido un encargo del rey Felipe II durante el Siglo de Oro español, que en un momento dado había sido rey de España, Portugal, Nápoles y Sicilia y que, al estar casado con la reina María I, también había sido rey de Inglaterra. Sospechaba que Jacobo sabía tanto de la realeza por Patricia.

El *Guernica* tenía su propia sala. Jacobo se dirigió a la parte delantera mientras yo me quedé cerca de la entrada. A pesar de su escala y las poderosas imágenes de rostros deformados por el dolor y pidiendo auxilio en contraste con un fondo oscuro y sombrío, yo estaba más interesado en mirar a Jacobo. Traté de imaginar cómo me sentiría si le hubiese visto allí por primera vez. Alto, huesudo como un pájaro con ese pelo largo y desordenado que peinaba hacia un lado cuando le caía sobre los ojos verdes, los brazos largos y delgados, cruzados frente al pecho cuando se despistaba. Y en cómo vestía, con aquellas ropas raídas y agujereadas, tratando siempre de disimular su belleza, de no llamar la atención. Incluso cuando no llevaba el reloj, el BlackBerry asomando por el bolsillo trasero y las alpargatas a punto de desintegrarse que a veces se le resbalaban al andar delataban que era un niño rico.

Me acerqué a él y me puse a su lado.

—Impresiona, ¿eh? —dijo sin levantar los ojos del lienzo.

—Mucho. ¿Puedo hacer una foto con tu móvil? Quiero enviársela a Chus.

Sin esperar respuesta, metí la mano en su bolsillo trasero y la dejé allí un par de segundos.

—Hola, ¿qué tal por ahí? —dijo girando levemente la cabeza y abriendo mucho los ojos.

—Hola —dije, sacándole la lengua y agarrando su teléfono.

Había pasado casi una semana desde que conocí a Matías. Resultaba imposible calibrar mis posibilidades de conseguir el trabajo, pero estaba entusiasmado con las dos opciones más elaboradas que había creado, leves variaciones de una tarta de chocolate y un pudin de caramelo de mantequilla que habían sido siempre favoritos en Le Bourrelet. Envié un correo electrónico a Chef dándole las gracias por haber hablado bien de mí y le describí mi visita al restaurante. Me contestó casi en el acto, instándome a practicar los platos porque las consistencias y texturas de los ingredientes serían distintas. Me lo imaginé en el despacho de Le Bourrelet, tecleando en su viejo ordenador de sobremesa que solo utilizaba para enviar correos electrónicos, el teclado cubierto de grasa.

Mi primera reacción tras enterarme de que el padre de Jacobo nos había espiado fue no volver jamás a su casa, pero el único lugar donde podía ensayar los postres era su cocina, donde tenían horno de convección, estufa industrial y máquina de hacer helados, el tipo de electrodomésticos profesionales que necesitaba. Le conté a Jacobo lo extraño que me resultaba volver, la posibilidad de conocer por fin a su padre, y me alegró enterarme de que sus padres seguían en Mallorca.

Investigué las tiendas de suministros de repostería. Todas parecían estar cerradas en agosto, pero cuando ya estaba a punto de darme por vencido, apareció una pequeña tiendita cerca de Ventas. La tienda y la mujer que la regentaba eran pequeñas, viejas y mugrientas. Cuando abrí la puerta, tenía la cabeza apoyada en los antebrazos. El sonido de las campanillas la hizo revivir. Parecía que llevara años durmiendo. Recorrí los pasillos rebosantes de utensilios metálicos de repostería cubiertos de polvo y encontré una amasadora, un juego de espátulas de silicona, todo tipo de mangas pasteleras e incluso un Thermapen, el termómetro más preciso del mercado. A pesar de haber visto bandejas de horno y aros ajustables para tartas en la cocina de Jacobo la mañana que hice la salsa de chocolate, agarré unos moldes de *croquembouche* y pirámide para el *coulant* de chocolate. En cuanto mis ojos se adaptaron a la falta de luz, me volví loco zambulléndome en cestas repletas de moldes de diferentes formas y tamaños. Los precios eran baratos, tan baratos que con el dinero que llevaba en el bolsillo para devolverle a Jacobo podría haber comprado el equipo suficiente para abrir mi propia pastelería.

El día era abrasador y el calor parecía provenir directamente desde el centro de la Tierra, a través del asfalto, hasta las plantas de mis pies. Cuando llegó el autobús, me subí y me senté en la última fila. El aire acondicionado estaba a tope, lo que me pareció un poco extravagante para solo tres pasajeros. Agradecido, cerré los ojos y sentí los cambios de marcha, las vibraciones empujándome hacia un sueño ligero.

Me desperté cuando salíamos de la M-30, el equivalente a la carretera de circunvalación FDR de Manhattan, en dirección al centro de la ciudad. El autobús inició un largo descenso por la Avenida de América mientras el paisaje urbano comenzaba a cambiar. Ya no había puentes cubiertos de pintadas ni túneles llenos de chatarra, ahora solo veía calles de postal, enormes fuentes de agua y cuidadas zonas verdes adornadas con flores de colores. El autobús se detuvo en la Castellana y descendí al vapor de la tarde hirviendo. Ahora que Lavapiés era mi casa, las antiguas fachadas de piedra caliza del Barrio de Salamanca me parecían aún más magníficas. Paseando por el barrio, incluso después de haber vivido allí durante semanas, me fijé por primera vez en las escaleras cubiertas de alfombras rojas y estrechas y en los porteros vigilantes sentados con cutres ventiladores de plástico.

Nada más entrar en el apartamento, busqué la foto del padre de Jacobo estrechando la mano del rey y la comparé con la de Matías. Ocupaba un lugar destacado en la pared, a la altura de los ojos, era difícil no verla. La estudié detenidamente. La imagen parecía haber sido captada exactamente al mismo tiempo, como si el fotógrafo oficial de la familia real tuviera la facultad sobrenatural de sacar fotos idénticas. Tanto Matías como el padre de Jacobo se inclinaban ante el monarca mientras este esbozaba la misma sonrisa de molde: distante y distinguida, pero amable y cálida.

Al fondo del pasillo, escuché la voz de Jacobo terminando lo que parecía el final de un chiste. Al principio pensé que hablaba por teléfono, pero luego alguien se echó a reír. Cuando me acerqué a la cocina para dejar las bolsas, un hombre mayor con el pelo repeinado hacia atrás, vestido con una americana azul marino y unos chinos naranjas, abrió la puerta del cuarto de estar. Una oleada de hachís inundó el pasillo.

—Hola, soy Juan Osorio —dijo con aire de grandeza, el recurso de usar su apellido había sido un intento fallido de disimular su pinta sórdida.

—Demetrio. —Dejé caer una de las bolsas al suelo para estrecharle la mano.

Hizo una leve reverencia. ¿Se estaba burlando de mí?

—¡Hola, D! —gritó Jacobo desde el cuarto de estar.

—Encantado de conocerte. Supongo que eres el repostero del que Jacobo habla maravillas.

Me miró fijamente desnudándome con la mirada.

—Supongo que sí.

—Me encantan los dulces, pero por desgracia, tengo que irme —dijo, mirándome más de la cuenta. Luego se dirigió a la entrada.

Entré en la cocina sintiéndome sucio. Cuando me puse a inspeccionar los cajones y armarios, tratando de memorizar dónde estaba cada cosa para poder devolverla a su sitio, en lo único que era capaz de pensar era en la posibilidad de que Jacobo se estuviera acostando con Juan Osorio. En momentos así me preguntaba si alguna vez podría llegar a confiar en él.

Abrí las bolsas lentamente, acaricié con la mano la encimera de mármol, aquella superficie lisa ideal para trabajar con harina y chocolate. Encendí el horno de convección y me reconfortó el sonido del gas al convertirse en llamas. Aunque no necesitaba afilar los cuchillos, los deslicé de un lado a otro de la piedra gris, flish-flash, flish-flash, un ritual que me ayudaba a despejar la mente.

Cuanto más pensaba en ello, menos me parecía que a Jacobo le pudiera gustar alguien tan pijo. Saqué mi cuaderno y recité la lista de postres. Estaba orgulloso de los nombres que se me habían ocurrido, de la sonoridad española que reflejaba su delicadeza. Una de las primeras cosas que me había enseñado Chef era que el atractivo de un postre comienza en el mismo instante en que el cliente lo lee en la carta. Él llevaba aquella política al extremo y durante semanas se obsesionaba con los nuevos nombres de los platos, cambiándolos a menudo mucho después de que los menús se hubieran enviado a la imprenta.

Vertí nata y azúcar en un cuenco de acero inoxidable y puse la batidora a velocidad alta. Me quedé ensimismado viendo cómo los granos de azúcar desaparecían lentamente en la nata mientras me preguntaba si sería apropiado ir al jardín a recoger unos pétalos de caléndula sin preguntar antes. Decidí esperar a Jacobo y me dirigí hacia la luz del atardecer que entraba por la ventana. Aquella vista, que me había parecido tan emocionante y esperanzadora cuando me desperté el día de mi llegada, no se parecía en nada a lo que recordaba. Las puertas metálicas de la farmacia y el supermercado, cerradas al atardecer, daban a la calle un aspecto sombrío. Abajo, Juan Osorio le quitaba el candado a una Vespa junto a una verja. Tras varios pisotones al pedal, el motor se puso en marcha y un traqueteo resonó en la calle.

Jacobo entró en la cocina con una camiseta de baloncesto de NYU enorme y unos pantalones cortos con la cremallera bajada.

Llevaba una caja de acuarelas y pinceles de distintos tamaños, y un gran bloc de dibujo bajo el brazo.

Nos besamos en las mejillas y se acercó al fregadero para llenar un vaso de agua.

—¿Qué haces? —preguntó después de tomar asiento en una mesa redonda junto a la ventana, con la luz cobriza iluminando un boceto de formas amorfas. Flish-flash, flish-flash. Jacobo miró mis bíceps flexionándose e hizo una mueca, frunciendo los labios. Puse los ojos en blanco y sonreí.

—Voy a hacer un bizcocho de chocolate agridulce con crema de avellanas y un helado de caléndula con finas láminas de yuzu confitado. Había pensado en usar algunos pétalos de las flores de tu madre.

—Eso sería increíble —dijo, y se acercó a los fogones, mojando el dedo en el chocolate que estaba derritiéndose al baño maría en un cuenco de cristal.

—Cuidado, te vas quemar.

La posibilidad de que acabara de acostarse con Juan Osorio me perseguía por la cocina como un perro pisándome los talones. A pesar de la atracción que sentía por él, seguía pensando que, si tenía que elegir, prefería convertirme en su amigo incondicional antes que en otra persona con la que follar. Eso lo podía encontrar fácilmente, si no en Madrid, al menos en el anonimato de las calles neoyorquinas o entre los pliegues inabarcables de internet.

Recordaba los dibujos sangrientos de su cuaderno, sus contornos afilados y la carne desgarrada. Ahora, observando la delicadeza de esos colores pastel y el cuidado con que acariciaba el papel con el pincel, me preguntaba cómo una misma persona podía crear imágenes tan brutalmente distintas, cómo chocaban aquellos mundos opuestos en su interior.

Jacobo se quitó el reloj, que no llevaba desde que llegamos a Madrid.

—¿Puedo probármelo?

—Sí, claro. Pesa demasiado.

Lo colocó sobre la mesa y luego se frotó la muñeca.

—¿Te gusta?

—¿Que si me gusta? —Sonreí—. Es el reloj de mis sueños.

—¿En serio? No pareces alguien a quien le gusten los relojes.

—Porque no me gustan. Solo algunos Rolex. Me encantaba ir a Tourneau a probármelos.

—Ah, qué gracioso. Ahí es donde lo llevo a que lo limpien.

Me lo puse, y mirándolo extendí el brazo.

—Te queda mejor a ti —dijo—. Tienes las muñecas más grandes.

—¿Tú crees?

Sonó el temporizador. Cubrí una bandeja de horno con papel de hornear. Saqué la masa y le di forma de círculos con cuidado, para que mantuvieran la forma al calentarse. Eché un vistazo a los pasteles de chocolate que subían poco a poco en el horno mientras escuchaba la máquina de hacer helados enfriarse y mezclar. Me acerqué a la ventana. La luz del sol había desaparecido y la calle se había llenado de gente. Comparado con lo animado de Lavapiés, el barrio tenía poca energía. Vi a una anciana elegantemente vestida y con un collar de perlas empujando lentamente un andador por la acera y me hizo pensar en la pareja de ancianos que se sentaba en sillas de plástico frente a mi edificio.

Miré cómo cambiaba sutilmente de color el vaso a medida que los distintos pigmentos flotaban en el agua.

—Entonces, ¿cuándo es la prueba? —dijo sin levantar la vista.

—Dentro de dos días. —Bajé la velocidad de la batidora para mezclar la vainilla.

—¿Crees que lo conseguirás?

—Quién sabe —dije, limpiando la encimera.

Mientras le miraba, absorto en la acuarela, consideré la posibilidad de contarle que había visto a su madre en El Lucernario.

—¿Qué te parece?

Vi lo que parecían dos hombres hechos de formas geométricas, entrelazados el uno con el otro. Los perfiles y las superposiciones de color producían un hermoso tono dorado. Al cabo de un rato me di cuenta de que estaban luchando o practicando sexo. Me vinieron a la mente recuerdos de nuestra pelea: la sangre de su labio roto goteando sobre mi cara, mi puño golpeando su mejilla, su erección presionando contra mi culo mientras me sentaba encima de él inmovilizando sus muñecas sobre la roca. Pensé que aquel momento de descarnada y dolorosa intimidad era lo más cerca que habíamos estado de hacer el amor, el momento en que habíamos revelado nuestro yo más vulnerable.

—¿Has pensado en estudiar Bellas Artes?

—Sí, lo he pensado. Pero mi padre nunca me apoyaría —dijo volviendo a dejar la acuarela sobre la mesa—. No fue fácil convencerle de que me dejara ir a Gallatin. Para él solo existen Económicas o Derecho.

Trabajamos hasta que la cocina se quedó a oscuras y la única luz provenía del horno. Saqué los pasteles, los dejé reposar y metí el helado en el congelador. Jacobo preparó unos gin tonics utilizando trozos gruesos de pepino para atenuar el sabor del alcohol, y luego salió al jardín. Cuando fui y me senté a su lado, el repelente de insectos me irritó la nariz.

—Seguramente fuiste un mosquito en una vida anterior —dijo, mojándose los dedos y apagando la brasa.

—Ah, gracias. Me lo tomaré como un cumplido.

Jacobo sonrió y encendió una vela. La noche era tranquila. No había luces en los apartamentos de enfrente. Imaginé que la mayoría de los vecinos estaban en sus casas de vacaciones, viviendo vidas provisionales que deseaban permanentes, durmiendo en camas que se plegaban en sofás donde descansaban incluso mejor que en la comodidad de sus casas reales, alejados del estrés de la rutina diaria. Deseé volver a Cabo de Gata, tumbarme en la playa bajo las estrellas y escuchar el oleaje rompiendo en la orilla.

Fui a la cocina y traje las galletas de chocolate.

—Mira qué preciosidades —dijo, y luego alzó la copa—. Por que te den el trabajo.

—Por que me den *un* trabajo —dije.

Jacobo partió un trozo de galleta y, antes de que sus papilas gustativas pudieran procesar el sabor, dijo:

—Qué fuerte. Está riquísima.

Le di un bocado. La consistencia era correcta, pero había quemado ligeramente el chocolate. Pensé en añadirle sal del Himalaya para realzar el sabor y cambiarle el nombre a «Galletas de chocolate agridulce con sal del Himalaya».

—¿Qué te parece? —preguntó poniendo un trozo de hachís sobre la mesa.

—No está mal, pero tengo que usar un chocolate con mayor porcentaje de manteca de cacao. Lo hará un poco menos amargo. Y quizá le añada un poco de sal del Himalaya.

—Bueno, yo voy a hacerme un porro con hachís de las montañas del Rif, tabaco de Marlboro rojo norteamericano y papel de liar de St. Marks Place.

Le di una colleja.

—Probemos el helado de caléndula antes de fumar.

El helado había alcanzado la textura suave y cremosa adecuada, pero el color, en vez del amarillo intenso que esperaba, era blanquecino y poco apetecible. Lo serví en dos cuencos oscuros para que contrastara y resultara más atractivo.

—No puedo creer que hayas hecho helado con pétalos. Mi madre lo va a flipar.

—En el congelador hay para tres raciones más. Dile que le voy a poner su nombre a este postre.

—Esto es una locura. ¡Puedo saborear los pétalos! Eres el mejor pastelero que he conocido —dijo sacando la lengua cubierta de helado—. Y el primero.

—Para ya.

—¿Qué? No estoy haciendo nada.

—Eres un provocador.

—¿Yo? —se rio—. Estás de broma, Mr. Yo no pienso en esos términos.

Se levantó y se dirigió a la cocina para rellenar nuestras copas.

La ciudad estaba tan silenciosa que parecíamos las dos últimas personas sobre el planeta. Por primera vez, me pregunté si me había equivocado, si debería haber perseguido al único chico con el que había tenido una conexión real e inexplicable. Si había perdido mi oportunidad.

Cuando regresó, Jacobo se lio otro porro y se acurrucó en el sofá, apoyando su cabeza en mi regazo. Esa vez no necesité que estuviera inconsciente para pasarle los dedos por el pelo. Las estrellas, normalmente atenuadas por la leve capa de contaminación, brillaban extraordinariamente, y el cielo rebosaba luz.

Estaba en un lugar lejano, absorto en mis pensamientos, la mayoría de ellos relacionados con Chus y mi época en Le Bourrelet, cuando oí un «hola» en la distancia. Al abrir los ojos, miré a mi alrededor y me pregunté si no había empezado a soñar. Jacobo respiraba profundamente, con la vela aún encendida. Un gran mosquito que parecía hecho de hilo negro se había quedado atrapado en la cera y trataba de escapar. Al oír cerrarse una puerta y a un niño corriendo por el pasillo, Jacobo se despertó con la cara fruncida como el papel.

—Mis padres.

Antes de que yo pudiera darles sentido a sus palabras, se metió la bolsa con el hachís y el papel de liar en el bolsillo trasero, y escondió el cenicero de colillas detrás de una planta.

—¡El americano está aquí! ¡El americano está aquí! —gritó Estrella emocionada, entrando en tromba en la terraza.

Jacobo actuó como si no pasara nada. La alzó en el aire, haciéndola gritar de alegría al instante.

—El helicóptero, por favor —dijo ella, y luego gritó—: ¡El helicóptero! ¡El helicóptero!

—Es muy tarde, Estrella. Mañana lo hacemos.

Aun así se apartaron de la mesa, entonces Estrella se arrodilló, y él la agarró por los tobillos. Haciéndola girar a su alrededor como las aspas de una batidora, su larga cabellera acarició la hierba. Volvió a dejarla en el suelo. Ella sonrió con toda la cara, roja por haber estado boca abajo.

Patricia y su marido entraron en el jardín, ambos vestidos con ropa ligera de lino color camel que acentuaba sus bronceados. Se me pasaron de golpe todos los efectos del gin tonic y el hachís. Me levanté con las piernas temblorosas y traté de parecer tranquilo.

—Buenas noches —dije, abriendo un poco más los ojos para parecer más alerta.

Patricia abrazó primero a Jacobo y luego a mí.

—Me alegro mucho de verte.

—Lo mismo digo —le dije.

—Hola. —El padre se acercó a Jacobo y le dio un breve beso en la frente, una acción que no se correspondía con la idea que yo tenía de él.

—Tu madre no se encuentra bien —dijo como si Patricia no estuviera allí.

—¿Qué le pasa? —preguntó Jacobo acercándose a ella, y derribando una silla.

—Soy Alfonso —dijo su padre, ofreciéndome la mano.

—Hola, señor. Soy Demetrio.

Al estrecharle la mano, me di cuenta de que el reloj de Jacobo seguía en mi muñeca.

—Tomás está en camino —dijo Alfonso—. Tu madre está mareada desde el miércoles. Al principio pensamos que era por la nueva quilla del barco, pero ayer tuvo un fuerte dolor de cabeza que no se le ha ido. Por supuesto, se negó a ir al hospital en Mallorca. No la culpo. Los isleños son lo peor —dijo en un tono que expresaba a la vez exasperación y profunda ternura.

—Tu padre es un exagerado —dijo Patricia.

—Un momento. Es Tomás. Debe de estar abajo.

Alfonso entró en la casa con el teléfono en la mano.

—¿Eso son gin tonics? —preguntó Patricia, señalando mi vaso—. Me encantaría tomar uno. —Acercó una silla y se sentó a mi lado—. Esperaré a Tomás aquí, hace una noche preciosa.

—Te preparo uno —dijo Jacobo recogiendo los vasos vacíos, con cara de consternación.

—¡Quiero hacerlos yo! —gritó Estrella tirándole de la camisa y siguiéndole hasta la cocina.

Nos quedamos solos.

—¿Qué te parece El Lucernario? —preguntó dándose unas palmaditas en el muslo como si se sacudiera algo del vestido.

Sabía que Jacobo podría habérselo dicho, pero algo en su tono de su voz parecía reconocer que me había visto en el restaurante.

—En realidad aún no he empezado. Fui solo a una entrevista.

Miró hacia Castellana. Oí el sonido lejano de unos monopatines rodando por la calle y un perro que empezaba a ladrar.

—¿Cómo va todo? —preguntó.

Me miré las manos y luego a Patricia. Deseé que mi vaso vacío estuviera aún sobre la mesa para poder aferrarme a algo.

—¿Te sientes más a gusto? —insistió reclinándose en la silla, el cuerpo relajado pero los ojos fijos en los míos.

El silencio se hizo más fuerte, así que empecé a hablar, consciente de mis palabras solo cuando ya las había dicho, incapaz de traerlas de vuelta.

—No sé. Es confuso —dije—. Pensé que mudarme aquí me haría sentir de otra manera, que tendría una especie de revelación, que todo finalmente cobraría sentido. Estaba harto de estar atrapado en el mismo trabajo y quería tener la libertad de poder explorar otras cosas. Pero no lo he hecho. Y ahora me siento tan desamparado como en Estados Unidos, pero sin mi tío. Me siento fatal por haberle abandonado.

Su mirada me pedía más.

—Tiene una enfermedad crónica, y aunque le pareció bien que me fuera, no debí hacerlo. Nunca volverá a España. Y yo no podré visitarle, al menos en los próximos diez años.

Recé para que no preguntara por su enfermedad, aterrado de meter en su casa las tres letras de una infección que todavía cargaba un estigma injustificado. Me preguntaba si conocería la sexualidad de Jacobo y, en caso afirmativo, hasta qué punto se sentiría cómoda con ella.

Patricia se inclinó hacia mí. Aquel simple movimiento, la expresión física de cariño, me hizo apartar la mirada.

—No conozco a tu tío, pero estoy segura de que comprende tu necesidad de salir del país. Querer vivir sin miedo a ser expulsado es razón suficiente. Además, tu vida empezó aquí. Eres de aquí.

Habló con solemnidad. No estaba seguro de si sus palabras buscaban consolarme o si realmente creía que haber nacido aquí me convertía en español. Me sentía tan extranjero como el día de mi llegada, aunque ahora me movía por las calles con familiaridad y me relacionaba con los lugareños con más fluidez. Había aceptado que nunca tendría un hogar, porque mi hogar, si alguna vez lo tuve, nunca podría encontrarlo.

—¿Están vivos tus padres? —preguntó, mirando a la ciudad como si la pregunta flotara en la noche.

Por un momento me vinieron a la mente las imágenes de un motín en Carabanchel que había visto en internet. Los pasillos estaban envueltos en llamas. Un espeso humo gris se colaba por las ventanas y flotaba sobre la prisión como una corona. Me pregunté si se habría visto el incendio desde donde estábamos sentados e imaginé camiones de bomberos en el exterior de la prisión con sus mangueras apuntando a las ventanas de El Palomar.

—Mi madre murió cuando tenía dieciséis años. A mi padre no lo conocí.

Miré fijamente a Patricia hasta que giró la cabeza. Mirándome a los ojos con una intensidad penetrante, puso la mano en mi muslo. Me invadió una calma instantánea.

—¿Estás mejor del dolor de cabeza?

—No, pero al menos estoy en casa. Y el suelo no se mueve —dijo frotándose las sienes—. Odio los barcos.

Jacobo llegó con los gin tonics y dos bolas de helado.

—Demetrio ha hecho esto con tus caléndulas —dijo pasándole el cuenco.

El corazón se me aceleró.

—Increíble —dijo Patricia.

Tomó una cucharada y, con la boca cerrada, emitió un sonido de placer.

—Sabe de maravilla —dijo.

—¿Te ha dicho que está ensayando postres para una entrevista de trabajo?— preguntó Jacobo.

—No.

—A este lo voy a incluir en el menú: «Helado de maravillas de Patricia» —dije, cambiando el nombre que había escrito en mi libreta.

Se acomodó un mechón detrás de la oreja.

—¿Le vas a poner mi nombre?

—Por supuesto.

—Eres un encanto.

—¿Has oído hablar de El Lucernario, en Jorge Juan? Al parecer es espectacular —dijo Jacobo.

Escuché a Alfonso hablando por teléfono en el cuarto de estar, con voz cada vez más alta y frases que se convertían en extensos monólogos. Estaba claro que estaba acostumbrado a dar órdenes.

—No, nunca —respondió esquiva, mirando el mar de luces de la ciudad, perdiéndose en ellas.

CAPÍTULO DIECISÉIS

Poco después de empezar en El Lucernario, con su cocina relativamente joven y atrapada en una gran tormenta de estrellas Michelin, mi vida comenzó a parecerse rápidamente a la que había dejado en Nueva York. Había dado por sentado que la libertad de pasar de un trabajo a otro renovaría mi pasión por una profesión que me había proporcionado grandes satisfacciones durante muchos años. Pero me sentía tan agobiado e infeliz como los dos últimos meses en Le Bourrelet y no dejaba de repetirme que no tenía motivos para sentirme ni agobiado, ni infeliz.

El ritmo de la cocina era menos ajetreado que el de Le Bourrelet, aunque resultaba difícil saberlo con seguridad porque los españoles se tomaban sus vacaciones muy en serio y la ciudad en agosto estaba desierta. Mientras me ponía la ropa de calle, Emilio, el *sous-chef*, amigable pero difícil de leer, insistió en que los acompañara a tomar una copa para celebrar mi incorporación al restaurante. Yo solo quería volver a casa, porque al día siguiente Jacobo y yo íbamos a hacer un pícnic junto al lago del Palacio de Cristal, pero acepté y me comporté como si nada me hiciera más feliz en el mundo.

Cuando me dirigí a la puerta trasera, alcancé a ver a Emilio y a unos repartidores de comida metiéndose unas rayas en la parte de atrás de una sartén de hierro. Los esperé fuera, en el muelle de carga, asombrado de lo parecidas que eran las culturas culinarias de dos restaurantes separados por miles de kilómetros.

—¿Por qué dejaste Nueva York? No me cabe en la cabeza —dijo Emilio cuando empezamos a caminar por la calle—. Es una ciudad espectacular.

Al escuchar la pregunta, pensé por un instante si Chef había compartido con Matías el motivo de mi partida, pero no me imaginaba que hiciera algo así.

—No lo sé. Estaba un poco quemado. Es una ciudad demasiado intensa. Necesitaba un descanso.

Apenas había terminado mi reflexión cuando Emilio se puso a hablar con otra persona, claramente desinteresado en lo que estaba contando. Miré a mi alrededor, reconfortado de que nadie se hubiera dado cuenta de cómo me había ignorado. Uno de los friegaplatos, al que había visto fregar una olla con tanta furia que bromeé que la iba a agujerear con el cepillo, se acercó a mí.

—Hola, Chef. Soy Amir —dijo, golpeándose suavemente el corazón con el puño dos veces, y luego extendió la mano. No tendría más de dieciséis años.

—Encantado de conocerte, Amir.

—Bienvenido al restaurante. He oído que eres de Nueva York.

—En realidad soy de aquí, pero sí, he vivido en Manhattan la mayor parte de mi vida. ¿Cuánto tiempo llevas en el restaurante?

—No mucho. Es mi primer trabajo en Madrid.

—Qué bueno. ¿De dónde eres?

—Ouarzazate. A cuatro horas de Marrakech.

—Qué maravilla. ¿Te gusta Madrid?

—Sí, me gusta. Es una gran ciudad. La gente es agradable, pero echo de menos mi pueblo, es muy bonito. —Se le iluminaron los ojos—. Está cerca del Atlas. ¿Conoces el Atlas? Es muy, muy famoso. Allí se rodó *Gladiator*. ¿La has visto, con Russell Crowe?

—Sí —respondí, riendo, celoso del anhelo en su voz. Me pregunté si alguna vez volvería a sentir apego por un lugar.

—Deberías ir algún día. Mi familia te acogerá. Son granjeros. Tenemos una buena casa.

—Es muy amable de tu parte. Gracias.

Para entonces habíamos llegado al bar. No tenía nada de especial.

—¿Qué te pido?

Sonrió.

—No bebo.

—No bebes alcohol. Pero bebes otras cosas, ¿no?

Por alguna razón esto le hizo reír.

—Sí. Fanta naranja.

❧

Nos pasamos la noche sumergidos en cerveza y whisky y entrando y saliendo de espesas nubes blancas de hachís. Como la gente seguía preguntándome por qué había dejado un restaurante como Le Bourrelet y una ciudad como Nueva York, dije que las razones eran volver a conectar con mi cultura y descubrir la cocina española. Solo esperaba que, a fuerza de repetirlo muchas veces, se convirtiera en algo, si no cierto, al menos lo bastante creíble. Cuando se presentó la oportunidad, me escapé sin despedirme y pasé las horas previas al amanecer recorriendo las calles de Lavapiés.

Al cruzar Tirso de Molina, me fijé en un muchacho acurrucado en un banco que se parecía a Amir. Se había esfumado poco después de beberse su Fanta con pajita, los dos hoyuelos de su cara haciéndole parecer aún más joven de lo que era. Me negaba a creer que los días de turnos largos, en los que había que estar de vuelta en el restaurante a las cinco horas, Amir no viajara a la ciudad dormitorio en la que Emilio había comentado que compartía piso con otros inmigrantes. Deambulé por el vecindario luchando contra ese pensamiento, y entonces escuché el sonido familiar del camión de la basura anunciando que en unas horas sonaría mi despertador.

No conseguía conciliar el sueño. La imagen del chico tumbado en el banco se emborronaba una y otra vez y, en un momento dado, el rostro se convirtió inequívocamente en el de Amir. La posibilidad de que estuviera durmiendo en la calle me dejó insomne y finalmente me sacó de la cama. Me vestí y bajé corriendo las escaleras de mi edificio. Algunas personas de mi barrio ya se dirigían al trabajo. Cuando llegué a la plaza, había amanecido. El banco estaba vacío y la zona bastante desolada, salvo por dos policías que no paraban de hablar apoyados en el capó del coche patrulla, los chirriantes pitidos de sus radios perforando la quietud de la mañana.

⁂

Mientras recorría los puestos del Mercado de la Paz, deseé haberme despertado antes para preparar algo especial para nuestro pícnic, pero me había despertado tarde, y solo pude disimular mi descuido comprando unas carísimas tapas *gourmet* y dos buenas botellas de vino. El Palacio de Cristal estaba en el interior del Retiro. Tenía malos recuerdos del parque; me recordaba a nuestra primera pelea tras pensar por error que me había quedado sin acceso al edificio. Me pregunté si tal vez no era coincidencia la idea de Jacobo de que nos encontráramos allí, si era una forma de decirme que habíamos completado el círculo. En cuanto a mí, tenía la sensación de que ambas peleas nos habían acercado, que las palabras afiladas y los puños ensangrentados habían abierto algo, un súbito nivel de intimidad que de otro modo nunca habríamos alcanzado.

Seguí las indicaciones de Jacobo por el parque. El sol estaba en lo alto del cielo y el balanceo de las copas de los árboles hacía brillar la luz. Rodeado por un pequeño lago y un césped verde, la estructura de cristal y hierro parecía tan ligera que costaba creer que llevara allí desde el mil ochocientos. Jacobo estaba recostado sobre una manta, sin camiseta, con la cabeza apoyada en las palmas de las manos y la mirada perdida en el cielo. Me detuve a un par de metros para admirar su torso esbelto y suave y sus músculos delgados y tonificados. Una de las razones por las que me resultaba tan atractivo era porque siempre trataba de disimular su belleza. Todos los chicos tan guapos como él a los que había conocido le sacaban partido a su aspecto, lo que siempre me pareció repelente.

Vi que dos chicos también se estaban fijando en él, lo que súbitamente me hizo sentirme territorial. Me acerqué a la manta y me tumbé encima.

—¡Hola! —exclamó, sorprendido al ver mi cuerpo presionando el suyo.

—¿Llevas mucho tiempo esperando? —pregunté, rodando hacia un lado y sentándome, dándoles la espalda.

—He llegado temprano. Estoy intentando librarme de este aspecto de Morticia Addams antes de volver a la universidad. Espera, pareces más grande.

—¿Más grande?

—Quiero decir, más musculado.

—¿Tú crees? No sé —dije, encantado de que se hubiera dado cuenta de que estaba yendo al gimnasio, aunque solo fuera durante una semana—. He vuelto a hacer pesas. Este es mi aspecto habitual.

—Qué envidia. Ojalá yo pudiera aumentar mi masa muscular, pero no puedo.

A pesar de haber refrescado los dos últimos días, volvía a hacer un calor sofocante. Quería quitarme la camiseta, pero me preocupaba que pensara que trataba de excitarle. En vez de eso, saqué las tapas.

—Estás perfecto tal y como estás. Los músculos son para los que no somos guapos.

—Oh, para ya.

—Lo digo en serio.

Había encontrado dos botellas del verdejo del que me había hablado el *sommelier* la noche anterior, y que pensé que combinaría bien con las costillas de ternera que había comprado en el mercado. Serví dos copas y le pasé una.

—Por tu nuevo trabajo —dijo.

—Y por habernos encontrado.

—Sí. Por el destino —añadió.

Nos bebimos la primera botella rápidamente y a mitad de la segunda me quité la camiseta y me bajé levemente los pantalones para que se viera el elástico del *jockstrap*. Jacobo se cubrió del sol con la palma de la mano.

—*Oh là là* —dijo en tono burlón, abanicándose la cara con ambas manos.

Le saqué la lengua.

—No me importaría que te quedaras —logré decir cuando apoyó su cabeza en mi pecho.

—Sí, a mí tampoco me importaría, pero no puedo.

La brisa hacía crujir las copas de los árboles.

—¿Por qué no? —Empecé a acariciarle el pelo.

—No lo sé. Simplemente no puedo.

—Dame una razón al menos.

Apreté mis dedos en su cuello, dándole un suave masaje.

—Para empezar, perdería mi beca, probablemente de inmediato.

—¿Tu qué? ¿Tienes una beca? ¿Cómo?

De pronto surgió en mí una ira incontrolable. ¿Por qué alguien con su fortuna podía ir gratis a la universidad cuando otros tenían que alistarse en el puto ejército? Me incorporé y reubiqué su cabeza en mi regazo, convencido de que podía sentir cómo se me había acelerado el corazón.

—No es por una cuestión de necesidad. Es una beca académica, basada en mérito.

—Ah, bueno. Eso tiene más sentido —dije, controlándome, sabiendo que no tenía ningún sentido. Lo que más me molestaba no era descubrir una forma más en la que los ricos protegían su riqueza, sino que el uso de la palabra «mérito» les hiciera creer que realmente se lo merecían.

❧ ❧ ❧

Chus y yo llevábamos días tratando de hablar por teléfono. Cuando por fin conectamos, yo estaba comprando un *tupper* en un chino en el que todo costaba un euro.

—Oh, Deme. No me puedo creer lo de tu e-mail. Suena terrible.

—Lo sé, fue horrible. Pero lo creas o no, ya va todo mejor.

—¿En serio? ¿Qué pasó después de que volvieras?

—No hablamos durante unos días. Luego descubrimos que su padre había contratado a un investigador privado para que nos siguiera. ¿Puedes creértelo?

—Claro que puedo. Es un comportamiento muy fascista.

—Aun así, nos volvimos a ver y me di cuenta de lo mucho que me gusta estar con él. Pero es complicado. Escucha esto. Ayer, por ejemplo, pasamos la tarde en el Retiro literalmente uno encima del otro. Realmente pensé que iba a ser el momento en que por fin nos íbamos a enrollar. Sentía que por fin había superado mis complejos, pero entonces me dijo que está en NYU con una beca por mérito. ¿Te lo puedes creer?

—Sí, por supuesto.

—¿Que le estén pagando todo?

—Deme.

—¿Deme qué? No puedo creer lo de esta gente.

—¿Por qué no?

—¿Cómo que por qué no? ¡Porque los ricos no deberían ir gratis a ninguna parte!

—Pero, Deme, así es como funciona el mundo. No es culpa del muchacho.

—Solo sé que si yo fuera rico, me pagaría mi propia educación.

—Para empezar tú no quisiste una educación.

—¡Chus! Eso es otra historia, no se trata de eso.

—Bueno, no está haciendo nada malo. Las becas por mérito son solo eso: becas basadas en mérito. Si hubieras ido a la universidad con una de ellas, cosa que podrías haber hecho porque eres muy inteligente, pensarías de una forma muy distinta.

—Para que lo sepas, te aseguro que no lo haría. Hay que ver lo irritante que eres a veces. Sea como sea, no lo puedo explicar. Me gusta mucho, pero siento que no somos compatibles, es como si fuéramos de dos planetas distintos. Todo es demasiado complicado.

—Escúchame. Te conozco bien y lo noto. Hay algo especial entre vosotros. Sabes que es algo especial cuando te hace sentir como te sientes ahora. No huyas de eso.

—No sé si soy capaz. Pero gracias por escucharme.

—De nada. Te quiero.

—Yo también te quiero.

El día de la partida de Jacobo, tras insistir en que quería despedirme de él, me recogió de camino al aeropuerto. Sentado en la parte de atrás del coche, le pidió al chófer que pusiera la radio y luego la subiera hasta que el volumen de las voces fue tan alto que resultó imposible oírnos entre nosotros e incluso escuchar mis propios pensamientos. Me pregunté si lo hacía para que el conductor no informara de nada a su padre. Los periodistas españoles mantenían una acalorada discusión; no entendía por qué estaban siempre gritando. Echaba de menos las voces tranquilizadoras de NPR.

La Terminal 4 surgió en la distancia como una aparición, con sus relucientes vigas rojas como alas de pájaro. Jacobo se coló por los asientos delanteros y apagó él mismo la radio, como si ahora quisiera concentrarse en la imagen que se veía por la ventanilla. En el profundo silencio que se apoderó del coche, oí ecos de mi conversación con Chus.

Jacobo se movía por el aeropuerto con soltura. Las pocas veces que nuestros ojos se cruzaron, desvió la mirada. Los rítmicos y tranquilizadores anuncios de la megafonía acentuaban la inevitabilidad de su partida. Seguí sus pasos y, cuando volvió la cabeza para asegurarse de que iba detrás, me pregunté si habría preferido estar solo.

La zona de facturación era un caos, las colas largas y desordenadas. La gente estaba de pie entre enormes maletas, algunas envueltas en plástico como si fueran sándwiches. Hablaban en voz alta, su excitación era palpable. Jacobo ignoró a la multitud y se acercó a un mostrador. Al pisar una mullida alfombra roja, me di cuenta de que volaba en primera clase.

—No había más asientos en turista —dijo, como si pudiera adivinar mis pensamientos.

—No hace falta que te disculpes. No hay nada malo en ir en primera clase.

—*Business.*

—¿Qué?

—Vuelo en *business,* no en primera. Y no me estoy disculpando. Lo digo, nada más.

Sonrió ampliamente para suavizar sus palabras. Desde el momento en que nos subimos al coche, intuí que estaba intentando distanciarse de mí, primero poniendo la bolsa de lona en el asiento entre nosotros y luego invitando a otras voces para que no pudiéramos tener la conversación que quizá sospechaba que yo quería tener.

La mujer del mostrador estaba claramente ligando y él le seguía la corriente. Yo detestaba su masculinidad fabricada, aquella manera de hablar y esos gestos españoles que ocultaban su yo americano.

—Gracias —dijo comprobando su tarjeta de embarque y metiéndose el pasaporte en el bolsillo trasero.

Caminamos por la terminal, redirigiendo nuestros pasos en función de las trayectorias de los demás. Yo evitaba mirar el reloj, pero cada rato echaba un vistazo a la hora que aparecía en los paneles de vuelos, un recordatorio constante de que el final estaba cerca. En un momento dado, molesto por nuestra distancia, me rezagué a propósito y me perdí entre la multitud para ver cuánto tardaba en darse cuenta de mi ausencia. No le perdí de vista, y cuando al fin se volvió hacia el mar de viajeros, disfruté viendo su cara de preocupación, su mirada momentáneamente presa del pánico.

En un quiosco, hojeamos revistas y periódicos en silencio. No podía concentrarme en nada de lo que veía. Jacobo compró un ejemplar de *El País* y una edición global abreviada del *New York Times*. Yo hojeé las páginas de *Saveur* y el último número del *New Yorker*, aunque jamás lo leía. Insistió en pagar los dos.

Una hora antes de su salida, nos dirigimos al control de seguridad. En la garita, nos echamos a un lado. Jacobo no levantaba la vista del suelo. Cambió su bolsa de hombro a hombro y luego se la puso entre los pies.

—Okay —dijo.

Ahora que nuestra separación era inminente, bajo una gigantesca cúpula de cristal por la que entraba la luz de finales de verano, supe que había llegado el momento. Me costó encontrar las palabras adecuadas. Enrollé la revista en un tubo y empecé a golpearme la pierna.

—Me estás poniendo de los nervios, Deme.

—Perdona. Hace tiempo que quiero decirte algo.

Me echó una mirada distante, como si ya hubiera despegado.

—Sabes que me gustas mucho, ¿verdad?

—Sí, más o menos —respondió, debajo de esas palabras, diciendo—: No es suficiente.

—Sé que todo esto va a sonar un poco raro.

—Arranca. Ya seré yo quien lo decida —dijo sonriendo por primera vez en el día.

—Sé que es extraño lo que voy a decir porque tú te vas y yo me quedo, pero no me importaría que fuéramos pareja.

Le ordené a mis lágrimas que no se movieran, pero las lágrimas no obedecen órdenes.

—Joder, qué oportuno.

Empezó a reír y a llorar al mismo tiempo. Los dos riendo y llorando; mis lágrimas, al menos, eran sobre todo de miedo y tristeza. Le agarré por la nuca y le atraje hacia mí. Cuando empezamos a besarnos, pude saborear sus labios salados. Le apreté la nuca. Se metió la mano en el bolsillo.

—Estamos montando una escena —le dije.

—*Tú* estás montando una escena.

Sonreímos y nos secamos la cara el uno al otro.

—Entonces, ¿qué dices?

Sabía que no tenía derecho a insistir.

—Ser pareja es lo que sucede después de salir un tiempo, ¿no? Yo me voy hasta Navidad, Deme. Son cuatro meses.

Sabía que era demasiado pedir.

—Lo sé, lo sé. Es mucho tiempo.

—Lo es. Esto es lo que vamos a hacer. Vayamos paso a paso. ¿Qué tal si vuelvo para el puente de Columbus Day, y ahí vemos?

—Me parece bien.

Jacobo me tendió la mano. Le di una palmada en la nuca y volví a besarle. Nos abrazamos. Nos abrazamos durante mucho tiempo.

—Que tengas un buen vuelo —dije separándome de él.

—Gracias. Tú también —respondió frotándose los ojos—. Perdona, quería decir buena suerte en el restaurante.

Por un momento, fantaseé con que los dos íbamos a volver. Nos veía subiendo al avión, las azafatas dándonos la bienvenida con sonrisas que luego se borrarían a medida que el cansancio se apoderaba de ellas. Sentado en la ventanilla, vería las maletas subir por la cinta, adentrándose en la tripa del avión. Imaginaba ocho horas suspendido en la nada, aunque esta vez sabría lo que me esperaba al otro lado. Podría visualizar la aproximación final a la ciudad de Nueva York, sus edificios al borde del agua como juncos en un pantano.

—¿Estás bien? —preguntó Jacobo.

—Sí. Prométeme que te tomarás con más calma lo de salir.

Jacobo me sacó el dedo. Lo agarré rápidamente y lo mordí con fuerza. Gritó tan fuerte que la gente se dio la vuelta. Durante nuestro último abrazo, no paramos de reír. Me gustaba sentir su torso huesudo temblando contra el mío.

—Me tengo que ir o perderé el vuelo.

—No me importaría.

No respondió. Agarró su gastada bolsa del suelo, me echó un vistazo rápido y negó con la cabeza.

—No me lo puedo creer, Deme —dijo con los ojos llorosos de nuevo—. Nos vemos en octubre.

Cuando estaba a punto de entregar su pasaporte al guardia de seguridad, se dio la vuelta.

—Guárdalo hasta que vuelva —dijo, quitándose el reloj.

—Estás loco. No puedo.

—Vamos, es solo un reloj. Y además a ti te queda mejor.

Me agarró del brazo y me lo puso en la muñeca. Abrumado, miré la esfera y dije:

—Seis semanas, a partir de ahora.

Sonreí disculpándome y esperé a que pasara por Seguridad. Tras cruzar el detector de metales, lo apartaron y lo cachearon. Mientras el agente le palpaba la cintura con el dorso de la mano, Jacobo volvió la cabeza hacia mí y me sacó la lengua. Me reí tanto que se me saltaron las lágrimas de nuevo. Mientras avanzaba por la fila para recoger su bolsa, vi que tenía un tomate en uno de sus calcetines. Negándose a desatar los cordones de las zapatillas, luchó por ponérselas. Me dije que si se daba la vuelta, significaría que estaba interesado en mí, que las cosas funcionarían, pero entró en la escalera mecánica con la mirada baja y empezó a desaparecer lentamente, primero las piernas, luego el torso y, por último, la cabeza con las gafas de sol sujetándole el pelo. Sentí vibrar mi teléfono y abrí un mensaje con un *smiley*. Abrumado por la tristeza, respondí con otro estúpido *smiley*. Esperé en el mismo sitio hasta que el guardia de seguridad me miró con lástima, luego deambulé por la terminal hasta encontrarme de nuevo en el quiosco donde compré un ejemplar de *El País*.

Decidí darme un capricho y tomé un taxi para volver a mi apartamento. El tráfico que entraba en la ciudad me recordaba al de la autopista West Side tras un fin de semana largo. Observé cómo el taxímetro subía con clics regulares, las cifras se acercaban rápidamente a la cantidad de dinero que llevaba en el bolsillo. Cuando al fin entramos en la Castellana, y después de ver cómo los semáforos cambiaban de rojo a verde y de nuevo a rojo, le pedí al taxista que parara. Me maldijo por apearme antes de haber llegado al destino, y al bajar hacia el metro mientras miraba mi teléfono, resbalé en las escaleras. Aún en el suelo y con un dolor punzante en la nuca, miré el reloj para comprobar que no le había pasado nada.

CAPÍTULO DIECISIETE

Seis semanas no son mucho tiempo, a menos que uno las cuente en minutos. Mi nueva rutina se parecía extrañamente a mis dos últimas semanas en Nueva York. Las largas y agotadoras jornadas me dejaban con poca energía para hacer otra cosa que no fuera volver a casa en mitad de la noche y ponerme una copa para conciliar el sueño. Ahora que Jacobo no estaba, Chus y yo empezamos un ritual semanal de largas conversaciones telefónicas casi siempre sobre Jacobo y sobre si mi soledad era patológica, si formaba parte de mi forma de experimentar el mundo. De otra forma —sostenía yo— no se explicaba cómo había planteado la posibilidad de una relación justo en el momento en que Jacobo se marchaba del país.

Ahora que sabía lo que era estar en el mundo, me deprimía que mis días transcurrieran en una cocina sin ventanas. Después de haber pasado la mayor parte de mi vida en una ciudad en la que los edificios eran tan altos que no dejaban ver la luz del sol, haber recorrido aquellos vastos espacios abiertos y carreteras interminables y desiertas que desaparecían en el horizonte me hacía añorar estar al aire libre. Ese despertar, comprendía ahora, solo podía haberse producido aquí, en un país del que no podían echarme.

Una noche, crucé el comedor vacío, preparado para el día siguiente, y salí del restaurante por la entrada principal, como de costumbre. Triana estaba sentada en el banco de piedra al otro lado del callejón. Llevaba una falda corta plisada con rayas azules y rojas que recordaba a un uniforme escolar. Por aburrimiento, habíamos empezado a enviarnos mensajes de texto hacía un par de semanas, pero parecíamos más interesados en concertar citas y cancelarlas en el último minuto que en vernos de verdad. La mayoría de las veces, aquellos planes se urdían a altas horas de la noche, cuando ella salía con sus amigas y el alcohol le soltaba los dedos.

Aunque era una calle peatonal, Triana miró a ambos lados como para asegurarse de que no venían coches. Yo acababa de terminar un turno de doce horas y llevaba la misma camisa desde hacía un par de días. Me apestaban los sobacos. Tras la marcha de Jacobo, mi vida social se había reducido a unos pocos intercambios con gente del barrio y a conversaciones entrecortadas con Amir, que dormía de vez en cuando en mi sofá para evitar el largo viaje de vuelta a casa.

—Qué sorpresa —dije tratando de sonar más emocionado de lo que estaba.

Me besó en ambas mejillas y se planchó los pliegues de la falda con las manos.

—Estaba por el barrio.

—Genial. Me alegro de que hayas venido.

Empezamos a caminar sin rumbo fijo, dejándonos llevar, ninguno de los dos tomando la iniciativa. Era sábado por la noche, y había mucha gente entrando y saliendo de los bares, chicos de fiesta y familias numerosas sentadas en mesas al aire libre apurando los últimos restos del día. En comparación con Nueva York, una ciudad que últimamente se había obsesionado con la riqueza, donde los ancianos eran invisibles o expulsados, yo disfrutaba viéndolos como parte de la vida cotidiana, leyendo el periódico y tomando un café, paseando por los parques con sus nietos o jugando a la petanca. Sus vidas no estaban en peligro por su falta de productividad. No tenían que preocuparse de que les enviaran a residencias de ancianos perdidas en los Rockaways con nombres alentadores para atenuar la culpa de quienes los confinaban.

Mientras me perdía en esos pensamientos, nos encontramos cerca de mi apartamento y acabamos en The Wall, un antro que ponía música de los años sesenta. Pedí un tequila con soda para mí y una cerveza para Triana. Me sorprendió la cantidad de gente que conocía del barrio, personas que me reconocían alzando levemente las cejas cuando nos cruzábamos por la calle y que siempre parecían dispuestas a entablar conversación.

En un momento dado, cuando el bar se llenó y la gente se apiñó a nuestro alrededor, Triana empezó a mover las caderas al ritmo de la música. Se puso a bailar con un chico alto cuyo pelo negro y rizado me recordaba a Alexis. Por un momento, tuve la impresión de que estaba ligando con él. Tras observarlos un rato, sin saber qué hacer, Triana me llamó con la mano y me presentó como un amigo de Jacobo. Traté de seguir la conversación, pero tenía un acento muy fuerte y se le trababa la lengua. Oír el nombre de Jacobo por primera vez desde que se había marchado hizo que volviera a ser real.

Haber crecido entre latinos caribeños me había vuelto hiperconsciente de la rigidez de mi cuerpo y mi falta de ritmo. Aun así, empecé a bailar para tener algo en lo que concentrarme. En un momento dado, su amigo me preguntó si íbamos a El Amanecer. Al principio pensé que me preguntaba algo relacionado con el nuevo día, lo que, dado su estado de embriaguez, me pareció adecuado, pero entonces sacó la cartera y me dio dos pases VIP para un *after* cerca de la Puerta del Sol.

Cuatro tequilas más tarde, después de que me presentaran a la mayoría de la gente del bar, toda la pista de baile parecía un gran grupo de amigos. Me llamó la atención la forma robótica en que bailan los españoles, pero al final de la noche ya saltaba a su lado haciendo movimientos inconexos y estrafalarios. Hacia las tres de la madrugada, el bar empezó a vaciarse y, poco después, encendieron las luces y nos echaron educadamente.

No recuerdo el momento exacto en que Triana y yo decidimos volver a mi apartamento. Al subir las escaleras y recordar que las fotos del viaje estaban pegadas en las paredes, sentí el impulso de darme la vuelta, pero mantuve la calma y decidí aparentar que estaba más borracho, dejando caer las llaves al suelo, ganando tiempo para encontrar una explicación.

—Lo siento. La cerradura a veces se traba.

Después de tantear un rato, Triana me puso la mano en el hombro.

—Déjame probar a mí.

Antes de que llegara al pomo, abrí la puerta. Nada más entrar me di cuenta de que haber ido al apartamento no había sido una buena decisión. Triana se acercó y se quedó mirando las fotos. Llené el silencio con bromas tontas que no consiguieron hacerla reír. Se paseaba por la habitación y su silencio acentuaba el crujido del suelo de madera. Por el enorme *zoom* que había utilizado el fotógrafo, era evidente que habían tomado las fotos sin nuestro consentimiento. Pensé en decirle la verdad, pero me sentí con la obligación de proteger a la familia de Jacobo. Me acerqué al lavabo y abrí el grifo. Ver correr el agua me tranquilizó. Agarré una botella de Vichy Catalán, un agua con gas salada que sabía a mar; saqué un par de vasos usados de debajo de un plato sucio y los llené.

—¿No te parecen interesantes? —pregunté acercándome a ella.

Ella miraba una foto en la que aparecíamos Jacobo y yo meando, jugando a las espadas. La acción quedaba oculta, ya que estábamos de espaldas a la cámara, y daba la impresión de que solo contemplábamos el horizonte.

Cuando Triana habló al fin, parecía sobria.

—¿Quién las hizo?

Sentí que me palpitaba una vena del cuello. Me oí decir:

—Era un proyecto para una clase de arte que Jacobo estaba haciendo este verano.

Lo dije con calma, con un tono neutro, como si le dijera algo obvio, algo así como: «Tengo que volver al restaurante dentro de tres horas» o «Llevo dos semanas sin hacer la colada».

—¿Tenía clases en verano?

Sonó como una acusación.

—No sé. Eso fue lo que me dijo.

Le pasé el vaso de agua. Nos sentamos a ambos extremos del sofá, sin estar preparados para ocuparlo por completo. Decidí mantener la mentira y esperar su siguiente pregunta. La quietud era amenazadora. Durante la noche solían escucharse sonidos de agua corriendo por las paredes o de palomas arrullándose en el alféizar de la ventana cubierto de excrementos blancos, pero en ese momento el silencio era absoluto. Podía escuchar cómo el aire entraba y salía de mi nariz. No nos movimos durante un buen rato. Finalmente, sacó un porro del bolso y me pidió un mechero.

El espeso humo blanco expulsó la mentira de la habitación. Tras pasarnos el porro, apoyé la mano en su pierna. Los pliegues de su falda parecían placas tectónicas, y deslizar la palma de la mano de un lado a otro me recordó las colinas de Cabo de Gata. Di largas caladas e inundé mis pulmones de humo penetrante hasta que ya no pude respirar. Triana me besó la mano y se la llevó al pecho. Se recostó y cerró los ojos. Me subí encima de ella y empecé a frotarme contra su cuerpo. Me desabrochó los vaqueros. El sabor a hierbas de su boca, el penetrante olor a humo anidado en sus rizos y sus largas y sonoras exhalaciones hicieron que se me saliera la polla por la abertura de los bóxers. Hacía meses que no tenía sexo.

Apagué la luz pero dejé las persianas abiertas. Nos besamos como si nos arrastrara la misma corriente. Triana mantenía los ojos cerrados. Me bajé los pantalones, la puse a cuatro patas y la penetré con la ayuda de un poco de saliva. Nos movimos en silencio, salvo por algunas respiraciones agudas y aullidos metálicos aislados procedentes de los muelles hundidos del sofá. Nos mecíamos como un barco que se acerca a la orilla. Sentí un estremecimiento al recordar a Jacobo, descamisado, un ojo hinchado, la cara cubierta de sangre seca.

⚜

Días más tarde, Matías nos anunció que la condesa de Montalvo estaba en la mesa cinco. Supe que se refería a Patricia porque una semana antes, mientras esperaba a que me cortaran el pelo y hojeando una revista de interiorismo, había leído un reportaje sobre su casa de Mallorca. La cocina bullía de actividad. La nueva chef *garde manger,* una chica francesa con el pelo rapado que se había incorporado recientemente, empezó a preparar una degustación de entremeses que incluía una versión de los huevos rellenos con pimientos de padrón, uno de los platos emblemáticos de El Lucernario. El *cuisinier de poisson* se puso a inspeccionar nervioso la bajera en busca de la pieza más sustanciosa de lubina que hubiera llegado de Galicia esa mañana.

Solo los chefs ejecutivos acuden al comedor de vez en cuando, una práctica que se ha vuelto más habitual con la creciente popularidad de los programas de cocina de la televisión y los documentales gastronómicos. Los chefs de cocina y repostería rara vez hacen acto de presencia, a no ser que haya familiares o colegas en el comedor. Chef se sorprendió cuando le pedí permiso para sacar la bandeja de postres para Patricia y más aún cuando me referí a ella como una amiga.

Fui a la taquilla, me puse desodorante y un uniforme limpio. Mi intención era escabullirme discretamente para que nadie en la cocina se diera cuenta, pero sabía que en cuanto estuviera en el comedor, los encargados de la comida no tardarían en informar de que estaba sentado con la condesa.

Había preparado una bandeja con mi selección favorita, y cuando vi que Chef entraba en su despacho con una camarera, me tomé la libertad de incluir una nueva incorporación que tenía intención de estrenar: galletas de chocolate y salvia con cáscaras de naranja. Cruzar la frontera que separa el lugar donde se prepara la comida del lugar donde se disfruta siempre me ponía nervioso. Probablemente sea así para la mayoría de los profesionales de un sector en el que a uno le enseñan a creer que su único propósito en la vida es hacer o servir comida para que otros la degusten.

Cuando entré en el comedor, algunos clientes me miraron de reojo. Patricia estaba sentada en la misma mesa donde la había visto la primera vez, sola. Aunque aún estaba un poco bronceada, tenía la cara amarillenta y la cabeza cubierta con un pañuelo de seda. Hojeaba una revista y, por la forma en que pasaba las páginas, era evidente que estaba distraída. La mayor parte de la lubina seguía en el plato, aunque la colocación de los cubiertos indicaba que había terminado. Cuando me acerqué a la mesa, su móvil empezó a vibrar y a encenderse. Me detuve a un par de metros y, como estaba claro que no iba a contestar, le dije:

—¿Algún problema con el pescado?

—Ah, hola. No, no. Está buenísimo. Parece que he perdido el apetito —dijo como si se hubiera quedado sin aire, apartando ligeramente el plato—. ¿Puedes sentarte un momento? ¿Estás ocupado?

—Gracias. No, estoy bien. Ya casi hemos terminado el turno.

Un camarero vino a recoger su plato. Me di cuenta por su cara que anticipaba la reacción de Chef ante la comida que apenas había tocado. Coloqué los postres frente a ella y me senté. Se la veía con poca energía, los labios hinchados y resecos. Tenía una mirada ausente que reconocí. Durante muchos años tras la muerte de Ben, Chus tuvo esa misma mirada, una mirada sumida en la tristeza.

—Qué buena pinta tienen —dijo, haciendo un esfuerzo por mostrarse animada.

—Este de aquí es un *parfait* de gelatina de lichi con semillas de chía, nata cruda y perlas de tapioca —dije, girando lentamente la bandeja—. Este, un churro servido con mantequilla de manzana y una taza de sidra de manzana caliente especiada, y ese, una versión mejorada del bizcocho de chocolate agridulce que probaste en verano.

—¿Y estas? —preguntó agarrando una de las galletas.

—Oh, son una nueva incorporación que estoy planeando para el otoño.

—Están deliciosas —dijo mordiendo una—. ¿Salvia y chocolate?

—Sí. Salvia, chocolate agridulce y cáscara de naranja.

—Qué gran combinación. Ahora siento la naranja, equilibra el chocolate muy bien —dijo, succionando sus mejillas.

—Quiero que formen parte del menú de otoño, pero no va a ser fácil. Chef odia las cosas sencillas.

—Pues a mí me encantan —dijo mientras su mirada se desplazaba constantemente, como si mantener los ojos fijos fuera a revelar la fuente de su dolor—. ¿Sabes cuál es mi favorito? —Y sin darme tiempo a responder, añadió—: El helado de caléndula. Me encanta verlo en el menú.

Dio otro bocado como si interpretara el gesto de comerse una galleta.

—Espero que no te importe que te lo diga, pero no tienes buen aspecto.

Me miró con los ojos vidriosos y no respondió. El silencio amplificó el sonido de los cubiertos arañando los platos y la cafetera silbando como un tren a punto de partir.

—Estoy enferma.

Mientras yo buscaba las palabras, Patricia hizo un gesto al camarero, firmando en el aire con un bolígrafo imaginario.

—¿Qué sucede?

Fingió no haberme oído. Se lo pregunté otra vez y me respondió con una sonrisa sombría. El pañuelo que le cubría la cabeza gritaba «cáncer», una palabra tan ensordecedora que no pude pensar en nada más.

—Por favor, no le digas a Jacobo que he venido. Estoy agotada. ¿Podemos vernos el jueves? Te lo explico entonces —dijo en un tono bajo, con dolor en cada palabra.

—Sí, por supuesto. Y no, no se lo diré.

Intercambiamos los números de teléfono y nos despedimos. Ninguno de los dos sabía qué más decir, ni si volveríamos a vernos.

Cuando regresé a la cocina, el sonido de las máquinas reclamando pedidos se fue apagando poco a poco. La calma que suele seguir a un frenético turno de comida resultó más densa de lo habitual. Mis pensamientos iban a toda prisa.

Inspeccionar los platos de los críticos gastronómicos cuando han terminado de comer es habitual en los chefs. Puede sugerir la dirección general de una crítica, sobre todo si la comida apenas se ha tocado, pero cuando vi a Matías al paso examinando el plato de Patricia, me di cuenta de que su obsesión estaba a otro nivel. Yo tenía el estómago del revés. Se suponía que Jacobo y yo íbamos a hablar por Skype más tarde esa misma noche, y mientras limpiaba mi área de trabajo y preparaba algunos postres para el turno de la cena, me puse a buscar una excusa para cancelar nuestra charla.

Le dije a mi ayudante que tenía cita con el médico y me apresuré a salir del restaurante sin cruzarme con Chef. Me resultaba extraño no sentir que tenía que ser el empleado con la ética de trabajo más firme, algo que hasta entonces había definido mi carrera. Había malgastado demasiados años viviendo con miedo a que me deportaran, creyendo que, si me convertía en un empleado ejemplar y en uno de los mejores reposteros de Estados Unidos, la vida se resolvería por sí sola. Esa creencia había desaparecido.

Regresé a mi barrio con la excitación de quien guarda un secreto importante y la ansiedad de quien ha mentido y teme que lo descubran. Cuanto más me esforzaba por encontrar un pretexto para evitar nuestra conversación, menos capaz me sentía de ocultarle la verdad a Jacobo. Al llegar a mi apartamento, me puse a fregar el suelo compulsivamente, encontrando consuelo en aquella tarea sin sentido. Al terminar una segunda pasada, el olor desagradable a detergente se hizo tan insoportable que tuve que abrir las puertas del balcón. Un fuerte olor a sardinas asadas y un leve humo gris inundaron el cuarto de estar. Mientras pensaba cuál de los dos olores era menos repugnante, escuché el sonido de una llamada de Skype.

Dejé que sonara, me puse una camisa sin manchas de lejía y me peiné un poco. Tras un breve silencio, el ordenador volvió a pitar. Pulsé el botón verde y la pantalla se iluminó con la cara de Jacobo. Había algo familiar en el fondo, aunque en aquellos primeros instantes fui incapaz de discernir de qué se trataba. Una pierna cubrió momentáneamente la cámara y tiñó mi pantalla de un azul aturdido. Cuando la imagen se estabilizó, Chus estaba sentado junto a Jacobo.

Me quedé tan sorprendido que abrí la boca y permanecí completamente quieto, fingiendo que la imagen se había congelado. Pulsé el botón rojo y los hice desaparecer. Paralizado, me quedé mirando el fondo blanco de orquídeas de mi ordenador y a continuación di vueltas por el apartamento sudando a mares, escuchando el pitido que salía por los diminutos altavoces. Después de calmarme, volví a llamar. Esta vez solo estaba Jacobo en la pantalla.

—Hola. ¿Estás en casa de Chus?

Jacobo volvió a colocar la cámara en su posición original y Chus apareció de nuevo en el encuadre.

—¡Sí! ¡Sorpresa! ¿Nos ves?

Jacobo agitó el brazo como si estuviera al otro lado de la calle.

—Sí, sí, puedo. ¡Hola! —grité.

—¿Cómo estás? —preguntaron los dos al unísono.

—Bien.

En mi mente se agolparon demasiadas palabras transformando mis pensamientos en una malla de frases inconexas a medio formar. Incapaz de articular ninguna, sonreí.

Chus estaba a punto de llorar. Se emocionaba con facilidad, estuviera donde estuviera y tuviera a quien tuviera delante. Entre los alumnos se sabía que varias veces durante el semestre, al leer un poema, iba a tener que parar a mitad de camino para serenarse frente a la clase. Le recordaba sollozando desconsoladamente cuando me llevó a ver *E.T.* al cine en Times Square. Ahora me arrepentía de que su sentimentalismo me hubiera resultado embarazoso.

—¿Cómo estáis? —exclamé tratando de disimular mi sorpresa inicial.

—Estamos bien —dijo Jacobo—. Estamos muy bien.

—Acabamos de volver de hacer la compra. Mañana vamos a ver una película en Bryant Park.

Jacobo apuntó la cámara hacia una bolsa de tela en la que asomaba el cuello de una botella de vino, la manta de pícnic en la que Chus y yo solíamos tumbarnos durante las largas tardes en el muelle del West Side enrollada junto a ella.

—Ponen *Casablanca*. ¿No es genial?

Consciente de lo mucho que le costaba a Chus salir de casa, me alegré de que se hubiesen hecho amigos.

—Por cierto, he instalado Skype en el ordenador de tu tío. Déjame añadirte a su lista de contactos para que podáis hablar luego.

Jacobo le pasó el portátil a Chus, que lo sostuvo como si fuera un recién nacido.

—Hola.

Estaba encantado de compartir la pantalla solo con él. Su pelo, al menos en la pantalla, parecía más blanco y espeso de lo que yo recordaba. Tenía la piel bronceada. Parecía sano.

—Hola, mi amor. Me encanta verte la cara. Estás guapísimo.

—¿Has estado al aire libre? —pregunté, aunque estaba claro que sí.

—Sí. He estado yendo al muelle otra vez. —Entonces se quedó callado y dijo en silencio moviendo los labios: «¡Es muy mono!».

Me distrajo el sonido de una solicitud de amistad.

—¿*Ortegaygasset49*?

Solté una carcajada.

—¡Sí! —gritó Jacobo desde lo que imaginé era mi antiguo dormitorio, donde nuestro vetusto ordenador de mesa llevaba años bajo una gruesa capa de polvo. La idea de que Jacobo viera la destartalada cama en la que había dormido de niño y que descubriera que me había criado duchándome en la cocina me hizo sentir vergüenza.

—Muy académico —dije.

—Bueno, Jacobo insistió en *Gasset_hunk,* pero me opuse —dijo enseñando los dientes.

Aquella noche bebí hasta caerme de sueño. Sentía celos de verlos pasar tiempo juntos, a pesar de que había sido yo quien había promovido que se conocieran. Imaginé a Chus enseñándole el Nueva York que aún amaba, paseando por el campus neogótico del City College en Convent Avenue donde había enseñado durante años, disfrutando de *baklava* azucarado en la Hungarian Pastry Shop de Morningside Heights. Podía verlos en la librería secreta del Upper East Side que Chus seguía frecuentando todos los meses para reunirse con amigos y académicos visitantes. Podía ver a Jacobo queriendo quedarse.

Me desperté en plena noche con un sentimiento de culpa y ansiedad. Me avergonzaba haberme acostado con Triana y no podía evitar preguntarme si trataba de demostrarme a mí mismo que también podía ser más desinhibido. Intenté dormirme de nuevo pero todos los sonidos de la noche resonaban en mi cabeza. Cuando asomó la primera luz, me quedé ensimismado mirando las fotos que aún quedaban en la pared.

Tras buscar la pluma estilográfica que Ben me regaló en mi decimocuarto cumpleaños, decidí escribirle una carta a Chus. Fueron ocupando las páginas los acontecimientos más significativos desde mi llegada a Madrid. Me di cuenta de lo afortunado que era. Una y otra vez me venía a la cabeza la imagen de Patricia firmando en el aire al pedir la cuenta. Cuando me distraía, la pluma estilográfica que reposaba sobre el papel blanco dejaba manchas de tinta azul oscuro que parecían planetas alrededor de una constelación de palabras.

La Plaza Mayor siempre estaba abarrotada. Di un pequeño rodeo mientras caminaba hacia el restaurante y me encontré de frente con la Chocolatería San Ginés, con sus mesas llenas de gente local luchando contra el viento con sus periódicos y de turistas consultando sus guías. Fantaseé con trabajar en la chocolatería, pasarme los días friendo churros en vez de preocuparme por hacer complicadas creaciones, y descansar en la plaza viendo pasar a la gente.

Cuando me detuve cerca de la entrada, el viejo camarero al que había pedido unos chocolates calientes meses atrás apareció en la puerta y advirtió mi presencia con una sonrisa. Le saludé con la cabeza y, mientras se inclinaba sobre una mesa para servir una docena de churros, de espaldas a mí, le hice una foto con el móvil. La imagen también incluyó a una señora con la mirada perdida en el espacio y unas palomas picoteando migas alrededor de sus pies. La foto no era buena, pero sí lo suficiente para que Jacobo recordara nuestra primera salida nocturna.

En cuanto entré en el restaurante, supe que algo no iba bien. Ninguno de los friegaplatos con los que me crucé me miró a los ojos. Mi ayudante no aparecía por ninguna parte y, dado el frenesí con el que se movía la gente, eso solo podía significar que Chef estaba a punto de llegar o que ya estaba allí y de mal humor. Deseé tener el día libre para poder tumbarme en la hierba del Templo de Debod, mirando los aviones que sobrevolaban Madrid.

—¿Tienes un minuto? —preguntó Emilio, indicándome que me acercara al muelle de carga, donde fumaba su cigarrillo matutino. Ahora me daba cuenta de que me hablaba sobre todo porque había vivido en Londres y le gustaba presumir de inglés.

Salimos en silencio. Podía escuchar cómo Amir fregaba la gran olla que se utilizaba para hacer la comida de empleados, y a lo lejos, el rítmico sonido de una escoba. Cerré los ojos un instante y dejé que esos sonidos familiares se fundieran en mi cabeza. Disfrutaba de las mañanas en la cocina cuando todo estaba en silencio, sin prisas, y podía abstraerme en mis pensamientos, planificando el día que tenía por delante, un momento en el que no necesitaba estar con nadie.

Miré a Emilio, pero él siguió con la mirada perdida. Tenía el rostro serio. Sacó un Zippo con el logotipo de Harley-Davidson grabado en relieve y agitó el mechero sobre sus vaqueros, un gesto ridículo que probablemente había aprendido de una película americana. Me apoyé en la barandilla para que el sol me diera en la cara.

—Quiero avisarte —dijo, y a continuación dio una calada corta—. Chef ha descubierto que serviste unas galletas que no estaban en el menú. Se ha puesto furioso —añadió dando unos golpecitos al cigarrillo mientras las pequeñas cenizas se dirigían tranquilamente hacia el suelo—. ¿Es cierto? No pareces alguien que haga ese tipo de cosas.

—Sí.

Conocía la gravedad de lo que había hecho. A los cocineros los despedían por menos de eso.

Emilio levantó las cejas.

—Para serte honesto, y sé que parece una tontería, no lo pensé demasiado.

Emilio no respondió. Dio una larga calada a su cigarrillo y exhaló por la nariz. Nunca habría imaginado que pudiera convertirme en alguien así, en un empleado al que un chef tuviera derecho a despedir.

—No sé cómo funciona en Nueva York —dijo tras un dramático silencio—. Aquí eso no se puede hacer.

A esas alturas, estaba claro que Emilio me había despreciado desde el primer día, quizá porque había percibido mi falta de interés por formar parte de la familia de la cocina. A excepción de Amir, la única persona con la que había entablado amistad a pesar de nuestras rudimentarias habilidades comunicativas, casi nunca hablaba con nadie.

—Buena suerte con Chef, tío. La vas a necesitar.

Me miró con desprecio y, mojándose los dedos, apagó el cigarrillo antes de volver a entrar en la cocina.

Permanecí allí con los ojos cerrados y pensé en el dinero que tenía en mi cuenta, suficiente para sobrevivir durante los próximos cuatro meses. Saqué el teléfono, con la esperanza de encontrar un mensaje de Jacobo, y miré el reloj de mi pantalla, ajustado a la hora estándar del este, las cuatro y cuarto de la madrugada.

Durante la comida de empleados, el gesto de Patricia haciendo una firma en el aire se reprodujo en mi cabeza en momentos extraños. Comí sin levantar la vista del plato. La única vez que alcé los ojos, sorprendí a Emilio mirándome fijamente. Por la tarde la cocina recibió un golpe duro. Todas las mesas parecían pedir la lubina y el pato asado, los dos platos que más tardaban en cocinarse, ralentizando el flujo de la cocina. José Luis, el otro *sous-chef,* cuya cara pálida y ojos enrojecidos delataban su juerga de la noche anterior, se empezó a volver descuidado. A mitad del segundo turno, su puesto estaba hecho un desastre. Mientras Chef inspeccionaba los emplatados destinados a una mesa VIP, José Luis corrió al baño. Para entonces ya estaba claro que era incapaz de seguir el ritmo. Un cocinero de línea tuvo que tomar el relevo y tirar dos patos asados que se habían secado.

Chef estaba furioso, pero logró mandar a José Luis a casa sin añadir más estrés a todos los puestos que, para compensar, ahora tenían que trabajar al doble de velocidad. La cocina se retrasaba peligrosamente. Ayudé al chef *garde manger* a preparar algunos aperitivos de cortesía que aliviaran la presión de la parrilla, un gesto que Chef agradeció. Durante un par de horas, olvidé todo lo que me ocupaba la mente, y cuando al fin logramos terminar el turno, el equipo estaba exhausto, Chef incluido. Después de doblar el sueldo a todo el mundo por aquella noche, Chef se encerró en su despacho con una botella de Calvados.

Bajé a cambiarme y miré el móvil. Veintitrés llamadas perdidas. Al estudiarlas, vi que la mayoría se había producido en menos de cinco minutos. La simple idea de que Jacobo se hubiese enterado de lo de su madre me daba vértigo. Subí las escaleras con las piernas temblorosas abotonándome aún los pantalones y cuando salí corriendo del restaurante oí a Chef llamándome por mi nombre.

CAPÍTULO DIECIOCHO

Estuvimos casi toda la noche hablando por Skype. Aunque Chus le había dado un somnífero, Jacobo no paraba de llorar. Cuando la medicación le hizo efecto, empezó a balbucear y su discurso se volvió menos frenético. Me habría gustado estar a su lado, pero lo único que pude ofrecerle fueron unas palabras que no parecía procesar del todo y largos ratos de silencio. Me hizo prometer que dejaría la cámara encendida y seguiría despierto hasta que la pastilla lo dejara inconsciente. Cuando al fin se le cerraron los ojos y su respiración se volvió rítmica y profunda, me tumbé junto a mi ordenador y contemplé cómo su rostro hinchado se desinflaba en el sueño.

El cáncer de Patricia había hecho metástasis en el hígado y otros órganos. No le habían dado ninguna esperanza de vida, solo cuatro semanas para realizar los trámites finales. No podía entender cómo los mismos médicos que habían sido incapaces de detectar la enfermedad durante años mientras se desarrollaba en su cuerpo se atrevían a decir ahora cuánto le quedaba de vida. El cáncer se había extendido por sus órganos vitales y la estaba matando lentamente. La habían llevado al hospital y lo más probable era que no volviera a casa. Pensé en contarle a Jacobo nuestro encuentro en el restaurante, pero ahora me parecía irrelevante. Me preguntaba si su padre seguiría con aquella actitud gélida y distante, exudando superioridad.

A la mañana siguiente, mientras caminaba por Lavapiés rumbo al trabajo, las calles me parecieron más ruidosas, más sucias, como si toda la ciudad estuviera cubierta de una mugre pestilente. Estaba preparado para enfrentarme a Chef, la posibilidad de que me despidieran se volvió menos aterradora de la noche a la mañana. La muerte, lo recordaba de cuando falleció mi madre, tenía la capacidad sobrenatural de reorganizar el mundo que te rodeaba.

La cocina volvió a la intensa actividad. Chef llegó tarde y parecía de buen humor. Cuando terminó el segundo turno, me llamó a su despacho. Mientras bajaba las escaleras, pensé en Jacobo sobrevolando el Atlántico, en lo mucho que había deseado que volviera antes y en cómo la vida a veces te da lo que deseas, pero nunca en la forma que habías planeado.

Cuando llamé a la puerta abierta, Chef estaba ocupado con papeleo.

—¿Todo bien?

—Sí, todo bien —dije, haciendo como que no pasaba nada—. ¿Por qué lo preguntas?

Me miró preocupado y me señaló una silla.

—Siéntate, quería hablar contigo. Me sorprendió que el otro día sirvieras unas galletas de chocolate que no están en el menú. Eso es una falta motivo de despido.

Hizo una pausa para evaluar mi reacción, pero no mostré ni el menor atisbo de lo que pensaba, me limité a asentir con la cabeza en señal de que le estaba escuchando.

—Ya sabes que estoy muy contento con tu rendimiento y debo admitir que las galletas eran excelentes. —Hizo una pausa y me pareció que se preguntaba si sus palabras estaban teniendo algún impacto. Luego añadió—: Quiero darte más protagonismo. Lo he comentado con los socios y estamos pensando en hacer una campaña de relaciones públicas para anunciar que te haces cargo de la repostería. Queremos que tu nombre aparezca en el menú, junto al mío.

Miré alrededor del despacho. Una mancha de humedad en la pared me recordó el extremo sur de Portugal tal y como lo vi desde el avión cuando nos acercábamos a la península.

—¿Y bien? ¿Qué te parece?

Se le tensó la piel alrededor de los ojos.

—Te agradezco la confianza, Chef. Pero necesito pensarlo —dije un poco demasiado rápido.

Chef se sorprendió. Los dos lo estábamos. De pronto comprendí que no había recorrido miles de kilómetros y dejado atrás a mi familia para vivir la misma vida que tenía en Nueva York.

—No he sido del todo franco contigo, Chef. Estoy pasando por un mal momento.

Sus ojos se abrieron de par en par.

—Una de mis mejores amigas tiene cáncer. Los médicos dicen que no llegará a fin de mes. No es que no aprecie la oferta, Chef, la agradezco. Es solo que ahora no puedo pensar con claridad.

Me odié por usar a Patricia de escudo.

—Lo siento, Demetrio. Deberías habérmelo dicho. No tienes que responder ahora. Tómate un par de días libres. Hablemos cuando vuelvas.

—Gracias, Chef.

Nos levantamos y nos dimos la mano.

Volví a mi puesto; la revelación que acababa de tener era a la vez excitante y abrumadora. Para calmarme, decidí hacer unas piruletas para la hermana de Jacobo con un poco de bizcocho sobrante. Tras dar forma de bolita a las migas de bizcocho y mientras esperaba a que el chocolate se endureciera, pensé en lo absurdo de querer consolar con una piruleta a una niña que está a punto de perder a su madre. Cuando estuvieron listas, puse también algunas en un recipiente de plástico para la hija de Matías y le escribí una nota de agradecimiento.

Mientras llegaban los primeros pedidos, salí del restaurante por la puerta de servicio. En el muelle de carga, miré a los cocineros que se preparaban para el primer turno mientras el sol me daba en la cara. Salí a la calle. Amir estaba sentado en la acera liándose un cigarrillo.

—¿Te vas, Chef?

—Sí.

—¿Vas a volver?

—¿Quieres decir si me voy para siempre?

—Sí. ¿Nos dejas?

—¿Por qué lo preguntas?

—No eres feliz aquí. Me doy cuenta.

Se acercó a mí y alzó la mano como si fuera una visera. A pesar de que había dormido algunas noches en mi sofá, no habíamos intercambiado números. Saqué un bolígrafo de mi mochila y escribí el mío.

—Toma.

Le di el trozo de papel. Él lo dobló varias veces hasta que se convirtió en una minúscula mota blanca.

—*Fi Aman Allah* —dijo llevándose el puño derecho al corazón y golpeándolo dos veces.

—*Fi Aman Allah* —repetí sin saber qué significaba.

El avión aterrizó a las 6:09, seis minutos antes de lo previsto. Cuando leí su mensaje, Jacobo ya iba de camino al hospital. Tuve que luchar contra el impulso de llamarle, sabiendo que estaría sentado junto a su padre en el coche. Quería oír su voz, decirle que le quería. En vez de eso, le contesté diciendo que ahí estaba para lo que necesitara.

Llevaba más de tres meses en Madrid y la mayoría de las veces transitaba por las mismas calles. A pesar de mis largos paseos por la ciudad, aún quedaban muchas zonas por explorar. Al haber crecido en una ciudad estrictamente cuadriculada, en la que me había movido casi siempre siguiendo patrones lineales, me cautivaban las curvas y las calles sinuosas cuyos caminos inesperados no dejaban nunca de sorprenderme. Disfrutaba descubriendo relojeros, sastres y ultramarinos que habían tenido la misma dirección durante siglos, sus escaparates brillando con una pátina dorada y lustrosa, conscientes de que no se convertirían en horribles bloques de pisos a corto plazo.

Me pasé el día pensando en mi madre. La recordaba vagamente, como si formara parte de un sueño. En lo que parecía un recuerdo vívido, estaba sentada en una mecedora junto a una ventana bajo la luz de un sol que entraba a raudales, una cortina blanca ondeando en la brisa. Después de correr por un largo pasillo, yo saltaba sobre su regazo. «¿Quién es este hombrecito?», me decía, sin reconocerme. Volví hacia Chus, que ya estaba entrando en la habitación. Escondido detrás de él, la espiaba desde entre sus piernas, como los barrotes de hierro de una celda. Aquel recuerdo, me aseguraba Chus, no era posible, porque él había huido de España antes de que yo naciera.

La última vez que nos vimos yo tenía ocho años, pero hablamos por teléfono casi todos los domingos hasta que ella falleció ocho años después. Chus mintió sobre la causa de su muerte y me convenció de que perder a una madre a una edad temprana me haría más fuerte y me daría una profunda comprensión de la existencia desde muy pronto. Durante un tiempo, no le perdoné que no me hubiera permitido llorarla como debía, pero luego acepté que la paternidad le había llegado por accidente.

Al caer la noche, sin más noticias de Jacobo, me dirigí al noroeste y seguí por Princesa, una calle regia y arbolada con aceras amplias y limpias. Me detuve en cada gran cruce para seguir la ruta en mi mapa destartalado, cuyos pliegues ahora estaban unidos con cinta adhesiva. El hospital se encontraba en el extremo oeste de la ciudad, cerca de una rotonda donde confluía el tráfico procedente de tres amplias avenidas. El edificio principal, macizo y de cemento, parecía un mausoleo, coronado por una cruz azul iluminada, y junto a él, había una pequeña capilla con su propia cruz, ni azul ni iluminada.

Me senté en un banco al otro lado de la calle y contemplé las ambulancias que entraban y salían de Emergencias con las sirenas apagadas. Las apremiantes luces amarillas iban perdiendo intensidad en el silencio. Solo cuando estaban a unos trescientos metros de distancia activaban el sonido y, para entonces, solo las oía débilmente, como las voces de un sueño. Esperé hasta que el crepúsculo empezó a cubrir el hospital, sus ventanas de cristal se fueron convirtiendo progresivamente en destacados cuadrados de luz fluorescente blanca y pálida que convirtieron la fachada en una cuadrícula.

En Estados Unidos, al menos, las ventanas de los hospitales estaban cerradas. Lo sabía por el St. Vincent's. Supuse que en España sería igual, por lo que cuando, sobre las diez y media, una mujer vestida con una amplia bata azul de hospital abrió una ventana y se encaramó a la cornisa del edificio, me pregunté si lo estaba soñando. Contuve la respiración y me repetí: «No saltes, no saltes. Por favor, no saltes». Se levantó una brisa momentánea y la parte inferior de su vestido empezó a ondear como una bandera. Conté las ventanas hasta la planta baja e intenté visualizar el número de emergencia pegado en la puerta de mi nevera, pero estaba demasiado nervioso como para recordar la combinación correcta de unos y doses. Intenté varias combinaciones sin suerte. Después de lo que pareció un momento interminable, la mujer empezó a caminar de regreso. Con la mirada fija en ella, fui incapaz de moverme hasta que regresó al edificio. Entonces se apagó la luz de su habitación y mis latidos recuperaron poco a poco su ritmo habitual.

Consideré la posibilidad de mandarle un mensaje a Jacobo una vez más, pero no quería estresarle. Tras una hora mirando la fachada y asegurándome de que la mujer no había cambiado de opinión, emprendí lentamente el camino de vuelta a casa. Estaba agotado, pero no podía dejar de pensar en ella. Imaginé su frágil cuerpo envuelto en una tela azul, en caída libre hasta el mortal asfalto gris oscuro del aparcamiento. ¿Habría vuelto a la cornisa del edificio? ¿Habría reconsiderado sus posibilidades? ¿Sería capaz Patricia de suicidarse? ¿Lo sería yo?

Antes de girar a la izquierda y abandonar la avenida para adentrarme en las sinuosas calles de Malasaña, volví la vista hacia el hospital. Lejos ya, la cruz azul brillaba en la oscuridad, como un faro para los enfermos.

A la mañana siguiente, antes incluso de hacerme mi café espresso, me apresuré a ir al quiosco. Sentado en un banco compartido con una bandada de palomas, inspeccioné la sección local del periódico en busca de noticias sobre un suicidio y no encontré nada. Regresé al apartamento, abriendo y cerrando varias veces el último mensaje que le había enviado a Jacobo, asegurándome de que había llegado. Después le mande otro diciéndole que iba de camino.

Me di una larga ducha y me afeité. Coloqué la misma camisa de la cena del día de mi llegada sobre la encimera de la cocina y perdí la noción del tiempo pasando la plancha humeante sobre las distintas superficies del algodón arrugado. Cuando desaparecieron todas las arrugas, la colgué en una percha para que se enfriara, abrí la ventana y me quedé absorto contemplando cómo se movía con la brisa.

El amplio vestíbulo del hospital me recordó a la entrada de un aeropuerto, aunque en lugar de moverse siguiendo patrones claros, la gente deambulaba en círculos sin destino, esperando noticias y reuniendo fuerzas para entrar en los ascensores. Pasé diez minutos sentado en un banco junto a la recepción observando unas flores con un aspecto tan mortecino que era imposible que pudieran animar a nadie. Decidí dar la vuelta a la manzana por si había alguna floristería cerca. Detrás del hospital, una mujer que vendía unos alegres girasoles en la acera me sugirió que rociara las flores con agua bendita antes de dárselas a mi amiga, los pétalos del mismo color que las caléndulas de Patricia.

De vuelta en el hospital, pedí el número de habitación de Patricia en el mostrador de información, pero se negaron amablemente a dármelo porque no era parte de la familia. Deambulando cerca de los ascensores, reparé en un cartel con unas manos en oración. Nunca había sido creyente, pero en vez de ponerme a buscar a Jacobo al azar, me dirigí a la capilla, cuyas vidrieras había contemplado la noche anterior. Empujé la puerta y una ráfaga de aire hizo temblar las llamas de las velas cercanas al altar. El espacio no era grande, pero el techo abovedado y la luz tenue le daban una sensación de amplitud. Bajo un enorme busto de Jesús, una niña de pelo rubio rizado rezaba de rodillas con las palmas de las manos entrelazadas.

Caminé por el pasillo, dando pequeños pasos, tratando de no interrumpir las conversaciones que la gente estaba teniendo con

Dios. Cuando me senté en mitad de un banco, coloqué el ramo sobre mi regazo y el celofán hizo un fuerte ruido. Empecé a recitar un Ave María en voz baja y me sorprendió recordar la mayor parte de la letra.

El parpadeo de las llamas delató que alguien había abierto la puerta. Me quedé inmóvil, mirando las heridas rojas y brillantes que Jesús tenía en la frente. La escasa luz confería a su rostro un aspecto siniestro que me devolvió un recuerdo muy lejano. Estaba en una ciudad —tenía que ser Sevilla— en una procesión de Semana Santa. Yo perdía la mano de mi madre y me veía envuelto en un mar de gente vestida con túnicas blancas y capirotes puntiagudos. Cuando empecé a experimentar los ecos de aquel horror, alguien se detuvo cerca del banco. La madera emitió un débil crujido al doblarse. Entonces sentí que una pierna tocaba la mía.

Mantuve la mirada al frente mientras Jacobo me ponía la mano en el regazo. Jesús nos miraba fijamente. Giré la cabeza y vi su rostro sin afeitar, hinchado, deformado por el dolor. Las ojeras hacían que sus ojos parecieran aún más verdes. Apoyó la cabeza en mi hombro. Le rodeé el cuello con el brazo. Sentí su cuerpo más huesudo, más vacío. Mi camisa se humedeció al instante por las lágrimas. Mientras lloraba en silencio, la ausencia de sonido hizo que su dolor pareciera aún más profundo. Le abracé con fuerza. Puso la otra mano en mi cadera. Conté el número de espinas de la corona, pero por más que intenté distraerme, no pude evitar excitarme.

Permanecimos inmóviles durante mucho tiempo. La cera que caía de las velas formaba una cordillera blanca en el suelo, cuyos picos se transformaban constantemente. En un momento dado, la niña arrodillada en el suelo empezó a sollozar. Era Estrella. Jacobo se levantó, se acomodó metiéndose la mano en el bolsillo de los vaqueros y se dirigió al altar. Vi cómo la calmaba y escuché sus voces apagadas, incapaz de entender sus palabras. Cuando dejó de llorar, se acercaron hacia mí. La saludé, pero no respondió. Me tomó la mano y los tres salimos juntos de la capilla.

En el vestíbulo, los médicos caminaban por los pasillos con paso firme y rostro tranquilo, semblantes que probablemente habían ensayado frente a espejos para disimular el verdadero sentido de sus palabras. Los visitantes, por el contrario, flotaban sin rumbo.

—¿Puedes quedarte con Estrella mientras voy a buscar a mi padre?

—Sí, claro.

—¿Te gustan las piruletas? —le pregunté, apretando su pequeña mano y arrepintiéndome al instante de mi tono infantil.

—A todo el mundo le gustan —respondió secándose las lágrimas con el dobladillo del vestido.

Saqué el *tupper* de mi mochila y le ofrecí una.

—¿Las has hecho tú?

—Sí. Las he hecho para ti.

No reaccionó a mis palabras.

—Gracias.

Su voz sonó más liviana.

Nos acercamos a un fila de sillas de plástico atornilladas al suelo. Estrella se sentó en mi regazo, mirándome. Detrás de ella, pude ver a Jacobo en el pasillo hablando con su padre, que vestía un traje oscuro de Wall Street.

—¿Tu madre vive en Nueva York?

Abrí el envase, saqué una piruleta para mí y fingí tener dificultades para abrirla.

—Han quedado bastante bien.

—¿Vive en Nueva York? —insistió Estrella, mirándome fijamente.

—No, no vive en Nueva York —respondí al fin—. Pero mi tío, sí. Se llama Chus.

Jacobo y su padre entraron en la sala de espera, la solemnidad de sus rostros delataba la gravedad de la conversación que acababan de tener. Parecían derrotados.

—Mamá dice que yo he estado en Nueva York, pero era muy pequeña, así que no me acuerdo.

Mordió la piruleta y me cayó un trocito en el regazo.

Los saludé con la mano. Si el padre de Jacobo estaba sorprendido de verme allí, no lo demostró.

—Hola, Demetrio.

—Hola, señor.

Dejé a Estrella en el suelo y me levanté.

—Gracias por haber venido —dijo dándome la mano—. Te lo agradecemos mucho.

—Lo siento enormemente —dije, y enseguida me sentí incómodo por lo trilladas que sonaron mis palabras.

Me miró confuso, como si de repente sus ojos necesitaran lentillas para verme con claridad.

Hubo una larga pausa.

—Gracias —respondió y una sonrisa triste reveló la sombra de un muchacho que se parecía a Jacobo—. Deberíamos irnos.

No sabía a quién iban dirigidas sus palabras.

—Es hora de darse un baño e irse a la cama —añadió, esta vez mirando a Estrella.

Ella me agarró la mano con más fuerza y de pronto estuvo a punto de llorar. Jacobo se agachó, le susurró algo al oído, agarró uno de los girasoles del ramo y se lo dio. Ella miró la flor, sin interés. Alfonso la levantó y ella le rodeó el cuello con los brazos. Nos dimos las buenas noches. Conforme se dirigían a la entrada, Estrella apoyó la cara en su hombro y nos miró, mi corazón partiéndose en mil pedazos.

Volvimos a las sillas y nos sentamos.

—¿Cómo te encuentras? —pregunté, luchando contra las lágrimas. Jacobo miró al suelo.

—No creo que pueda soportarlo —dijo con la voz temblorosa.

—Vamos a dar un paseo —dije, agarrándole del codo.

—Vale, pero antes deberíamos pasar por la habitación y darle las flores. Mamá está despierta. Se alegrará de verte.

Me tomó la mano. No fui capaz de oír las frases que pronunció a continuación, como si las palabras, aferradas a sus cuerdas vocales, se negaran a abandonar su cuerpo.

—Perdona, Jake. ¿Qué?

—Mi padre acaba de decirme que van a ponerle un goteo de morfina para aliviar el dolor. El médico dijo que estas podrían ser las últimas horas antes de que se convierta en…

El final de la frase quedó ahogado por los sollozos. Le abracé fuerte mientras intentaba hablar, aunque no le salían palabras. Los desconocidos nos miraban compasivamente al pasar, pues sabían que en cualquier momento podrían estar en nuestro lugar. La noche estaba a punto de caer y algunos visitantes se disponían a marcharse, mientras otros llegaban con bolsas de viaje y almohadas bajo el brazo. Sujetándolo de la cintura, guie a Jacobo al ascensor. A medida que nos acercábamos a la décima planta, empezaron a temblarme las piernas. Temía que se diera cuenta de lo asustado que estaba. Avanzábamos a pequeños pasos, los pasillos más largos y su rostro más sombrío conforme nos acercábamos a la habitación.

—¿Quieres entrar tú solo primero? —pregunté, esperando que dijera que sí.

Jacobo asintió, abrió la puerta y desapareció entre un ligero zumbido de máquinas. Apoyé la espalda en la pared y me dejé resbalar hasta al suelo. Pasó un grupo de enfermeras. Una de ellas hablaba apasionadamente, instando a todo el mundo a votar en las futuras elecciones. Su candidato favorito era Zapatero porque era sexy y alto, dijo, dos cualidades necesarias en un presidente. Les recordó su obligación como ciudadanos de ejercer su derecho, incluso si eso significaba votar en blanco. Las palabras me llegaron fugazmente, pero las retuve en un bucle, para impedir que otros pensamientos invadieran mi mente.

Sentado en el suelo frío, no pude evitar recordar los días que siguieron al fallecimiento de mi madre, en los largos paseos junto al Hudson. Los silencios de Chus. Pensar en mi madre me trajo a la memoria los días en St. Vincent's, los días en los que solo quedaba esperar el último suspiro de Ben. Recordé las largas noches acurrucado en camas donde había muerto gente hacía poco y sentándome en bancos solitarios junto a visitantes cuyos rostros no podía reconocer del todo, pero a quienes había visto por la ciudad o durante nuestros veranos en Fire Island.

Jacobo salió de la habitación.

—Parece que tiene unos dolores horribles. Voy a buscar a la enfermera. Dice que quiere verte.

Me sostuvo la puerta y no tuve más remedio que entrar. En la pequeña recepción había dos sillones, una nevera pequeña y una mesita cubierta de revistas de interiorismo. Vi la bolsa de Jacobo en el suelo y me di cuenta de que aún no había pasado por casa.

La habitación estaba iluminada por una luz mortecina. Patricia estaba tumbada con los ojos cerrados y los antebrazos perforados con agujas intravenosas. En silencio, dejé el ramo cerca de una bata de seda doblada en la cama junto a ella. Con la piel transparente, parecía que una parte importante de ella ya se hubiera marchado.

—Hola —susurré.

Mirando hacia la oscuridad del aparcamiento, vi el banco donde había estado sentado la noche anterior.

—Hola, Patricia.

Abrió los ojos, me miró y empezó a murmurar de forma ininteligible, moviendo los dedos como tocando un piano invisible. Me daba miedo agarrarle la mano, pero logré acercarme y sostenérsela con cuidado.

—Jacobo acaba de salir a buscar a la enfermera.

El murmullo continuó. Trataba de decir algo. Me hizo un gesto indicando que quería sentarse. Apoyé un par de almohadas detrás de su espalda. Se agarró a mi brazo y luchó por incorporarse.

—Hola, cariño —dijo por fin, su cara recuperando algo de color.

Movió la mano para tocar la mía, pero el suero tiró del brazo hacia atrás. Me acerqué más a ella.

—¿Cómo te encuentras?

—Bastante mal.

—Te he traído algo —dije, sacando el *tupper* de mi bolso, agradecido por poder hacer algo. Lo puse en la mesita de noche junto a un ejército de frascos—. Son unas piruletas de fresa. Las dejaré aquí por si decides hacer una pijamada en medio de la noche.

Sonreí.

—¿Han puesto las galletas en la carta?

—Sí. Chef y los socios del restaurante quieren poner mi nombre en el menú.

Cada vez que hablaba con ella notaba una ligera opresión en el estómago. Podía sentir cómo las palabras abandonaban mi cuerpo y, a continuación, un extraño vacío. Esperaba sus reacciones con mucha expectación y no entendía de dónde venía esa ilusión maternal, pero cada vez que interactuábamos, experimentaba un deseo infantil de gustarle.

—Maravilloso.

—Sí, supongo.

Una cualidad peculiar en el aire, la falta de olor tal vez, me recordó un lugar que no podía identificar del todo. ¿St. Vincent's? ¿En qué otro lugar había respirado este aire frío y aséptico?

—Tal vez diga esto porque nunca he tenido que hacer nada que no quisiera, o porque estoy enferma y me voy a morir —dijo, enlazando sus dedos con los míos—. Pero la vida es demasiado corta como para hacer algo que no quieres hacer, mi querido muchacho.

Me costaba creer que, con lo enferma que estaba Patricia, hubiera percibido mi falta de entusiasmo.

—No es que ya no me guste la repostería, me gusta. Es raro, pero antes me encantaba pasar doce horas al día enclaustrado en una sala alejado del mundo, y ahora me deprime.

Hubo otro largo silencio. El zumbido eléctrico de las máquinas que le habían conectado dejó claro que aquella podría ser nuestra última conversación.

—No hay nada raro en querer experimentar el mundo plenamente. No olvides por qué te fuiste de Estados Unidos.

—Lo sé.

—Recuerda: ahora tienes una responsabilidad no solo contigo mismo, sino también con tu tío, la responsabilidad de labrarte una vida mejor —dijo, y luego se esforzó por tomar aliento—. La vida es ahora.

Aquellas palabras, alentadoras y cargadas de esperanza, sonaban a despedida. Me excusé para ir al baño, abrí el grifo, y ahogué el sonido de mis sollozos en el agua.

CAPÍTULO DIECINUEVE

—Si no viene en el coche con nosotros, no voy —gritó Jacobo desde el dormitorio.

Oí su voz trémula mientras me inclinaba sobre el lavabo, donde había estado frotándome las manos con una toalla mucho más tiempo del necesario. Volví a entrar en la habitación mientras él fruncía el ceño y movía la cabeza de un lado a otro. Tiró el teléfono sobre la cama sin despedirse.

—No sé quién coño se cree que es.

—Tu padre.

Enfurecido, Jacobo se dirigió al balcón. Empezó a llorar de rabia. Me acerqué a él y le pasé el brazo por los hombros.

—Lo siento, Jake. Recuerda que él también está pasando por un momento muy duro.

Fuera de las paredes del apartamento, el mundo no se había enterado de que Patricia se había escapado durante la noche. En la calle de abajo, dos hombres se disputaban con el claxon una plaza de aparcamiento hasta que uno de los conductores acabó bajándose del coche, enfurecido. Metí a Jacobo en el cuarto y cerré las puertas del balcón.

—Deberías dormir un poco.

Se acercó a la estantería y sacó un álbum de fotos. Nos sentamos en la cama y empezamos a hojearlo. Casi todas las fotos eran de Jacobo celebrando cumpleaños, graduaciones y otros momentos que se habían considerado dignos de ser inmortalizados. Incluso en la preadolescencia, cuando la mayoría de los muchachos, yo al menos, pasábamos por un incómodo período de granos, aparatos metálicos y cuerpos levemente desproporcionados, él se veía guapo a pesar de llevar el pelo de punta y vaqueros anchos que le hacían parecer aún más larguirucho. La mayoría de esos momentos habían tenido lugar en una casa frente al mar que supuse estaba en Mallorca. Había otras personas alrededor, pero en la mayoría de las fotos Jacobo y Patricia aparecían uno junto al otro, inseparables. Cuando terminamos de repasar el álbum, tuve la impresión de que su vida había sido un verano interminable.

Mantenerse despierto era una forma de penitencia que se infligía a sí mismo. Cuando ya era incapaz de tener los ojos abiertos y se desplomó, yo me quedé quieto, esperando, imaginando todo lo que vendría después, la última mirada a un cuerpo que ya no respiraba, las palabras vacías llenas de buenas intenciones. Quería estar aquí cuando se despertara y se diera cuenta de que nadie podría llenar el vacío que deja una madre. Quería que supiera que estaba aquí. Que estaba aquí para quedarme.

Alfonso había salido a hacer los preparativos del entierro y Estrella estaba con su tía, la casa envuelta en la oscuridad. Entré en el cuarto de estar y me senté frente al retrato de una joven Patricia en la que no había reparado antes. Miré por la habitación y la vi por todas partes, en las cortinas, en las sillas, en las pequeñas esculturas cuidadosamente colocadas sobre la mesa baja de mármol como planetas orbitando alrededor de un sol que ya no brillaba.

Oí unos pasos lejanos e imaginé a Patricia cruzando la puerta. Por un momento me sentí como un intruso y consideré la posibilidad de ocuparme con alguna tarea. Gabriela entró como un fantasma en el cuarto de estar y colocó un cenicero de cristal limpio sobre la mesa. No iba vestida con su uniforme habitual, sino con un vestido negro que me recordó a la anciana que barría las escaleras de mi edificio.

—Hola, Gabriela —dije con una voz que encajaba con la tranquilidad de la habitación.

—¡Ay, Dios santo! —exclamó Gabriela llevándose la mano al pecho como para evitar que se le escapara el corazón.

—Perdona.

Con las ventanas cerradas y las cortinas echadas, Gabriela mantenía el mundo a distancia. Se aferró a los brazos de una silla color crema y se sentó lentamente, como comprobando que podía soportar su peso.

—¿Se ha tomado Jacobo un somnífero? —preguntó.

Un momento como aquel solo podía existir en ausencia de Patricia, el efecto de su muerte obligándonos a actuar de formas que no podíamos imaginar, la desaparición literal de su cuerpo reacomodando nuestros lugares en el mundo.

—No, al final se ha derrumbado.

—¿Cómo está?

—Destrozado.

Gabriela estaba tranquila, aunque tenía los ojos venosos, rojos e hinchados. Me levanté y me acerqué a ella. Arrodillándome, agarré su muñeca gruesa y miré la esfera de un diminuto reloj de plata que se perdía entre los pliegues de su piel.

—¿Cómo te encuentras? —le pregunté.

La pregunta la tomó desprevenida. Por un momento, fue incapaz de hablar.

—Siempre me cayó bien la señora. Después de que Jacobo se fuera a América, la casa nunca volvió a ser la misma. Pasaba demasiado tiempo sola. El señor siempre está fuera. Nos hicimos muy amigas. A veces incluso me pedía que cenara con ella en la mesa —dijo clavando la mirada en una de las sillas del comedor, como si viajara en el tiempo—. Llevo veinte años trabajando en esta casa, pero ahora que ella no está, no sé si podré quedarme.

Gabriela se distrajo con el polvo que se había acumulado en la base de una estatuilla de bronce de una señora que sostenía un paraguas abierto.

—Fue muy buena conmigo y con mi familia —añadió limpiando el bronce con la manga—. ¿Sabe si Jacobo se queda? ¿O se vuelve a América?

Le dije que era demasiado pronto para saberlo y que la familia la necesitaba ahora más que nunca, que debía ser fuerte por ellos. Me sentía asqueado por actuar de ese modo, por tratarla como a una empleada y hacerle sentir que tenía una obligación moral con ellos.

Un breve chirrido metálico interrumpió el silencio. Gabriela y yo nos miramos sin decir palabra. Pensé que era una alucinación, pero entonces escuché otro grito. Gabriela se tapó la boca con las manos. Me levanté y corrí al dormitorio.

El día del entierro, tras despertarme en la cama de Jacobo, deshice las sábanas de la cama de mi antiguo cuarto para que pareciera que había dormido en él. No quería añadir más tensión entre Jacobo y su padre, que parecía estar ablandándose ligeramente conmigo. Las pocas veces que habíamos hablado, me había escuchado atentamente, prestando mucha atención a lo que decía y haciéndome preguntas para que yo me explayara. No sabía si el interés era sincero o no. Habíamos pasado la noche con los hermanos de Alfonso bebiendo un vino que tenía más años que yo. Nadie pareció cuestionar al amigo de Estados Unidos, aunque estoy seguro de que se había sospechado mucho. En el tiempo que pasamos reunidos alrededor de la mesa donde había conocido a Patricia por primera vez, su nombre no se mencionó ni una sola vez. Alfonso parecía más preocupado por el menú de la recepción que seguiría al funeral que por la manera en que su hija de nueve años estaba afrontando la pérdida de su madre.

En toda mi vida había ido a misa dos veces y las dos veces había salido sintiéndome un impostor. Me ponía nervioso asistir al funeral porque me inquietaba que la gente se fijara en mi protocolo eclesiástico. La extensa familia de Jacobo y sus amigos del internado viajaron desde todas partes de Europa. Cuando Alfonso por fin accedió a que fuera con ellos, Jacobo insistió en ir en coches separados.

Salimos de casa y los seguimos en el Mercedes, las alfombrillas aún llenas de arena y recuerdos. Cada vez que las suelas de mis zapatos sonaban como arañazos, pensaba en la excursión a la cala, el verano pareciendo más lejano de lo que era en realidad. Estrella se pasó la mayor parte del tiempo mirando hacia atrás y haciendo muecas por la ventanilla trasera. Yo trataba de no distraerme y hacía todo lo posible por cambiar de marcha con suavidad y mantener la distancia para que ningún coche se interpusiera entre nosotros. Me olvidé de pisar el pedal del embrague un par de veces, y el rugido de la palanca de cambios hizo que Jacobo entrecerrara los ojos.

—Lo siento. Está claro que no se me da muy bien.

—Mientras no choquemos, no hay problema.

Se había tomado una pastilla, y las palabras que salían de su boca resultaban frías y enigmáticas; su falta de emoción provocaba que cada información pareciera objetiva, irreversible. Sabía que era la medicación, pero aun así, no podía dejar de preguntarme si su frialdad y distanciamiento hacia mí reflejaban cómo se sentía realmente y no se trataba de un comportamiento diseñado por personas de bata blanca en un laboratorio.

El tráfico era pesado. Cuando llegamos a la iglesia, el aparcamiento parecía un concesionario de coches de lujo. Al instante me sentí fuera de lugar. Nos dirigimos a la parte trasera y aparcamos junto a un cartel en el que se leía *Familia del fallecido*. Antes incluso de abrir la puerta, el coche se vio envuelto en una oleada de trajes oscuros y vestidos negros. Jacobo se apartó lentamente de mí. Le observé a cierta distancia estrechando manos, besándose y abrazándose con otras personas, y aunque llevaba gafas de sol, sabía que luchaba por contener las lágrimas.

Me quedé junto al coche, sin saber qué hacer. Me preocupaba que el traje negro barato que me había comprado en Zara hiciera pensar a la gente que era el chófer de Jacobo.

—Qué elegante.

Me di la vuelta. Triana estaba de pie detrás de mí, en un vestido negro corto.

—¿Te lo puedes creer? La vi hace no mucho en un acto benéfico para el instituto. Tenía buen aspecto.

Triana se acercó a mí y empezó a llorar. Mientras nos abrazábamos, el leve olor a marihuana de su pelo me evocó imágenes de cuando nos acostamos. ¿En qué había estado pensando? Ahora estaba aterrorizado de que Jacobo pudiera enterarse.

—Es increíble lo rápido que ha pasado.

En cuanto se calmaron sus sollozos, levanté suavemente su cabeza de mi hombro.

—Tenemos que ser fuertes por Jacobo —dije, y una vez más, me sentí extraño ordenando a la gente cómo debía sentirse.

—¿Le has contado lo nuestro?

Traté de respirar, la tela barata de mi traje reteniendo el calor bajo mis axilas.

—¿Contarle lo nuestro? No.

Me alejé, con el corazón acelerado, como si en vez de dar pequeños pasos, huyera para salvar mi vida.

Gabriela y Federico estaban uno al lado del otro. Recién ahora, al verlos sin sus uniformes, me di cuenta de que eran marido y mujer. Los saludé con la mano, pero solo Gabriela me devolvió el saludo. El gentío de fuera se iba despejando poco a poco, pues la mayoría de la gente ya había entrado en la iglesia. Jacobo estaba en la entrada rodeado de un grupo de chicos de nuestra edad. Me imaginé que era una mezcla de amigos y primos. Reconocí a algunos de nuestra primera salida nocturna y de la fiesta en su casa.

—¿Qué tal? —le dije.

—No te vayas. No te vayas otra vez —me susurró al oído. Se subió las gafas de sol para que pudiera ver sus ojos llenos de lágrimas—. No te vayas nunca.

Nos abrazamos. Metí la mano entre sus rizos y le di un ligero masaje en la cabeza.

—Será mejor que pares —dijo, sonriendo con complicidad por primera vez en días.

—Lo siento. No era mi intención —dije, avergonzado.

Entramos en la iglesia y Jacobo me pasó el brazo por el cuello como para apoyarse. Coincidió con los primeros sonidos de un órgano. El coro empezó a cantar el *Ave María*. Nos dirigimos a la primera fila, dando pequeños pasos. Todos estaban mirando. Pensé si algún día Jacobo y yo podríamos entrar en una iglesia así en otras circunstancias.

Nos sentamos junto a su padre. Estrella se separó de él y se interpuso entre Jacobo y yo. Nos tomó de la mano. Cuando terminó la música, el cura se levantó. Nos sentamos y Estrella se subió a mi regazo. Su padre me miró molesto.

El hermano de Patricia caminó hasta el púlpito. Su acento británico me recordó a ella. Le había conocido la noche anterior y, por cómo me había hablado, me dio la impresión de que sabía exactamente quién era yo. Llevaba un traje negro entallado y tenía la misma cara redonda y los mismos ojos brillantes que ella. Le temblaban las manos. Pensé que no iba a ser capaz de terminar su panegírico. Se concentró en cada palabra, haciendo pausas para respirar hondo, como un nadador que sabe que solo las brazadas largas y firmes pueden abrirle paso en aguas turbulentas. Cuando terminó, Jacobo movía la pierna; la foto de una joven Patricia impresa en el programa, radiante e intacta por la enfermedad, ahora borrosa por el sudor de sus manos.

⁂

Al día siguiente, pude pillar a Chus antes de su clase.

—Es todo tan triste. Y tan rápido —dijo Chus, sentado frente a su ordenador. Tenía buen aspecto.

—Lo sé. Es extraño y difícil de explicar, pero Patricia y yo teníamos una fuerte conexión —dije.

—Sí, ya lo habías mencionado.

—Desde el primer día. Era como si nos conociéramos desde hacía mucho. ¿Te ha pasado eso alguna vez?

—Sí. Así me sentí yo cuando conocí a Ben. ¿Cómo está Jacobo?

—Destrozado. Ha estado algo distante, y no le culpo. Entiendo el dolor. No fue hace tanto que superé la pérdida de mamá. Es una extraña coincidencia que ambos hayamos perdido a nuestras madres tan jóvenes. ¿No te parece?

—Sí, supongo que sí.

—No sé, tengo una extraña sensación. No creo que le guste realmente.

—Deme, basta. Estás delirando. El chico te adora. Está obsesionado contigo, no paró de hacerme preguntas sobre cómo creciste,

234

qué series te gustaban, qué tipo de chicos. Incluso pidió ver fotos tuyas de cuando eras niño.

—Espero que no se las hayas enseñado.

—¡Claro que sí! Eras adorable.

—Dios, qué vergüenza —dije dando un sorbo al vaso de agua—. No sé. Quizá sean las pastillas que ha estado tomando las que le hacen parecer, no sé, como vacío.

—El chico acaba de perder a su madre, Deme. ¿Qué esperas?

—No, lo sé. Es que me gusta mucho, mucho. Cambiando de tema, el padre por fin ha entrado en razón.

—Nunca te fíes de esos fascistas.

—Incluso me ha invitado a ir a Mallorca con ellos, tienen una casa allí. Pero he dicho que no. No quiero molestar.

—Me alegro de que lo hicieras. Necesitan su espacio. Escucha, tengo que prepararme para ir a clase, pero mantenme informado.

—Lo haré. Te quiero.

—Yo también te quiero. Y dale recuerdos a Jacobo.

Pasé los dos días siguientes vagando por la ciudad temiendo que Triana dijera algo y esperando ansiosamente a que Jacobo me devolviera la llamada. Me convencí —o lo intenté al menos— de que su silencio solo significaba que necesitaba tiempo. Tal vez estaba con su familia en medio del mar, en el barco que había visto en las fotografías. Una tarde, acuclillado frente a la lavadora, mirando distraídamente la espuma, un breve zumbido me devolvió a la realidad. Me dirigí al dormitorio para buscar el móvil, esperando encontrar una llamada perdida suya, pero en su lugar vi el identificador de llamadas bloqueado. Lo primero que pensé fue que le había pasado algo a Chus.

Tras recordarme a mí mismo que hacía un par de días tenía buen aspecto, llamé a mi buzón de voz y escuché un mensaje en una extraña mezcla de inglés americano y británico. Una voz que se identificaba como de un abogado me instaba a devolver la llamada.

Intenté recordar el nombre de un abogado pro bono británico que había conocido en un *after* de la Avenida D y con el que había intercambiado números de teléfono hacía unos años.

Aunque volver a Estados Unidos no era una posibilidad, de vez en cuando me pasaba por la cabeza. ¿Volvería si tuviera oportunidad? Escuchando de nuevo la música folclórica árabe que sonaba tenuemente en la distancia, observé mis plantas necesitadas de riego y las facturas sin pagar sobre la encimera de la cocina que indicaban que aquel lugar se había ido convirtiendo poco a poco en mi hogar. Incapaz de encontrar una respuesta a lo que quizá no era una pregunta que pudiera responderse con un «sí» o un «no», volví a llamar a Jacobo. Esta vez me saltó el buzón de voz. Me lo imaginé en el barco, tumbado en la proa mirando las estrellas, tratando de comunicarse con su madre. La noche de su partida, Patricia le había asegurado que su alma flotaría eternamente en el cosmos, convertida en energía positiva, lo que me pareció tan bonito como desgarrador.

Esperé ansiosamente la llamada de Jacobo durante todo el día y, a la hora de cenar, no pude contenerme y marqué el número de su casa. El teléfono sonó durante un buen rato y, finalmente, la voz de Gabriela se escuchó al otro lado del auricular. Sonaba adormilada.

—Hola, Gabriela.

No respondió.

—¿Ha llegado Jacobo? —pregunté, aunque sabía que no volvería hasta dentro de un par de días—. Soy Demetrio.

—Hola, Deme —dijo al fin—. No, no vuelven hasta el domingo.

—¿Siguen en Mallorca?

—Sí. Jacobo llamó hace una hora para darme su número de vuelo y que Federico los recoja en el aeropuerto.

Al enterarme de que Jacobo estaba localizable pero ignorando mis llamadas, experimenté una repentina necesidad de colgar, pero aun así conseguí preguntarle cómo estaba. En cuanto empezó a hablar de lo mucho que echaba de menos a Patricia, incapaz de concentrarme en las palabras, me excusé diciendo que tenía que sacar algo del horno.

Nos deseamos buenas noches y me tumbé en el suelo.

Estaba seguro de que Triana era la razón de su silencio. Me preocupaba que mi huida la hubiera molestado y tal vez por eso había hecho una llamada en represalia, una llamada en la que le había contado las cosas que habíamos hecho, las cosas que Jacobo y yo no habíamos hecho aún.

Salí del apartamento y volví a algunos de los lugares donde se habían forjado nuestros recuerdos. Me senté en una terraza frente al Reina Sofía, embelesado por los ascensores de cristal que subían a la gente hacia las nubes, y escuché cada uno de sus mensajes. Había olvidado el sonido de su voz antes de que la muerte la alterara, su tono juguetón y sus palabras cargadas de dobles sentidos, tratando de seducirme. Lamenté mi falta de valor, lo mucho que había tardado en superar mis complejos, mi incapacidad para actuar. El verano ya era una versión de nosotros que solo existía en los confines de nuestra memoria.

La ausencia de Jacobo, ahora que estaba en la misma franja horaria, se me hacía más presente. Hacía que la separación resultara más voluntaria. Olvidaba que me habían invitado a ir con ellos, que había sido yo quien había decidido quedarme. Su silencio hizo que la oferta de Matías sonara más tentadora, demasiado buena para dejarla pasar. ¿No era esa la clase de oportunidad que me hubiera gustado aprovechar cuando estaba en Le Bourrelet? ¿No era esa razón por la que me había marchado?

Pagué el café y decidí que el tiempo pasaría más rápido si volvía al trabajo. De camino a El Lucernario, tomé la Gran Vía chequeando mi teléfono cada vez que me detenía en un paso de peatones. Me quedaban dos barras de batería y mientras estaba pensando si ir a casa a por el cargador, un número empezó a parpadear en la pantalla.

—Hola, aquí Demetrio —dije, aunque nunca contestaba así al teléfono.

—¿Demetrio Simancas? —preguntó la voz.

—Sí. Soy yo.

—Soy Lucas Isasia. Represento a los herederos de Patricia Smithson.

CAPÍTULO VEINTE

N unca llegué a El Lucernario. Sentado en un banco del Paseo del Prado, miré cómo un semáforo cambiaba de color hasta que me convencí de que la llamada no era una broma. En su testamento, Patricia me había dejado Las Brisas, una finca rural en la provincia de Cádiz con diez hectáreas de monte y árboles frutales. Por lo que me dijo el abogado, la casa no estaba en muy buen estado, la mayoría de los viejos corrales estaban derruidos y los muros de piedra apenas se mantenían en pie, pero la propiedad daba a la playa y podía venderse fácilmente. Ya había un posible comprador, por si estaba interesado.

—No te lo vas a creer —le dije a Chus nada más responder al teléfono.

—¿Ha ocurrido algo malo?

—No. Por primera vez, no ha ocurrido nada malo.

Hice una pausa y pensé en lo que acababa de decir.

—¿Qué pasa?

—Patricia me ha dejado una casa.

—¿Qué?

—Lo que has oído. Me ha dejado una finca. El abogado dice que es una casa con unas diez hectáreas de terreno, no sé ni cuántos metros cuadrados son.

—Dios mío, Deme. Una finca es una propiedad señorial. Diez hectáreas es enorme. Son como cinco manzanas de ciudad, manzanas de avenida.

Traté de visualizar la distancia entre Washington Square y Astor Place.

—No me entra en la cabeza.

—¿Qué dice Jacobo?

—Nada. Lleva días desaparecido en combate. Me pregunto si esa es la razón por la que no me responde el teléfono.

—Lo dudo, Deme. Probablemente esté destruido. Todo su mundo está hecho pedazos.

—Sí, supongo que sí. ¿Pero ni un mensaje de texto?

Chus no respondió.

—Entonces, ¿y ahora qué?

—Tengo que reunirme con el abogado y firmar unos documentos. Ya te contaré.

—De acuerdo, llámame en cuanto puedas desde el ordenador. Esto te debe estar costando una fortuna.

—Vale. Te quiero.

—Yo también te quiero.

Al día siguiente, antes de salir a desayunar, encendí el ordenador y consulté un correo electrónico de la secretaria del bufete que incluía una descripción detallada de la propiedad y una captura de pantalla de un mapa. Busqué «Las Brisas & Cádiz» y encontré un artículo en las páginas de sociedad de un periódico local sobre una boda que se había celebrado en la finca hacía un par de años. Las fotos en blanco y negro no me daban una idea de cómo era el lugar.

Después de llamar una vez más a Jacobo, fui a La Pecera, el restaurante del Círculo de Bellas Artes. La comida no era nada del otro mundo, pero comer bajo aquellos frescos centenarios hizo que mereciera la pena una cuenta considerable. Ahora atribuía el silencio de Jacobo a que yo había recibido Las Brisas. Recreé algunas de mis conversaciones con Patricia, y cada vez que una escena se reproducía en mi cabeza, afloraban fragmentos como trozos de madera a la deriva desde el fondo del mar abriéndose paso lentamente hacia la superficie.

Caminé por el barrio de Cortes hasta encontrarme en Atocha. Entré en la estación de tren como un sonámbulo y deambulé entre la bruma de una selva interior artificial con palmeras increíblemente altas buscando la luz del sol. El techo de cristal que se elevaba a treinta metros de altura tenía la forma de un casco invertido. El aire cálido y húmedo dificultaba la respiración.

No me di cuenta de que estaba yendo a Las Brisas hasta que llegué a la taquilla. La mayoría de las personas que esperaban en la cola eran turistas de piel rosada con enormes maletas rodantes y bolsas de lona; sus rostros eran una mezcla de excitación y desconcierto. Había también algunos ejecutivos, viajeros que iban y venían en el mismo día, vestidos con trajes formales y delgados maletines de cuero que miraban sus relojes con impaciencia, suspirando de vez en cuando. Fingí escuchar las distintas opciones para Cádiz, luchando contra una voz interior que me advertía que no visitara la propiedad antes de firmar nada, y al final compré un billete para el siguiente tren.

Un hombre sentado en un banco, con gafas de sol, hizo una foto hacia donde yo estaba. Me obligué a no ser paranoico, pero no pude evitar dar una vuelta por la estación para ver si me seguía. Entre la exuberante vegetación, encontré un estanque con pequeñas tortugas que buceaban entre las algas y me senté en un banco. Me distraje mirando el fugaz arco iris que se producía de forma intermitente al encenderse y apagarse los aspersores. Cuando llegué al andén, el tren estaba a punto de partir. Los vagones eran de un blanco resplandeciente y tenían un aspecto tan elegante y futurista que parecían llegados de otro planeta. Poco después de encontrar mi asiento, empezamos a movernos, y un par de minutos más tarde, el tren salía disparado de la ciudad.

Seguí nuestra sombra proyectada en el paisaje hasta que empecé a marearme, y me centré en los árboles que se veían junto a las casas de estuco blanco en medio de los campos que, conforme avanzábamos hacia el sur, iban volviéndose de un amarillo color cebada seca. Nunca había viajado tan rápido en tren. El silencio era inquietante. En un momento dado, se me pasó por la cabeza la posibilidad de que nos estrelláramos y, mientras trataba de calmarme, escuché una música suave, casi imperceptible, claramente destinada a mitigar ese tipo de pensamientos.

Me invadió el temor de que Jacobo creyera que yo había manipulado de algún modo a su madre, y enseguida fui incapaz de pensar en otra cosa. Me recordaba una y otra vez que esa había sido la última voluntad de Patricia, que yo nunca había actuado de forma interesada. Para calmarme, fui al vagón restaurante, me senté en la barra y me bebí un par de minúsculas y carísimas botellas de vino.

En algún momento, me pareció que la velocidad del tren había disminuido considerablemente, y atribuí ese cambio de percepción al alcohol, pero poco después oí al camarero decirle a un pasajero que solo había vías de alta velocidad hasta Sevilla, y que ahora estábamos viajando por los raíles viejos. Volví hasta mi asiento por el pasillo, agarrándome a los reposacabezas, y en cuanto me senté, me quedé dormido.

Cádiz era la última parada. La estación, pequeña y destartalada, llevaba años sin pintarse. El suelo estaba cubierto de una fina capa de suciedad. La gente dormía en los bancos o estaba tumbada en el suelo y no parecía ir a ninguna parte. Crucé el vestíbulo principal y me acerqué a la taquilla. La encargada, una mujer joven que amamantaba a un bebé, me informó de que el último tren de vuelta a Madrid salía en cuatro horas. Como había muchos asientos disponibles, me sugirió que no comprara el billete todavía para no tener que pagar un recargo en caso de que decidiera quedarme más tiempo.

Fuera, un grupo de taxistas charlaba alrededor de una fuente a la sombra de un árbol. Después de permanecer de pie junto a la señal de parada de taxis, jugueteando con mi teléfono, me acerqué a ellos. No parecían interesados en mí, aunque era el único cliente a la vista. Esperé un rato y finalmente les interrumpí para preguntar quién podía llevarme a Las Brisas. Cuando le entregué un papel con la dirección al único conductor que me había mirado, me dijo que estaba demasiado lejos de la estación. Le dije que dijera un precio y me respondió que él era taxista y no chófer privado de nadie. La respuesta provocó una carcajada unánime. Entonces señaló a un chico al otro extremo del aparcamiento y sugirió preguntarle a él. El chico era más o menos de mi edad, quizás un poco menor. Tenía el pelo oscuro, corto por delante y largo por detrás. Sus vaqueros ajustados hacían que sus botas parecieran aún más grandes. Estaba fumando un cigarrillo apoyado en un coche destartalado con cristales tintados y puertas cubiertas de pegatinas rojas en forma de llama.

Decidí volver a la estación de tren. Tras pelearme con una oxidada máquina expendedora para comprar una botella de agua, una lata de Coca-Cola Zero golpeó contra la bandeja metálica. Me senté, derrotado. Mirando la pantalla de mi teléfono, las barras de batería cargadas de esperanza, dije en voz alta: «Llámame, llámame, llámame de una puta vez». Abrí el teléfono y le envié a Jacobo un único y solitario signo de interrogación.

El chico que estaba apoyado en el coche entró en la sala de espera y miró a su alrededor. Cuando me vio sentado en una silla de plástico que me hacía sudar la parte interior de los muslos, sonrió y se acercó a mí. Era bajito y fornido, con unos bíceps ondulantes. Me pregunté si sería capaz de defenderme si me asaltaba.

—¿Buscas taxi?

Tenía los dientes pequeños y torcidos y un fuerte acento que sonaba como el de Gabriela.

Le miré, poco convencido. Me tendió la mano.

—Me llamo Raúl.

—Demetrio.

Sus vaqueros azules desteñidos estaban tan deslavados que los contornos de los bolsillos por debajo habían dejado marcas blancas.

—¿A dónde vas?

—A las afueras de Zahara de los Atunes.

Empleé las palabras del taxista, tratando de demostrar que conocía el camino. Le entregué el papel con la dirección. Lo miró y se mordió la punta del labio superior.

—¿Las Brisas?

—Sí.

—¿Para qué?

—Es de un amigo —le dije, todavía incapaz de creer que tuviera una casa. Chus y yo siempre habíamos querido comprar uno de los apartamentos de nuestro edificio, que allá por los ochenta costaban treinta y ocho mil dólares. Ahora valían un millón.

—Está a unos cuarenta kilómetros de aquí. Te llevo por sesenta y cinco euros.

—¿Treinta?

—Cincuenta. ¿Tienes maletas?

—No, no tengo.

Miré a los lados como para demostrar que decía la verdad.

—Déjame ir al servicio antes de irnos.

El baño olía a podrido, una mezcla de orina rancia y comida en mal estado. Entré en un retrete, me encerré y escondí cien euros en las zapatillas. Luego me dirigí al lavabo y me lavé la cara con agua fría, evitando la mirada de un hombre que parecía llevar toda la tarde lavándose las manos.

La mayor parte del trayecto transcurrió por una carretera de dos carriles cuesta arriba que se fue haciendo cada vez más sinuosa. Ascendimos un tramo de colinas y el coche trató de mantener la velocidad, rugiendo cada vez más fuerte. Lo que al principio había tomado por enormes peñascos negros intercalados entre la hierba eran majestuosos toros españoles de pelaje negro aterciopelado tendidos en el suelo. Las curvas cerradas seguían desenvolviendo onduladas colinas cubiertas de arbustos verdes y, aunque avanzábamos a una velocidad considerable, empecé a relajarme. El sol se ocultaba tras la única nube del cielo, y cuando volvió a salir, me maravillé de la capacidad que tenía Patricia para emocionarme incluso después de haberse ido.

Raúl señaló un espacio que se había abierto entre dos colinas donde la luz rebotaba en las marismas blancas con un intenso esplendor. Bajó el volumen de la música flamenca para decir que aquello eran las Salinas de San Fernando, las mayores salinas de la costa atlántica. La fuerte brisa desprendía la capa superior y unas motas blancas creaban una fina película de niebla transparente.

—¿Has estado en la cárcel? —preguntó Raúl bajando aún más la música. Consideré la posibilidad de mentir.

—No, nunca.

—Me alegro, porque no mola nada. Déjame que te diga.

Se me hizo un nudo en la garganta.

—Acabo de salir. He estado dentro ciento quince días —dijo—. Y todas sus noches.

Ahora Raúl hablaba de otra manera, con un tono más áspero. Se deslizó por el asiento para sacar algo del bolsillo trasero, haciendo que el coche se desviara hacia el carril contrario.

—Pero tengo esto —dijo, dándome un trozo de papel—. Ahora, si hay algún problema con la pasma, solo tengo que enseñar esta carta. Con esto, soy intocable —concluyó, alzando la voz con orgullo.

Era una declaración de libertad con su nombre completo, la dirección de la cárcel donde había estado por robo y la información de contacto de un asistente social. Fijar la mirada en las letras me mareó un poco, pero la leí de principio a fin. Nada en esa carta lo hacía intocable.

—Qué bien, tío —dije con ganas de abrir la puerta y lanzarme sobre la carretera.

Llevábamos un rato avanzando junto a un muro bajo de piedras desiguales cuando Raúl levantó el pie del acelerador y el coche empezó a aminorar la marcha hasta que nos detuvimos junto a una cancela de ganado que antes había sido azul. Me planteé preguntarle si había toros pastando en la finca, pero decidí no prolongar nuestro tiempo juntos.

Para apagar el motor, desconectó dos cables de debajo del volante. Fue entonces cuando me di cuenta de que no había llave en el contacto. Ahora que el traqueteo del motor había cesado, el silencio era abrumador. Un pájaro empezó a piar fuerte, con una cadencia parecida a la alarma de un coche en una calurosa noche de insomnio en Nueva York.

—Ya hemos llegado —dijo Raúl abriendo la puerta del coche.

Miré la poco acogedora cadena oxidada atada a la verja y fingí una sonrisa.

—Gracias, tío.

Mientras se inclinaba ligeramente hacia delante para estirar la parte baja de la espalda, saqué mi cartera y conté los billetes, temiendo que pasara un coche de policía y me sorprendiera dándole dinero a alguien que conducía un coche robado, a punto de invadir una propiedad privada.

—Te doy mi número de teléfono —me dijo. Debí de poner cara rara porque añadió—: Por si quieres que te recoja más tarde.

Anoté su número, me guardé el papel en el bolsillo trasero y le dije que le mandaría un mensaje. Nos despedimos y nos dimos la mano torpemente a través de una pequeña abertura de la ventanilla. Luego arrancó el motor, sonriendo despreocupado, pero no se trataba de una sonrisa de disculpa, sino genuina, como si la acción fuera divertida en sí misma. La música flamenca empezó a sonar de nuevo. Derrapando sobre la tierra, el coche desapareció tras una nube de polvo. Esperé junto a la carretera hasta que se apagaron los últimos ecos. En el silencio, podía oír cada sonido esporádico amplificado, el piar de los pájaros, las cigarras y lo que supuse que eran unas lagartijas corriendo entre la maleza, que habían venido a darme la bienvenida.

CAPÍTULO VEINTIUNO

S alté el muro bajo asegurándome de que no se acercaba ningún coche, el cansancio del viaje sustituido ahora por un subidón de adrenalina que invadió hasta el último rincón de mi cuerpo. Empecé a seguir un viejo camino de tierra; los dos surcos cubiertos de maleza verde sugerían que hacía mucho tiempo que no pasaba un vehículo. A la izquierda, había un sendero estrecho que zigzagueaba cuesta arriba y parecía un atajo, pero había algo tranquilizador y acogedor en el camino más ancho. Andando sobre el barro seco, inspeccioné las marcas del tractor y pensé en las distintas ruedas que habían subido por ese carril a lo largo de los años, las viejas huellas borradas y sustituidas por otras más nuevas.

El paisaje surgió ante mis ojos con cierta timidez. Lo que primero me llamó la atención fueron los frondosos arbustos cerca de un río, con árboles más altos y de un verde más vibrante que los del otro lado del camino, más alejados del agua. Estuve tentado de dar un rodeo, pero un impulso inexplicable por llegar a la cima me empujó hacia arriba. Anoté mentalmente volver al valle más adelante y esperé poder contemplarlo desde la cima. Conforme subía por la colina, sintiendo que mis calcetines se humedecían poco a poco, pensé en la imposibilidad de ser dueño de una parte de un río, porque los ríos no se pueden poseer, dijera lo que dijera una escritura. Ahora que toda esta tierra iba a estar a mi nombre, lo único que quería era conservarla para siempre.

Tras un largo ascenso, la colina se aplanó y convirtió en una extensa llanura con limoneros y naranjos en perfectas hileras, con sus elásticos troncos doblados por la gran cantidad de fruta, alguna de la cual había caído al suelo, podrida y picoteada. Atravesé el campo y vi, tras la arboleda, un cortijo, una casa encalada típica de Andalucía. Por la conversación con el abogado, había supuesto que estaría bastante deteriorada, y aunque no parecía habitada desde hacía mucho tiempo, y en algunas partes de la fachada la pintura blanca se había perdido por completo y por debajo se asomaba la piedra marrón, parecía estructuralmente sólida.

La puerta principal estaba cerrada. Recorrí el exterior, que estaba cubierto de altas hierbas silvestres, me asomé a las ventanas y vi sábanas blancas cubriendo los muebles. La parte trasera de la casa tenía un patio interior con una verja de metal negro. Estaba entreabierta. En la pared opuesta a la entrada, junto a una hilera de troncos cubiertos de musgo, había un horno de leña. Las antiguas marcas negras de las llamas me hicieron pensar en las generaciones de familias reunidas en torno al fuego, en las muchas hogazas de pan que se habían horneado allí a lo largo de los años.

Me tumbé en el suelo, la gruesa piedra fría bajo mi espalda. Mirando pasar las nubes, imaginé a Jacobo contemplando el mismo cielo azul que se oscurecía pero desde el mar abierto. Lo primero que se me ocurrió fue convertir el cortijo en un restaurante de postres. En el último número de *Gourmet,* había leído un largo artículo sobre un chef noruego que solo servía platos con ingredientes que obtenía de su huerto ecológico. La idea de crear una carta de postres con frutas, flores y hierbas cultivadas en Las Brisas me pareció una continuación de lo que había empezado con el «Helado de maravillas de Patricia». Sabía que el sur de España era un destino de vacaciones preferido por los europeos y que había importantes restaurantes de temporada dispersos por toda la costa. Deseé tener un mapa para ver a qué distancia estaba Las Brisas del Puerto de Santa María, un popular destino turístico que debía de estar cerca. Después de la excitación inicial, las preguntas más pragmáticas empezaron a eclipsar la ilusión de montar un negocio. ¿De dónde iba a sacar el dinero para arreglar el cortijo? Mi falta de contactos en el sector dificultaría hasta la apertura de una pequeña pastelería en Madrid, por no hablar de un restaurante en la Andalucía rural. Empecé a jugar con diferentes cifras en mi cabeza, el coste de equipar una cocina e instalar hornos de convección, remodelar y amueblar un comedor, comprar vajilla. Calculé cifras en dólares basándome en los precios de Nueva York, sabiendo lo inútil del ejercicio, y me pregunté qué pensaría Jacobo de esos planes, qué pensaba del testamento. Qué pensaba de mí.

El sol no se había puesto del todo, pero una enorme luna casi llena empezaba a escalar por el lado opuesto del cielo, captando su tenue luz ámbar. Aún me encontraba aturdido por un sueño que intentaba recordar, del que me había despertado agitado y confuso, cuando oí el sonido lejano de un motor. Al principio, pensé que procedía de una carretera cercana, pero entonces unos faros iluminaron las copas de los árboles próximos a la casa. Se me revolvió el estómago. Me levanté y miré a través de los barrotes metálicos del patio. Contuve la respiración un par de segundos y entonces apareció el coche de Raúl. De repente estaba despierto.

Salí corriendo del patio, arañándome el codo con la verja. Al agacharme, vi una hoz oxidada tirada en la hierba. La agarré y rodeé la casa, buscando un lugar en el que esconderme. Una puerta se abrió y se cerró a lo lejos, el motor aún en marcha. Cuando finalmente volví a ver del coche, desde detrás de un montón de balas de heno que el sol había vuelto marrones, Raúl estaba sentado en el asiento del conductor.

Por más que entrecerré los ojos, no logré ver lo que estaba haciendo. ¿Había venido a recogerme? Cuando mis ojos se adaptaron a la oscuridad, vi el ámbar intenso de un cigarrillo iluminando su cara sin afeitar. Entonces retrocedió con el coche, dio media vuelta y empezó a avanzar lentamente por el camino.

Me quedé allí de pie, paralizado, mucho después de que las luces rojas traseras desaparecieran tras los frondosos árboles, mucho después de que el traqueteo del motor se disipara y los sonidos de la noche se ciñeran a mi alrededor. Salí de mi escondite a campo abierto y una calma recobrada se extendió por mi cuerpo empujándome a un estado de dicha absoluta.

La luz de la luna iluminaba todo a mi alrededor, el cielo estaba pincelado de finas nubes anaranjadas que se desvanecían en el horizonte. Miré las estrellas deseando conocer las constelaciones. Mientras caminaba tambaleante por el campo, recordé un viaje que había hecho con Chus y con Ben para ver el cometa Hale-Boop poco después de cumplir catorce años. Nos levantamos a las cuatro de la mañana y fuimos a Cold Spring, un pequeño pueblo del valle del Hudson. Un amigo científico de Chus le había asegurado que, lejos de la contaminación lumínica, tendríamos una visión más clara del cometa. Esperando en el vestíbulo principal de la estación Grand Central para tomar el Metro-North, Ben señaló el mural del zodiaco que había en el techo, pequeñas bombillas representando las constelaciones. Dijo que la familia Vanderbilt había colocado mal las estrellas, lo que en aquel momento atribuimos a la habitual inclinación de Ben a condenar todo lo que hacía la clase alta, o los norteamericanos en general. Desde muy pronto observé que las personas cuyas familias llevaban generaciones en Estados Unidos eran más proclives a criticar las acciones de su país. Era como un derecho ganado. Me pregunté si, después de vivir un tiempo en España, también yo acabaría atreviéndome a hacer lo mismo.

Mientras veía cómo se disolvían las nubes anaranjadas, recordé mi gran decepción cuando el cometa no apareció. Ahora, las partículas anaranjadas que flotaban en el cielo parecían estar conectadas con el otro extremo de aquel momento. Me quedé mirando al horizonte, sumido en la quietud, y sentí que Patricia me estaba protegiendo.

Eran las diez. En algún momento me había planteado pasar la noche en Las Brisas. Ahora no tenía otra opción. De regreso al cortijo, me puse a contar estrellas y sonreí ante la imposibilidad de la tarea. Se había convertido en un pasatiempo favorito durante mis veranos en Fire Island, una forma de entretenerme mientras Ben y Chus bajaban a la playa después de cenar a beber vino en vasos rojos de plástico.

Debí de caminar un buen rato mirando hacia arriba, porque cuando miré de nuevo hacia abajo, ya estaba cerca de la casa. Por las ventanas delanteras se filtraba una luz eléctrica sólida. Deseé haber traído conmigo la hoz que había dejado junto a los fardos de heno. Lo primero que pensé fue que Raúl había vuelto y había forzado la entrada, pero luego pensé que tal vez vivía allí un casero. Indefenso en el campo abierto, me acerqué de puntillas a los árboles y me escondí tras un arbusto. Saqué el teléfono. No tenía batería.

Salí con cuidado, intentando no hacer ruido. La súbita idea de que el padre de Jacobo tal vez había venido a Las Brisas a vaciar la casa me encogió el corazón. Me planteé dejar atrás la mochila con mi cartera y las llaves, pero no me veía caminando sin identificación por el arcén de una carretera comarcal en plena noche. Aunque por primera vez, si me paraban, mi ausencia de documentos no sería más que un malentendido momentáneo.

Esperé. No se oían ruidos procedentes de la casa. Decidí ir a buscar mi mochila y caminar por el bosque, alejándome del camino principal. Los arbustos y la maleza estaban tan secos que resultaba difícil no hacer ruido. Echaba de menos la tierra blanda que había pisado junto a la orilla del río y absorbido el sonido de mis pasos. La luz de la luna era ahora casi tan brillante como la luz del día. Pude ver la mochila en el suelo, donde la había dejado, contra el muro más alejado de la puerta. Al recogerla sin hacer ruido, una ola de humo flotó sobre mí.

De pronto, mis rodillas fueron incapaces de soportar mi propio peso. Sentí a Raúl observando mis movimientos. Noté los cien euros que había metido en mis zapatillas esperando que me sirvieran para salir de la situación, y llené los pulmones de aire inflando el pecho para parecer más grande de lo que era.

—Creía que te habías ido —dijo Jacobo.

Solté el aire y mi cuerpo volvió a su tamaño normal. Le miré en silencio y sentí una calma abrumadora, cada músculo rindiéndose como las cuerdas de una guitarra cuando se destensan.

—Hola, Jake.

Jacobo dio una calada larga a un porro. Diminutos trozos naranjas de hachís cayeron sobre la hierba seca. Aguantó el humo y no mostró ninguna emoción. Nos miramos como extraños. Entonces exhaló una daga blanca y volvió a la entrada de la casa. En el aire puro de la noche, el olor era penetrante.

Me quedé de pie en el patio y observé las estrellas. La distancia entre nosotros que había imaginado era real, aunque no sabía decir si su comportamiento era consecuencia del dolor por la pérdida de su madre o porque ahora me veía como un estafador oportunista que se había aprovechado de su familia. La emoción que había experimentado recorriendo la tierra y soñando con mi nueva vida se transformó en una tristeza profunda e irreversible.

El hecho de que Patricia me dejara la propiedad me pareció una especie de recompensa cósmica. Aun así, decidí decirle a Jacobo que no iba a aceptarla. Si finalmente mantendría mi palabra, estaba por verse. De alguna manera, sabía que no tenía derecho a esta hermosa tierra. Sin embargo, nunca había sentido un cariño tan inmediato por un lugar, un paisaje novedoso y magnífico, a la vez extrañamente familiar y acogedor.

De repente, el susurro de las hojas se vio interrumpido por un sonido atronador y lo que parecía ser un cristal haciéndose añicos.

—¡Fuera! ¡Fuera de aquí! —gritó Jacobo.

Crucé corriendo el patio hasta la puerta principal. En los pocos segundos que me llevó llegar a la entrada, imaginé a Raúl y Jacobo rodando por el suelo. Me esperaba lo peor. Raúl era mucho más fuerte y seguramente estaba curtido por su estancia en la cárcel.

Cuando entré en el cuarto de estar, los ruidos ya habían cesado. Pasé a la cocina. Jacobo estaba sentado en el suelo, una escoba y un lindo ratoncito muerto a su lado. Me arrodillé y le pasé un brazo por el hombro. Con los ojos llorosos, me miró y empezó a sollozar.

—¿Puedes recogerlo y tirarlo fuera? —dijo riendo entre lágrimas.

—Claro —le dije.

Metí el ratón en una bolsa de plástico negra que encontré en la cocina y lo saqué. Cuando volví al cuarto de estar, Jacobo estaba acurrucado en un sofá bajo una sábana blanca.

—Siento no haberte devuelto la llamada. El médico me dio más pastillas para pasar las próximas dos semanas y me las tomé todas en tres días.

Me senté a su lado y me quité las zapatillas. Tapándome los pies con un cojín, esperé que no notara su olor.

—Estaba preocupado por ti.

Los dos miramos las cenizas que quedaban en los ángulos de la chimenea. Me pregunté si él también estaría pensando en Patricia. Las palabras adecuadas, si es que existían, estaban muy lejos.

—¿Qué tal Mallorca?

Jacobo no respondió. Un búho ululó. Probablemente estaba posado en lo alto de un árbol, pero el silencio era tan intenso que sonó como si estuviera en la habitación. Volví a oírlo, siempre con el mismo tono y duración. Parecía querer transmitir algo.

—Llevo días tratando de localizarte —insistí.

Jacobo seguía mirando la chimenea vacía, pero un leve movimiento de su rostro indicó que estaba escuchando.

—No quiero que pienses que he hecho algo inmoral. Estoy tan sorprendido como tú por lo del testamento. Tu madre y yo, ya lo sabes, tuvimos una conexión instantánea —dije mientras me venía a la cabeza la imagen borrosa del rostro de Patricia impreso en el programa del funeral—. Era como si no tuviera que explicarle nada. Parecía…

Jacobo empezó a llorar de nuevo y se llevó las manos a la cara. Mientras buscaba palabras, esperé que el búho emitiera algún sonido.

—Lo siento. No debería haber sacado el tema.

Jacobo giró la cabeza hacia mí y se destapó los ojos, rojos e hinchados. Cuando empezó a hablar, las lágrimas comenzaron a rodarle por las mejillas.

—Dejarte la finca fue idea de mamá. Lo estuvimos hablando. Había pensado en dejarte dinero, pero luego decidió que prefería darte un lugar.

Hizo una pausa como si estuviera reviviendo el momento en su cabeza. Una sonrisa pensativa y sombría se dibujó en su rostro.

—¿Y qué piensas al respecto? —le pregunté.

—¿Qué pienso sobre qué?

—Sobre que me quede con este lugar.

—Estoy de acuerdo con mamá.

—Estoy pensando en abrir un restaurante de postres —dije, arrepintiéndome al instante de mi poco tacto.

—Pensé que últimamente te sentías raro en tu trabajo —dijo, desconcertado.

—No es el trabajo lo que no soporto. Me encanta la repostería, aún me gusta. Es el estar encerrado en una cocina la mayor parte del día con lo que no puedo. Estuve hablando de eso con tu madre en el hospital. Y hoy, paseando por el campo, me he imaginado cómo sería vivir aquí permanentemente, abrir una panadería tal vez. Es un lugar muy especial.

Jacobo no reaccionó. Mis ojos se posaron de nuevo en la chimenea, uniéndose a su mirada clavada en las cenizas.

—¿Qué dijo tu padre?

—Estaba en contra, todavía lo está, pero era la última voluntad de mamá. Y además, esta finca pertenecía a su familia, así que no tiene nada que decir. No tienes por qué sentirte culpable.

Mi cuerpo se sintió invadido de una inmediata ligereza. Mirando ahora a Jacobo, tuve el impulso de envolverle con todo mi cuerpo.

—Si tienes hambre puedo ir a ver si hay algo en la cocina.

—Vale —dijo, haciéndose un ovillo.

Cuando me apoyé en el reposabrazos para levantarme del sofá, Jacobo me agarró de la mano.

—¿Recuerdas cuando nos despedimos en el aeropuerto? —preguntó, yo abrí mucho los ojos—. Ahora estoy aquí.

Le abracé y le besé el dorso de la oreja. Aunque había imaginado ese momento de otra manera, no lo habría cambiado por nada. Volví a pensar en cómo la vida a veces te da lo que quieres, pero nunca de la forma que habías esperado. Me quité la sudadera y se la puse sobre el pecho. Él agarró una de las mangas, se la llevó a la nariz e inspiró profundamente.

Había un paquete de espaguetis y una lata de salsa de tomate en uno de los armarios, junto con otras provisiones básicas. Cuando volví al cuarto de estar para darle la noticia, con ganas de cocinar para él, estaba profundamente dormido, un ligero y rítmico silbido saliendo de su nariz. Me senté a su lado y admiré su hermoso rostro marcado por las profundas ojeras que tenía desde que volvió de Nueva York. Me quité la camiseta y, rodeándole con mi cuerpo y mis brazos, me tumbé a su lado.

❧ ⚮ ☙

Por muchas respiraciones profundas que contara, por mucho que me esforzara en dejar la mente en blanco, no lograba conciliar el sueño. Pensar que me había convertido en propietario de una casa de la noche a la mañana y que por fin estábamos en una relación era demasiado como para procesarlo de golpe. Incapaz de frenar la velocidad de mis pensamientos, me levanté del sofá, arropé a Jacobo y empecé a mirar el cortijo no por lo que era, sino por lo que podría ser. El salón principal era lo bastante grande para quince mesas y comunicaba con un comedor de tamaño decente donde cabían otras cinco o seis. La cocina, escasamente amueblada, podía ampliarse hacia un patio que ahora se empleaba como almacén, los corrales podían transformarse en un comedor al aire libre. Las posibilidades eran infinitas.

Cuando me di cuenta de que no conseguiría dormirme, decidí salir. El sol se había empezado a levantar. Una combinación de luz de luna y diurna centelleaba sobre una fina capa de rocío, otorgando a los limones una cualidad extraña. Agarré su chaqueta vaquera de encima de un montón de leña, y me la puse. Ligeramente húmeda, se me pegó al pecho. Me paré en la explanada frente a la casa y miré el largo y serpenteante camino por el que había llegado. La humedad que iluminaba cada rincón del campo hacía aflorar los aromas más penetrantes de lavanda, tomillo y romero.

Caminé hasta la parte trasera del cortijo y sentí una familiaridad, como si me hubiera creado lazos con la tierra de la noche a la mañana. Vi un antiguo establo de piedra gris y me pregunté qué clase de animales habrían vivido allí en el pasado. Junto a él, un sendero estrecho y cubierto de maleza se adentraba en el bosque. Volví la vista hacia la *casa*, mi casa, y comencé el lento descenso por la colina, esperando encontrar la playa. Nunca en mi vida había experimentado tanta alegría.

Seguí el sendero durante un rato al tiempo que los primeros rayos de sol que se filtraban entre las copas de los árboles apagaban los últimos rastros de luz lunar. La vegetación a ambos lados era espesa, impenetrable, una maraña de arbustos marrones y verdes que se extendía por la ladera. Tras toparme con varias telarañas recogí un palo para despejar el camino y me pregunté cuándo habría sido la última vez que alguien descendió por aquella senda.

En un momento dado, mientras caminaba por el denso bosque privado de la luz del sol, el viento trajo un olor salado y húmedo. El manto de arbustos que se extendía a mi alrededor empezó a abrirse lentamente y pude ver pequeñas manchas de tierra color marrón claro a través de la rala vegetación. Al poco tiempo, la tierra se convirtió en arena.

Salí del túnel verde por el que había estado viajando y me recibió una luz blanca, intensa y pura. Había salido el sol. Podía sentir su calor a través de la niebla densa y luminosa. Mi profundidad de campo era tan limitada que tardé en darme cuenta de que había empezado a escalar una duna. Las olas, lejanas y rítmicas, chocaban contra la orilla como el crujido y el siseo de un disco de vinilo que ha alcanzado un surco cerrado.

Después de bajar por el otro lado, me vi en una extensa playa desierta. Un grupo de jóvenes gaviotas surcaba el cielo. Me senté en la arena. La niebla, alzándose como un velo, permitió que la luz se volviera más radiante, revelando la costa de Marruecos en la distancia. Imaginé a la gente del otro lado del océano y por todo el mundo embarcándose en nuevos viajes, cruzando fronteras y océanos y desiertos. Y soñando con otras vidas.